U0024600

明將軍傳奇之絕頂

中卷

時未寒——著

目錄

名人推薦

時未寒的《明將軍》系列，共同構建了一個以京城為中心的天下，它北至塞外，南至海南，西至吐蕃，成為朝廷和江湖的角力場。時未寒文氣縱橫，其小說的武功較量別具一格，自成一派，有「陽剛技擊」的美譽，在「新武俠」的諸多作品中獨樹一幟。

——《武俠小說史話》作者　林遙

破浪竊魂偷天換日碎絕頂，時光荏苒江湖再見二十年，山河永寂的那一刻，是一代讀者的記憶，時未寒加油！

——知名網紅　劍光俠影

時未寒把經典武俠小說向未來推進了一大步。

少年的成長、浪子的情懷、俠客的熱血和將軍的野望是構成《明將軍傳奇》小說的基礎。

——知名網紅 Christopher Zhang

偷天煉鑄，換日凝鋒。碎空淬火，破浪驚夢。登絕頂而觀山河，卻道那一場無涯的生。

——知名網紅 華山一風

為什麼一個女生也這麼喜歡時未寒？我的回答是：我喜歡他作品裡猶如春日繁花那樣漫山遍野四季搖曳的美麗句子。

——知名網紅 沈愛君

文如其人，時未寒這個圍棋高手，以下棋的精巧構思編織故事，時而大氣磅礡時而溫婉細膩，還設有很多局，所以要小心他書中美麗的圈套，溫柔的陷阱……

——知名網紅 禾禾

迭逢奇遇

小弦聽宮滌塵軟語溫言，又直承與自己是「兩兄弟」，
心頭湧上一股熱血，伸出小指，一本正經道：
「宮大哥請放心，就算打死我，我也不會說出你的秘密。」
想了想，又毅然加上一句：「對林叔叔我也不說。」
這一刻，滿腦子都是「士為知己者死」的念頭，
縱是林青也顧不得了，反正這也不是什麼天大的秘密。

小弦驚得雙目圓睜：「我，我與明將軍無怨無仇，為什麼要對付他？我只是要幫林叔叔。」又補上一句：「而且不能用什麼陰謀詭計，我要林叔叔光明正大地用武功勝過明將軍。」

宮滌塵隨口道：「這個自然，若非以武功勝之，又豈能令世人心服？」心裡卻已領悟到小弦並不知自己是明將軍「剋星」的身分，亦不會知他目前正處於極危險的境地，凝神思索對策。

小弦見宮滌塵沉思不語，只當他為難：「你若是怕麻煩，我就自己去找林叔叔好了。」

宮滌塵眼中精光一閃，一個複雜精密的計畫已隱隱浮上心頭：「你不是說曾與追捕王約法三章麼，我們也來試試。」

小弦不解：「宮大哥想怎麼樣？」

宮滌塵望著小弦，正色道：「你相信我麼？」

小弦看著那雙深不見底的眼瞳，親近之意更甚，毫不猶豫地點點頭：「宮大哥，我相信你。」他身懷《天命寶典》之功，對世間萬物生靈皆有一種獨特的判斷，此刻認定了宮滌塵與自己有一種說不清道不明的機緣，立時將真心託付。

宮滌塵精於判斷對方心意的「明心慧照」神功，當即瞧出小弦對自己毫無保留的信任，一時也大為感動，念及自己對他頗有利用之心，剎那間竟有一分自慚。暗下決心：無論事態如何發展，自己利用他也罷，助他一臂之力也罷，總之不能讓任何人傷害這天真無邪的孩子。

「好，你既然信我，就要按我的話去做。」宮滌塵朗然道：「第一，五天之內你絕不能自己去找暗器王！」

「啊！」小弦吃了一驚：「為什麼？」

宮滌塵反問道：「我才提出第一個條件，你就不相信我了麼？」

小弦振振有詞：「既然是提條件，就應該是雙方面的。我雖然相信你，但若是不能見林叔叔，我又何必讓你幫我？」

宮滌塵微笑道：「我只說五天之內不見暗器王，又沒說以後不見。你若是相信我，就按我說的去做。而我也可以保證讓你安然無恙地回到你林叔叔身邊。若是你現在急於見他，不但於你無益，而且極有可能讓暗器王也陷入危險中。」

小弦聽宮滌塵說得煞有介事，心想自己可不能做林叔叔的「累贅」，抬頭看到宮滌塵一副胸有成竹的模樣，一咬牙：「好，我答應你。」

「第二，從現在起，你必須聽我的一切指揮。」宮滌塵見小弦又要跳起來，笑著補上一句：「這個條件過了今日便可作廢。」

小弦安靜下來：「今日與明日有什麼區別？」

宮滌塵淡淡道：「今日你是各方勢力爭奪的人，進了京城中也要乖乖藏起來，不敢露面；而到了明日，就算你大搖大擺走在京師街道上，也沒有人敢動你半根毫毛。」

小弦驚訝不已：「怎麼會這樣？」

宮滌塵神秘一笑：「山人自有妙計。」

「好，我答應你。」看到宮滌塵萬事不縈於懷的模樣，小弦登時信心十足：「第三個條件是什麼？」

宮滌塵正容道：「你今天在潭底看到我的事，不許對任何人說。縱是日後有人問起，也只能說我們是在路上無意遇見的。」

小弦本以為第三個條件必也是頗為苛刻，誰知只是這件事，撓撓頭：「奇怪，我倒覺得我們如此相遇好有緣份啊。宮大哥是在潭底練什麼功夫嗎？」

「不許對我提什麼緣份。」宮滌塵如何能解釋自己只是在潭底洗浴，不過總算確定小弦那一刻確實未瞧見什麼不該看到的東西，稍稍舒了一口氣：「你不要問太多，總之要答應我。」

小弦點點頭：「好吧。這三個條件我都答應你。那我們現在做什麼？進京城麼？」

「京師重地，豈可形容不整？」宮滌塵輕輕一笑：「楊大俠入京前自然先要打扮一下。」

當下宮滌塵大致教給小弦一些易容化裝的要訣，譬如凝氣變聲，屏息斂神等，小弦奇道：「宮大哥不必如此，京師裡根本沒有認得我的人。」忽想到曾在擒天堡中見過妙手王關明月與刑部名捕齊百川，又補充道：「就算有一兩個人識得我，京師那麼大，總不會湊巧撞上了。」

宮滌塵歎道：「這才最是麻煩。若是人人都認得你的面目反倒容易，只要把你模樣改變，便不會有什麼差錯。可正因別人都不認識你，所以每一個入京的小孩子都會細細盤查。」

小弦猶豫一下，終於問出了橫亙胸口多時的疑問：「追捕王也說什麼京師人人欲得我而後快，這到底是為什麼？」

宮滌塵歎道：「那是因為你林叔叔被管平等人圍在城外時，說了一句關於你的話。這句話本是個秘密，可惜現在幾乎已是全城皆聞。」

小弦聽到竟與林青有關，更是不肯放過：「什麼話？」

宮滌塵道：「等過幾日見到暗器王，你自己問他吧。」

小弦苦苦哀求：「好大哥，你告訴我吧。」

宮滌塵微笑搖頭：「不是我不願意告訴你，而是你現在知道了這句話只有壞處沒有好處，反而徒亂心智。」他的神情雖仍是平和，語氣卻極堅決。

小弦雖是心癢難耐，但看宮滌塵的樣子勢必不肯說，只好把滿腹疑團留在心中，心想既然全城皆聞，到了京師中找人打聽一下便知究竟，倒也不必急於一時。又好奇地問道：「宮大哥你真能把我變成另外一個模樣麼？」想到若能變成一個全然陌生的小弦，見到林青時嚇他一大跳，一定非常好玩。

宮滌塵道：「易容術並非萬能。但是每一個人的面目都有其最明顯的特徵，只要把這個特徵稍加修改，便可起到瞞天過海之效。」

小弦忍不住偷眼看看宮滌塵，暗忖：宮大哥的五官幾乎完美，真還瞧不出哪裡是最明顯的特徵。宮滌塵似是猜出了小弦的心意，別過臉去，施即又轉過身來道：「你看我現在可有什麼不同？」

小弦定睛一看：「哎呀，宮大哥的皮膚一下子變黃了，鼻子似乎也矮一些，嗯，額角還多出好多皺紋……活像換了一個人。」又拍手叫道：「是了，宮大哥的皮膚最白，鼻子也高，這就是最明顯的特徵。」若是武功高手見到宮滌塵轉身間即令膚色變暗、鼻骨塌陷的神功，定會咋舌不已，小弦卻只當如戲台上戲子變臉，絲毫不以為奇。

宮滌塵笑道：「正是如此，而對於你來說嘛……」目光在小弦臉上轉來轉去，沉吟難決。

小弦噘著嘴道：「我才沒有你那麼好看。不要看了……」見宮滌塵絲毫沒有收回目光之意，急得瞪眼跳腳：「你這樣子好像要在我臉上找塊好吃的肉充饑一般。」

宮滌塵噗嗤一笑，眼睛一亮：「我找到了。你最明顯的特徵就是這雙大眼睛，只要把眼睛放小一點，乍見之下足可瞞過不熟悉你的人。」

小弦不解：「給我化妝還情有可原，宮大哥本來生得那麼漂亮，為什麼故意要弄成一個醜八怪？」連忙又解釋：「也不是醜八怪，只是……只是比你本來的樣子要差了許多。」

宮滌塵面色略有些不自然，淡淡道：「左右皆不過是一個臭皮囊，美醜又有何關係？」他雖是心如止水，但聽這樣一個小孩子無心稚語誇獎自己的相貌，亦暗覺欣喜。

小弦喃喃道：「我仍是想不通，難道長得好看有錯麼？我想變得漂亮些都不行呢。」

宮滌塵低聲道：「我如此做法自然有原因，不過你先不要問我。」見小弦臉上有些不快，柔聲道：「或許有一天我會告訴你，但現在還不行。這是我們兩兄弟之間的小秘密，一定要幫宮大哥保守秘密，好麼？」

小弦聽宮滌塵軟語溫言，又直承與自己是「兩兄弟」，心頭湧上一股熱血，伸出小指，一本正經道：「宮大哥請放心，就算打死我，我也不會說出你的秘密。」想了想，又毅然加上一句：「對林叔叔我也不說。」這一刻，滿腦子都是「士為知己者死」的念頭，縱是林青也顧不得了，反正這也不是什麼天大的秘密。

宮滌塵面露微笑，與小弦勾指為誓。

在小弦的心目中，這一勾指頗有些義結金蘭的味道。

小弦自幼與許漠洋待在清水小鎮，除了幾個平日在一起玩鬧的小夥伴，連說句知心話兒的人都沒有，水柔清可謂是平生第一個看得上眼的朋友，偏偏她卻認定自己害了她父親莫斂鋒，當自己是不共戴天的仇人。直到今日遇見宮滌塵，心中極覺投緣，真希望有這樣一位模樣英俊瀟灑、行事又極有主見的大哥，雖然隱隱覺得他行事神秘，似乎有許多不可告人的秘密，但心潮澎湃下也全然顧不得。

相較之下，小弦雖然對林青的崇拜之情更甚一籌，但那是一種對父親、師長的敬重之情；而宮滌塵與他年齡相差不遠，更覺親近有加。一時小弦心潮起伏，良久方歇。

宮滌塵精通虛空大法與明心慧照，對小弦那一片坦蕩無私的真情感應尤深，饒是他久經江湖，被一個初萌世事的孩子這般毫無保留的信任，胸口亦是一熱，剎那間幾乎想放棄自己的計畫，終於還是暗歎一聲，強自抑制。

小弦深吸一口氣，似是頗有些不好意思地避開宮滌塵複雜的目光，轉開話題道：「宮大哥，就算你把我眼睛變小了，可我……我這個身材與個頭還是會引人生疑啊。」這一刻，真希望自己能快快長大，也成為一個高大強壯、頂天立地的男子漢。

宮滌塵道：「你放心吧，我有辦法，只是你要吃些苦頭。」

「我不怕吃苦。」聽了宮滌塵的話，小弦信心倍增。

兩人邊走邊說，不一會已望見京師城牆。在冬日午後並不強烈的陽光照射下，那佇立的城樓箭高聳入雲，氣韻非凡。

小弦咋舌道：「原來京師就是這個樣子啊，果然十分有氣派。」

宮滌塵笑道：「你現在最想做的事情是什麼？記得我第一眼看到京師時，最想做的是站到城牆上，縱身一躍……」看著小弦吃驚的目光，輕輕打一下他的頭：「不許胡想，我可還沒有活夠，而是想體驗一下那種在京師上空飛翔的感覺。」

小弦想了想：「我最想做的事是站在紫禁城頂最高處，對著那皇帝老兒大叫一聲：『我來也！』哈哈。」

聽到小弦這一句玩笑，宮滌塵卻意外地沒有笑。

宮滌塵帶著小弦並不直接入城，而是繞城而行。小弦奇道：「我們為什麼不進城呢？」

宮滌塵道：「從南門入城，要在城中多行幾里，只恐被人查覺。」

小弦聽出他的意思：「宮大哥要帶我去什麼地方？」

宮滌塵答非所問：「只有先到了那裡，你以後才可以在京師中公然現身。」

兩人繞過小半個京師外城，來到西門。宮滌塵把小弦拉到一個無人的僻靜處：「現在我將用『移顏指法』拿捏你全身筋骨，令你身高增長數寸，以避京師耳目。這個過程中可能會有不少痛楚，要麼我先點了你的穴道，只是，宮大哥也不知點穴道後再施功會否有什麼不良後果……」

小弦又驚又喜：「我不怕疼，宮大哥不要點我穴道。嗯，這個方法能保持多久呢？」

宮滌塵道：「大約能保持一個時辰，所以我們入京後要直奔目的地，不能在途中耽擱，若是遇到什麼好玩有趣的事物你也不要多事，日後自有時間讓你玩個夠。」

小弦大失所望，喃喃道：「有沒有保持幾個月的方法，要麼幾天也行。」看來他關心的倒不是疼痛程度，而是能否就此長高幾寸。

宮滌塵沒好氣地道：「要不要我把你腿鋸斷，接一截木頭吧？」

「那樣豈不成了瘸子？不行不行。」小弦垂頭一歎：「要麼宮大哥就經常給我拿捏一下吧。」

宮滌塵給他一個爆栗：「你當我是江湖上按骨揉肩的瞎子麼？」他本是板起臉，看小弦捂頭的樣子十分誇張，又忍不住笑了：「你這小鬼，先且不說你能否忍住疼痛，拿捏一次我亦會元氣大傷，豈能經常施功？」

小弦雖被宮滌塵毫不手軟地痛打一下，又被他罵一句平生最忌諱的「小鬼」，心中卻無絲毫不快，反而體驗到一種前所未有的兄弟情誼，拉著宮滌塵的手撒嬌：「那宮大哥要教會我這一套『移顏指法』，沒事時我自己拿捏好了。」話音未落，但覺背椎骨上一陣疼痛直搗心肺，驚跳而起：「哇，這麼痛啊！」

宮滌塵笑罵道：「不疼怎麼能長高，天下間豈有如此便宜的好事？」出手如飛，指下雖不容情，但見小弦叫聲淒慘，已暗暗把一股真氣送入小弦胸中，助他止疼。

誰知真氣才一入小弦身體，頓如泥牛入海，剎時不見了蹤跡，宮滌塵一呆：「怎麼會這樣？」一般人當有外力入體時都會有一種本能的抗拒，小弦的體質卻是大異常人，不但沒有排斥感，反而將宮滌塵殘留指尖的一絲餘力亦吸得涓滴不剩。

虛空大法中本就有一種「借體還氣」之奇功，如遇本身受到重創，功力大損時，可將全身功力注入旁人體內，運轉一周天後重新吸回，不但可癒傷，更可令功力完好如初。只是此法太過陰損，被注功之人事後必會元氣大傷，重病一場，若被心術不正者學會，以之害人後患無窮。所以蒙泊門下僅有蒙泊本人與大弟子宮滌塵習過，而且不到萬不得已絕不可擅用。

宮滌塵雖懂得「借體還氣」之法，卻從未使用過，對於注功入體後的種種反應亦一無所知。他不明白小弦體內的變故，還只道是自己無意間用上了「借體還氣」的心法，也未放在心上，又聽到小弦大呼小叫不停，急於加快手法，讓他少受些痛楚。

小弦生性堅強，若是別人給他這般拿捏必是一聲不吭，但心裡把這個「宮大哥」渾當做親人一般毫不見外，也不怕他嘲笑自己受不了疼痛，反而隱隱有一種「自己受苦多些，宮大哥便會多疼我一分」的想法，更是叫得驚天動地。直聽到宮滌塵說一句：「你想引來旁人圍觀麼？」這才收斂了些，只從牙縫裡抽幾口冷氣。口中還不時指揮一下：「哎喲，臏骨上三分，不對不對，是脛骨下一分……」

宮滌塵聽小弦將自己拿捏骨骼的方位說得絲毫不差，心中暗驚。連自己都僅能按方位出指，未必能把每一處骨骼名稱說得清楚，這小孩子又從何而知？他哪知小弦在殮房中摸了七日七夜的死屍，若說對人體骨骼結構的瞭解程度，絕不在這世上任何一人之下。

過了半柱香時分，小弦總算苦盡甘來，搖搖晃晃的站起身，左顧右盼一番，拍著手大叫：「哎呀，我真的長高了好多啊。」宮滌塵將他全身骨節按鬆，尤其是腿骨長了近二寸，一時頗有些不習慣，走幾步路連忙扶住宮滌塵，只怕一不小心就摔倒。

宮滌塵看著他短了一大截的褲腳，哈哈大笑：「怎麼樣，你宮大哥的本事還不錯吧。」

小弦卻偏著頭，笑嘻嘻地盯著他：「我看見了。」

宮滌塵奇道：「你看見什麼了？」

小弦道：「我一直想看看你的牙齒是不是很白，可你總是不肯笑，這一下總算看見了。嗯，確實配得上我那玉樹臨風的宮大哥。」

宮滌塵怔住了，心想自己平日確實是極少如此開懷大笑，一時也不知應該罵幾句小弦，還是應該感激他給自己帶來了久違的快樂，心頭浮起一絲異樣，轉過頭輕聲道：「走吧，我們可以入城了。」

在城門口遇見官兵盤查時，宮滌塵將一塊玉牌隨手一亮，立刻通行。

小弦問道：「這是什麼寶貝？為何那些凶霸霸的官兵一見之下立刻老實了許多，還對宮大哥點頭哈腰、十分恭敬？」

宮滌塵淡淡道：「這是泰親王親手贈我的玉牌，除了皇宮內院與少數幾個地方，這京師裡任何去處都可暢行無阻。」

小弦一震：「泰親王?!」

宮滌塵也不多言，只顧朝前行路。小弦雖有疑惑，瞬間逝去，暗想以宮大哥的外表與氣度，必是大有來歷的人物，泰親王巴結他亦是情理之中……在他幼小單純的心目中，泰親王便是如那戲台上畫著白鼻、長著一張小人嘴臉的朝中弄臣，縱然是堂堂親王的身分，亦會對宮大哥努力「高攀、巴結」，想到自己剛才還對宮大哥有所懷疑，暗暗自責兩句。

宮滌塵本以為小弦會追問自己與泰親王的關係，見他臉有愧色，埋頭行路，運起明心慧照，立知究竟。他雖是俗家弟子，但自小隨蒙泊大師，精研佛法，早堪破了諸多人情世故，相較之下，這個胸無城府、天真無邪的孩子比起世上大多數人來更令他動容。心頭唏噓一歎，忍不住扶住小弦的肩膀，與他並肩同行。

小弦長高了足有三寸多，看起來已像一個毛頭小夥子，雖然有人注意到他那短得極不合身的褲腳，但那些入京做活的工匠學徒亦大都如此，並未受人懷疑。

兩人一路朝京師西城而行，走了一會兒，來到一座氣派華貴而不失簡樸的府邸。小弦眼尖，看到那府門上掛著一個牌子，寫著一個大大的「明」字，牌子下還站著一位挺胸插腰的家丁，吃了一驚：「這是什麼地方？」

宮滌塵肅聲道：「你還記得我們的約法三章麼？第二條，今天一切行動都要聽我的指揮！」

「可是……這個『明』字是什麼意思？」小弦小臉憋得通紅，終於還是忍不住發問。

宮滌塵微微一笑：「京師除了明大將軍，還有哪一位王公貴族能住在這樣的地方？」

小弦目瞪口呆，難以置信地望著宮滌塵。宮滌塵靜靜站在原地，面上沒有絲毫表情。

小弦愣了半天，上前拉住宮滌塵的手：「我相信宮大哥，走吧。」這一刻，他相信宮滌塵無論做出任何讓他吃驚的事情，都絕不會對自己不利。

宮滌塵來到將軍府前，對門口那位家丁道：「通報明將軍：就說吐蕃蒙泊國師的大弟子，宮滌塵求見。」

「噹」的一聲，小弦腳下發軟，一下子未站穩，連忙扶住將軍府前的石獅，腳趾已撞在石獅上，卻絲毫不覺疼痛。他萬萬未想到，這個宮大哥竟然會是吐蕃國師蒙泊的大弟子，縱是這一日中已遇見了無數奇怪的事情，乍聽到這消息亦是立足不穩，差點當場摔一跤出個大洋相。

小弦在擒天堡見過的番僧扎風喇嘛就是蒙泊的二弟子，看那扎風喇嘛好色貪財，心中早認定這個吐蕃國師必是如同扎風喇嘛一般，是個浪得虛名之輩。何曾想自己敬若天人的宮滌塵亦是出於他的門下！幾乎疑心自己聽錯了。

宮滌塵與扎風喇嘛一個在天上一個在地下，可謂完全不同的兩類人，就算打破小弦的腦袋也不會猜到他們竟偏偏是同門師兄弟，只覺得世間最大的笑話莫過於此。

宮滌塵似笑非笑地瞪了小弦一眼，小弦漸漸回過神來，一咬牙：或許宮大哥就是那種出污泥而不染的人，自己萬萬不能懷疑他。明知這種想法頗為牽強，卻拚命止住其餘的念頭，上前兩步拉住宮滌塵的手，似乎能從他溫暖的手心裡感應到一份令自己堅定的力量。

那家丁聽了宮滌塵的話，卻是一翻白眼：「你可與將軍預約過？」

宮滌塵微笑搖頭：「這個倒不曾。」

家丁從鼻中哼一聲：「你可知這京師中有多少人想見我家將軍，若是人人都如你一樣不請自來，將軍還不得累死……」看著宮滌塵篤定的神態，越說聲音越低，自己也不明白為何面對這樣一個看似手無縛雞之力的文弱秀士，平日的驕橫都不翼而飛？

宮滌塵仍是那絲毫不動氣的樣子：「在下有急事求見明將軍，煩請通報。」

家丁晃晃腦袋，似是要甩去什麼念頭，眼睛瞪得溜圓：「說了不行就不行。」

按常理宮滌塵此時至少應該掏出幾兩銀子賄賂一下這名家丁，他卻渾如不通世故，仍是輕言細語：「若是耽誤了大事，兄台可擔當得起？」

家丁「吥」了一聲：「若是你意圖行刺將軍，我又怎麼擔當得起？」

宮滌塵歎了一聲，回頭對小弦道：「走吧。」

小弦巴不得不入將軍府，轉身就走。卻被宮滌塵一把拉住：「往哪走？」拖著小弦直往將軍府內進去。

小弦大驚，普天之下敢這般硬闖將軍府的也沒幾人，莫非宮大哥當真不要性命了？然而看那家丁卻是一臉茫然，望著宮滌塵與自己施施然而入府，全無半分反應。

宮滌塵懶得與那家丁廢話，索性運起「明心慧照」，剎那間已惑住那名家丁。他當然知道擅闖將軍府的後果，府中看似寂靜，這一刻確已無異於龍潭虎穴，稍有不慎便會中埋伏，一路緩緩而行，忽見一人迎面走來。

宮滌塵微微一笑，舒了口氣：「總算遇著一位管事的人了。」

小弦卻是倒吸一口冷氣，來人身材高大，面色黝黑，眉心上一顆大痣泫然欲滴，正是黑道殺手之王鬼失驚！

小弦曾與鬼失驚在擒天堡中見過面，知他眼光精準，宮滌塵雖替自己易容，卻未必能瞞過這殺手之王的眼睛，連忙往宮滌塵身後一躲。

鬼失驚本以為有人硬闖將軍府，匆匆趕來，殺氣凜凜，見到宮滌塵時驀然一震：「宮，宮兄為何擅闖將軍府？」

宮滌塵淡然道：「鬼兄好，只因有急事求見將軍，門口那家丁卻拒不放行，迫不得已只好硬闖了。」

鬼失驚臉色一變：「宮兄請隨我來，那名家丁我自會處置。」他目光在小弦身上一滯，隨即移開，似乎並不曾懷疑小弦的身分。小弦暗暗舒了一口氣。

宮滌塵道：「他亦是忠於其職，倒也不必懲戒。」

鬼失驚漠然道：「我懲他並不是因他不放宮兄進來，而是他竟會讓宮兄直闖而入。」

宮滌塵若有若無地一笑：「若是我不能闖進來，又有何資格見明將軍？」

鬼失驚一歎：「也罷，便饒他一回。」領宮滌塵與小弦來到一間純黑色的小廳前：「請宮兄稍待片刻，我去通知將軍。」目光落在小弦身上，陰沉的臉上竟露出一絲笑容：「小弦，你好啊。」不等小弦回答，轉身匆匆離去。

小弦嚇了一跳，這才知道鬼失驚早就認出了自己，鬼失驚可算是他最怕的幾個人之一，想著他那態度曖昧的一笑，不知他打的是什麼主意，胸口好一陣怦怦亂跳。

宮滌塵望著那間純黑如墨、似木似鐵打造的小廳，歎道：「這想必就是傳說中的將軍廳了。」見小弦心神不屬，自顧自地道：「聽說此廳乃是融渾無間的一個整體，均以上等鐵木所製，堅固異常，刀槍水火皆難侵入分毫，乃是天下第一高手明將軍練功會客之處，普天之下只怕也沒幾個人能親眼目睹。若不好好珍惜這份眼緣，豈不是白來將軍府一趟？」最後這句話卻似是有意介紹給小弦聽。

小弦哪還有心情看什麼將軍廳，只呆呆想著宮滌塵這個才認識不足半日的大哥。他不但身為吐蕃國師蒙泊的大弟子，手執泰親王親賜的玉牌，更直闖將軍府而毫髮無傷，而且從頭到尾都是胸有成竹、將一切了然於胸的模樣，平生所見過的人物亦不在少數，但若說到神秘莫測，當屬此人居首。偏偏自己對他仍是提不起一絲惡感，無論他是好是壞，是正是邪，只要他一句話，寧可為他拚卻一腔熱血……

想到這裡，小弦走到宮滌塵面前：「宮大哥，我想請你一件事。」

宮滌塵淡然道：「我們兄弟之間，不必說請字。」

小弦驀然覺得鼻子一酸，深深呼吸了幾口空氣方才平復：「以後無論發生什麼事情，就算你想殺我也罷，我都毫無怨言。我只請你……不，我只希望你不要和林叔叔為敵。」

宮滌塵一震，沉吟良久，才一字一句地道：「我答應你。」

小弦立刻笑顏逐開，剛才那一剎，他忽然冒出一種可怕的想法：無論宮滌塵要對付誰，他都會全力相幫，但若是他與林青為敵，實不知應該如何是好，所以才說了這番話。聽到宮滌塵答應了自己，心中一塊大石總算落了地。

聽到小弦的話，宮滌塵心緒稍亂，這乃是他習成虛空大法第二重「疏影」之境後從未有過之事。答應了小弦，亦意味著他必須要重新修訂自己的計畫，然而心中卻無一絲後悔之意，與小弦雖僅僅相識半日，那種人與人之間微妙而一發不可收拾的感情卻已深深植根在他的心間。

或許，傾蓋如故就是如此！

宮滌塵正沉思間，忽感應到心口一跳，抬頭望去，明將軍已如一座佇立千年的大山般靜立在他面前。

「不知宮先生找我有何事？」明將軍沉聲發問，目光卻盯在小弦身上，若有所思。

宮滌塵不語，目光亦停在小弦身上。

小弦終於見到了這個被愚大師稱為自己命中宿敵的四大家族少主、雄霸天下第一寶座二十餘年不倒的明將軍！

明將軍並不高大，相貌亦比小弦想像中遠為年輕，近五十的年紀瞧起來不過三十許人。最奇特的是他那頭不見一絲雜質、隱如流泉極有金屬質感的烏髮，彷若綢緞；那透著瑩玉神彩的肌膚，被身後將軍廳黑色的牆壁所襯，更有一種奪人心魄的氣勢。

小弦略帶好奇地望著明將軍。在他的心目中，明將軍既是天底下最神秘的人物，也是一個害得父親許漠洋家破人亡、流落江湖的大壞蛋。然而此刻心中卻提不起一絲惡感，反有一種終於見到江湖傳言中絕頂高手的興奮。

甚至，從隱隱浮現的懼意中，還有一種自己也說不清楚的尊敬。

明將軍終於開口：「就是這個孩子麼？」

宮滌塵點點頭：「他剛剛從追捕王手中逃出來，無意間遇上了我。以將軍的智慧，想來不必滌塵再多言。」他知道只要對明將軍點出追捕王的名字，泰親王的籌畫已呼之欲出，餘下的事情就由明將軍自己審時度勢，權衡利弊。

小弦心頭一凜，聽兩人的口氣，宮滌塵來將軍府竟然是專門為了讓明將軍見到自己，這是何故?!想起愚大師曾說自己是明將軍的命中宿敵，他雖從未將那些話語放在心裡，權當是戲言，但若是明將軍知道了此事，多半不會放過自己，不由有些忐忑不安。看到宮滌塵低頭對自己露出一個充滿鼓勵的微笑，心頭稍定。

「本將軍雖然今日才見到宮先生，但早就聽說你淡泊名利、無畏權勢之風範。」明將軍目光略略一沉，思索道：「若是京師中任何一人帶他來將軍府我都不會奇怪，但宮先生亦如此做法，卻是令我百思不解，可否解釋一二？」宮滌塵身為吐蕃國師蒙泊的大弟子，置身於京師權謀鬥爭之外，自然不會將小弦送至將軍府以求功名，而明將軍下令將軍府全力保護小弦之事極其機密，外人亦不會得知。明將軍縱是智謀高絕，也猜測不出宮滌塵的用意。

宮滌塵並不直接回答明將軍的提問：「滌塵只是想知道：明將軍到底是不是我心目中的那個人？」說話間，他已暗運「明心慧照」大法，潛測明將軍此刻的心理變化。

明將軍毫如不覺，大笑道：「詆毀銷骨，眾口爍金。我明宗越是什麼樣的人，本無需別人的判斷。」

宮滌塵但覺明將軍似已與他身後的將軍廳合為一體，「明心慧照」欲測無門，不敢強試，暗中收功，淡然道：「子非魚，焉知魚之樂？」這一句乃是莊子中的名句，《天命寶典》傳承於老、莊之學，小弦知道這句話的意思，卻覺得用在此處大是不倫不類，心想難道宮大哥以判斷出明將軍的喜怒為樂麼？實在是不可思議！

明將軍微微一怔，精芒隱現的眼神鎖在宮滌塵俊美的面容上，就像是第一次才看到面前這個手神如玉、宛若濁世佳公子的人，緩緩道：「宮先生心目中的我是什麼樣子？」

宮滌塵朗聲道：「公欲成大事，當無拘小節。」

明將軍冷笑：「何為大事？何為小節？」

「男子漢大丈夫自應以國家興亡為重，個人恩怨為輕。」宮滌塵喟然一歎，望著小弦道：「若是將軍府要強行留下這孩子，宮某定會非常失望，從此不會再與將軍見面。」小弦越聽越是糊塗，想不明白為何將軍府要留下自己？而宮滌塵說從此不見明將軍，難道明將軍會受他這樣的「威脅」？

明將軍大笑：「宮先生危言聳聽，到頭來原不過為了這個孩子？我明宗越豈會與之為難，你盡可帶他走。」

宮滌塵道：「將軍自然知道京師中各勢力皆對此子虎視眈眈。只怕我們前腳才離開將軍府，立刻便會被請到什麼親王皇子的府中，宮某雖自命不凡，卻也不敢保證這孩子的安全……」這番話除了未直接說出泰親王與太子的名字，幾乎已經挑明了京師中幾大派系間的明爭暗鬥，恐怕也只有身為吐蕃使者的宮滌塵才可這般直言無忌。

小弦聽得雲裡霧裡，渾不知自己為何變得如此重要？而宮滌塵與明將軍之間隱含機鋒的言辭亦令他增添一份神秘之感。

明將軍沉聲道：「宮先生有何妙策？」

宮滌塵微笑：「滌塵想問將軍借一個人，五日後當將軍到清秋院中作客時便歸還。」

明將軍目光閃動，轉向鬼失驚：「這五日由你負責保護這孩子的安全，若有人對他圖謀不軌，殺無赦！」鬼失驚臉無表情，恭身答應。

宮滌塵面色不變，心頭暗歎，明將軍剎那間便已猜出自己欲借鬼失驚保護小弦的用意，一代梟雄果然名不虛傳。

而小弦卻是大吃一驚，僅是見到鬼失驚就已令他提心吊膽，若是這五日時光與之朝夕相處，豈不要驚駭出一場大病？剛想出口反對，卻見宮滌塵的眼光罩來，右手三指翹起，暗暗一搖，無疑是在提醒與自己的「約法三章」，只好悻悻閉嘴。

明將軍又對宮滌塵道：「並非本將軍不給宮先生與亂雲公子一份面子，而是這些日子政事繁忙，恐怕五日後未必有閒暇。」

宮滌塵悠悠道：「不知將軍會不會給暗器王面子？」

明將軍動容：「林青也會參加？」

宮滌塵笑道：「京師人物齊聚，又怎會少了暗器王？」小弦聽到林青的名字，心中一動。他本不知宮滌塵五日後在清院秋中宴請京師各門各派人物之事，但想到宮滌塵曾說五日後保證讓自己回到林青身邊，看來果然是早有計劃，並未蒙哄自己，對他的信任更增一分。

明將軍雖早就定下參與聚宴之事，但卻未想到會與暗器王在那裡相見，略生警惕：宮滌塵身為吐蕃使者，為何對此事這般熱心？猶豫在心頭一閃而逝，朗然道：「宮先生儘可放心，我必會去清秋院一行。」

宮滌塵拱手一禮：「既然如此，五日後再睹將軍風彩，宮某告辭。」拉著小弦往將軍府外走去。

小弦一向有禮貌，此刻卻不知是否應該對明將軍打個招呼告別，愣然朝明將軍點點頭，卻又接觸到鬼失驚的眼光，連忙怯怯地垂下頭去。

宮滌塵帶著小弦一路走出將軍府，再無阻攔，鬼失驚不遠不近地保持著十餘步的距離跟在兩人身後。小弦心頭打鼓，幾次想對宮滌塵說不要鬼失驚隨行，在肅穆的將軍府中卻不敢多言。

轉念想到鬼失驚雖然可怕，畢竟不敢違抗明將軍的命令，既然奉命保護，想必不會為難自己。有這個世人皆畏的「保鏢」隨行，這幾日在京師中可以放開手腳大玩一陣，就算遇見追捕王也不必害怕，若是與這黑道殺手之王在京師中捉迷藏，倒也有趣。越想越好玩，一時只覺世事之奇莫過於此，本是被追捕王灰頭土臉地擒至京城，誰知遇見宮滌塵後揚眉吐氣，不但幾日後便可與林青會合，更能有幸擺一擺高手護駕的威風，不由對神通廣大的宮滌塵佩服不已，順便給將軍府外那依然目光癡迷的看門家丁一個鬼臉。

出了將軍府，宮滌塵走出兩步，忽停下身形。對小弦笑道：「你不要怕，我們等一等他。」

雖說有宮滌塵在身旁，小弦依然不敢直面鬼失驚，驚訝道：「為什麼？」忽聽到體內骨節輕微爆響不絕，卻是宮滌塵「移顏指法」推拿的效力已過，身材正慢慢恢復。

鬼失驚大步趕上，笑著替宮滌塵回答道：「若是被不知情者以為我在跟蹤你們，豈不反是弄巧成拙。」他面上雖是有笑容，說話語氣仍是漠然不動半分感情。

宮滌塵點點頭：「我這幾日還有些事情要辦，小弦的安全便拜託鬼兄了。」

鬼失驚淡淡道：「宮先生放心，鬼失驚一生從不受人恩情，但小弦對我有救命之恩，豈會不盡力。」又對小弦一笑：「小弦第一次來京師吧，這幾日想到何處遊玩，鬼叔叔都陪你去。」

他口中的「救命之恩」指的是在擒龍堡困龍山莊中諸人被寧徊風困於那大鐵罩下，若不是小弦靈機一動誘寧徊風火攻，包括林青、蟲大師、鬼失驚在內數大高手都將命喪其中。鬼失驚雖是人人驚懼的黑道殺手，但最重恩怨，所以破天荒地對小弦和顏悅色。宮滌塵與明將軍顯然都想到了這一點，所以才讓鬼失驚出面保護小弦。

小弦心頭稍定，聲音仍有些打顫：「鬼……鬼叔叔不用費心，我哪也不想去。」心想若是與鬼失驚一路，再有什麼好玩的地方亦毫無興致。

鬼失驚瞧出小弦的心思，柔聲道：「這樣好了，這幾日我只是遠遠保護你，並不公然出面。只要你不闖出天大的禍事，叔叔都幫你扛著。」其實在困龍山莊中小弦所起的作用雖然關鍵，但若沒有林青飄忽的身法與凌厲的暗器，諸人亦難逃毒手，而且在此之前蟲大師還先從萬斤鐵罩下救下了斷臂的鬼失驚。只是鬼失驚生性高傲，不肯對林青與蟲大師示好，所以寧可把小弦當做自己的救命恩人，這分心態卻是不足為外人道了。

小弦感應到鬼失驚對自己確是一片誠心，漸漸不再怯他，嘻嘻一笑：「什麼才是天大的禍事？」

宮滌塵笑著接口道：「比如你去皇宮內院中偷東西，或是去刑部大牢中劫死囚……」鬼失驚聽宮滌塵說得有趣，亦忍不住大笑起來。

小弦吐吐舌頭：「這我可不敢。」眼珠一轉，想到自己一路捉弄追捕王之事，無數花樣又湧上心頭。不過對鬼失驚畢竟懼意未消，也只能想想作罷。

三人由京西的將軍府穿過半個京城，來到南郊。遠遠望見一個大湖，湖畔有一座竹林環繞的小山莊，宮滌塵拍拍小弦的頭，以手相指：「這個湖就是梳玉湖，因湖水澄碧宛若翠玉，這片竹林形如木梳，因而得其名，乃是京師五景之一。而湖邊的那座山莊便是人稱『亂雲低薄暮，微雨洗清秋』的清秋院了，這五天你都將住在這裡。」

小弦看那山莊雖然並不依山靠水，卻是環境雅致，佈局精巧，一陣微風吹過，竹林千枝齊搖、竹葉飄娑，發出簌簌的聲響，既如披甲待發的百千鐵騎、鋒芒畢露的萬叢劍林，又似氣象蒼茫的濤生雲海、變幻無端的海天澤國，想不到在熙熙攘攘的京師中竟有這樣一個宛若世外仙境的寧靜處，心頭已喜了幾分。

鬼失驚停下腳步：「沿路上我已發現或明或暗的十九名探子，想必將軍府公開保護小弦之事已然傳遍京師，任何人想打他的主意皆會三思而行。清秋院內應無危險，我不便入內，回頭派『星星漫天』晝夜守在清秋院外，小弦如要出門我必會跟中跟隨。」「星星漫天」是鬼失驚手下的二十八名弟子，以天宮二十八星宿為名，每一個人都是藏身匿形精於伏擊的殺手。

宮滌塵淡然道：「有勞鬼兄了。」鬼失驚嘿嘿一笑，又望一眼小弦，閃入道邊樹林中不見。

等鬼失驚去遠，宮滌塵拍拍小弦，歎道：「鬼失驚雖然惡名昭著，卻是有諾必踐，比起這世上許多自命俠義之人，更令我敬重。」

小弦倒是對此頗不以為然，只是隱隱覺得宮滌塵與鬼失驚之間對答略顯生硬，似有什麼不同尋常的關係。

兩人沿著梳玉湖畔緩緩而行，堪堪走近清秋院，小弦看到山莊門口上掛著一個大匾，上書三個大字：第一院！在「第一院」前面還有兩個字，卻被白布遮蓋，瞧不清楚，奇道：「為什麼要用布遮住？還有兩個是什麼字？」

宮滌塵解釋道：「當年皇上要納江浙三千民女入宮，亂雲公子之父『雨化秋』郭雨陽與華山無語大師力諫不果，以死相抗，靜坐梳玉湖邊絕食十三日，終迫得皇上收回聖旨。江湖人士有感郭雨陽的高風亮節，贈匾上書『武林第一院』。郭雨陽死後，亂雲公子謙和自斂，所以才命人將『武林』兩字遮去，以免引來流言菲語。」

小弦方知其故，不由對這尚未謀面的亂雲公子大生好感。心想也只有這樣的人物方可有資格與宮大哥結交。

宮滌塵來到京師後與亂雲公子結識，這些日子一直住在清秋院中，山莊門口的家丁瞧見了他，皆是點頭為禮，神情恭謹。宮滌塵問起亂雲公子，一人回答道：「公子剛剛送簡公子出門，應該過不多時便能回來。」望著小弦，卻也不多問，只是頷首微笑。

宮滌塵淡淡「哦」了一聲，徑直帶著小弦入內。小弦好奇地看著幾位家丁，心想大凡豪門家丁皆是趾高氣揚、不可一世的模樣，將軍府前即可見一斑，不料這幾人卻都是文質彬彬，衣衫乾淨整潔，頗有氣度，如果走在街上必認為是入京趕考的秀才，京師四大公子果然都是有些名堂。又想到他口中的簡公子想必就是被譽為天下第一美男子的簡歌簡公子，聽說此人貌賽潘安宋玉，更是熟讀萬卷，文才凌眾，出口成章，極擅舌辯，乃是世間女子心儀的最佳男子。不由偷偷看了幾眼宮滌塵，那京師城外溫泉潭底所見到的一幕重又浮現腦海，實在是永生難忘……

在小弦的心目中，若論相貌，縱是那簡公子被吹噓得天花亂墜，也難及宮滌塵之萬一！

入了莊門，但見池、榭、樓、台皆是小巧玲瓏，雖相隔不遠，卻均自獨立，各成風景，又有一條蜿蜒流過的小溪將各方建築連為一體，雖已入冬，卻依然有零落的綠色鋪點在小溪周圍，令整個山莊透出一份寬敞明亮的清曠之氣。

小弦極少來這等大戶人家的莊院，頓覺神清氣爽，暗想這亂雲公子定是一位胸有丘壑、腹藏玄機的飽學之士。相形之下，平山小鎮上朱員外的莊園雖是面積遠勝此處，精緻淨雅卻遠遠不及，猶如大雜院一般。

宮滌塵顯然對清秋院中極為熟悉，帶小弦來到一個大廳中：「這裡是亂雲公子會客的地方，名叫梅蘭堂，五日後你就可以在這裡見到你的林叔叔了。」

小弦強按要見到林青的興奮，瀏目四顧，先看到廳堂正中掛著一幅對聯：

梅標清骨，舞衫歌扇花光裡。

蘭挺幽芳，刀鋒劍芒水雲間。

小弦品味其中那份微妙的意境，一時略有些茫然：「這是亂雲公子的手筆麼？嗯，下面還有幾個小字：暮寒題於乙戌年仲秋……原來是一個叫暮寒的人寫的，不知是誰？」

宮滌塵笑道：「亂雲公子大名便叫做郭暮寒。難道你還懂書法？」

小弦鬧了小笑話，赧然道：「我不懂書法，只是看了這兩句對聯，總覺得好像有一種鬱志難舒的感覺。」

宮滌塵一愣，他雖是極細心之人，但來京師後諸事繁忙，來過幾次梅蘭堂，卻從未留意過這幅對聯，聽小弦所言，凝神思索聯意，果然有一種在聲色犬馬中暗斂鋒芒，以圖東山再起的味道。他知道小弦受《天命寶典》影響，對周圍環境極是敏感，心中一動：「你剛才看到明將軍時可有什麼感覺？」

「好像也沒有什麼感覺。」小弦回想見到明將軍時的情形，呆呆地道：「有一點害怕，又有一點好奇，嗯，他的頭髮好奇怪，像……」想了想才總算找到一個合適的詞：「像一條剛剛從油裡拿出來、又燙熨平整的布匹。」

宮滌塵隨著蒙泊國師精研佛法多年，對那些不可臆度的玄妙天機自有體會。所以他故意帶小弦去見明將軍，實想看看暗器王口中的「剋星」會否令明將軍有什麼不同尋常的感受，不過看起來明將軍與小弦似乎都沒有特別的感覺，聽小弦形容得有趣，莞爾一笑。

小弦眨眨眼睛，似是想到了什麼事情：「將軍府中怎麼不見明夫人？」

宮滌塵道：「此事亦算是一奇。明將軍年屆五十，卻僅收了四名小妾，正室之位一直虛席以待。有不少人因此懷疑他鐘意的某位女子早已身亡，所以寧可終身不娶。幾年前明將軍揮師塞外，大勝而歸，手下有位千難和尚特意擒來一名回族的絕色少女獻與明將軍，誰知明將軍勃然大怒，竟在三軍陣前將千難和尚梟首示眾，從此再無人敢提及此事。」

小弦目瞪口呆，想不到父親許漠洋提起過的大仇人千難和尚竟是如此下場，雖有些快意，卻也心驚：「明將軍如此喜怒無常，為此事斬將，豈不令手下士兵心寒？」

宮滌塵歎道：「你僅知其一不知其二。這個千難和尚乃是少林叛徒，無惡不作，最喜歡姦淫幼女，是為佛門之大忌。他投入將軍府後仍不知收斂，明將軍出兵塞外時權且用之，等大勝回師自然不容於他，找到機會便借題發揮，斬之以壯兵威。僅以此事而論，明將軍可得到我七分敬重。」

小弦一時茫然，實難判斷明將軍此舉的對錯。心想宮大哥敬重明將軍七分，不知還有三分又是什麼？又問道：「那明將軍可有子女？」

宮滌塵搖搖頭：「他雖收下四名小妾，卻並無所出。聽說曾有位小妾懷了身孕，亦被他強行逼服藥物墮胎……自古『不孝有三，無後為大』，明將軍的行徑委實叫人猜想不透。咦，你眼睛為何亂轉，可又想到了什麼？」

小弦面色古怪，吐吐舌頭：「我什麼也沒想啊。」原來他見宮滌塵特意帶他去將軍府，再加上京師中人人都想抓住自己，忽發奇想：當初日哭鬼、吊靴鬼不就是要把自己送給擒天堡主龍判官做乾兒子麼，難道明將軍亦有此意？所以才問起明夫人與明將軍的子女之事。聽了宮滌塵的解釋，又自覺牽強，暗暗失笑。

小弦又看到梅蘭堂中地方並不大，僅可坐下二、三十人，心想這等豪門宴請賓客必是大擺酒席，場面奢華，不由問道：「除了林叔叔外，五天後還有什麼人來？這地方……夠麼？」

「這就不由你這小鬼操心了。」宮滌塵笑道：「亂雲公子一向行事低調，不喜熱鬧，若不是礙於我的面子，又豈有請客的閒情逸致？我自然也不好意思吵了清秋院的清靜，主賓一併也不過十九人而已。」

小弦這才知道此次宴客之舉竟然是宮滌塵的主意，奇道：「為何是十九人，湊個整數不好麼？」

「你當我無事擺闊麼？這次來的都是京師極有身分的人物，豈能隨隨便便拉人湊數？何況『九』乃窮極待變之數，多一人反為不美。」宮滌塵望著小弦微笑道：「其實我本還差一位客人，正猶豫是否應該請顧清風之弟顧思空，可巧你來了，恰好做第十九位小客人，也算是天意。」

小弦吃了一驚，手指自己的鼻子：「我?!其他還有什麼人？」

宮滌塵悠然道：「京師三大掌門、三位公子、八方名動，再加上泰親王、太子殿下、明將軍、水知寒、鬼失驚與區區在下。」

小弦目瞪口呆，想不到竟得到宮滌塵如此看重，自己一個無名小卒能與這些名動江湖朝野的人物並列，既覺自豪，又覺惶恐。忽又想到追捕王梁辰豈不也是座上佳賓？若是找自己算帳可不是鬧著玩的，急忙道：「宮大哥還是請來那個顧什麼空吧，我，我可不行。」

宮滌塵瞧出小弦的心思，拍拍他的肩頭：「你放心吧，有宮大哥與你林叔叔在場，再加上明將軍今日派鬼失驚與你同行，再借追捕王十個膽子也不敢把你怎麼樣。」又似笑非笑地補充道：「當然，如果你實在沒有信心，宮大哥也不會勉強你非要出席。」

小弦受宮滌塵一激，忍不住挺起小胸膛：「我當然有信心。」想像著五天後的場面，終是有些心虛：「萬一有人臨時有事來不了呢？」心想鬼失驚似乎對自己還不錯，他出席也就馬馬虎虎罷了，最好追捕王與管平等人都來不了。

宮滌塵仰首望著梅蘭堂的屋頂：「不看僧面看佛面。就算有人不給亂雲公子與我的面子，為了一睹蒹葭門主的雅姿玉容，也必會到場。」言下竟似也有幾分期盼之意。

小弦雖然從未見過駱清幽，但因林青的關係對她的印象極好，聽說駱清幽一向深居簡出，少見外人，倒真想看一看這位被譽為江湖第一才女的奇女子是如何的「繡鞭綺陌，雨過明霞，細酌清泉，自語幽徑」……嘻嘻一笑：「原來宮大哥的心上人是駱姑姑。」隨口說出無心之言，自己倒是一愣，萬一宮滌塵當真喜歡駱清幽，豈不成了林青的「情敵」？不由將宮滌塵與林青暗地比較，先且不論武功高下，兩人的外型不分伯仲，宮滌塵優雅的談吐與林青的從容氣度亦是各擅勝場，難分軒輊。

宮滌塵笑罵道：「你這個小鬼頭休要胡說八道，駱掌門又豈會將我放在眼裡。」

他不解釋還好，這句話反令小弦感應到一股微妙的情緒，對自己的判斷更是深信不疑。轉念一想，林青與宮滌塵可算是自己最敬重的兩個人，若他們真的為駱清幽相爭，實不知應當如何是好？小弦雖然聰明，遇上這等事情卻實在想不出個解決方案，只好先把這念頭放置一邊。又朝宮滌塵問道：「宮大哥為什麼要請客啊？」

宮滌塵淡然道：「一來是想結識一下京師各方人物，二來是要替我師父完成一個心願。」

小弦一臉糊塗：「你是說蒙泊大國師麼？他有什麼心願？」

宮滌塵神秘一笑：「到時候你就知道了。」

正說著話，從堂外走來一位年紀不過十五六歲的小姑娘，站在門口，欠身一福：「宮先生回來了，可有什麼吩咐？」

宮滌塵撫著小弦的頭：「平惑姑娘好，我帶來一個小弟弟，這幾日都住在清秋院裡，麻煩你多照顧一下他的起居飲食。」

小姑娘長得淡眉亮目，一笑起來兩邊嘴角各露出圓圓的酒渦，十分俏皮。她好奇地看看小弦，恭身答應：「我這就先派人去打掃一下。」匆匆出堂而去。

小弦低聲問道：「她是亂雲公子的女兒麼？」

「亂雲公子年紀不過三十出頭，如何會有這麼大的女兒？」宮滌塵失笑，對小弦耐心解釋道：「她是亂雲公子貼身小婢，別看她年齡小，卻極是善解人意，也可算是清秋院的小管家。」

小弦抗議道：「我已經長大了，可不是什麼『小弟弟』。以後宮大哥要介紹我的大名。」

宮滌塵哈哈大笑：「好，以後我就說你是楊驚弦楊少俠，可好？」

小弦噘著嘴道：「我現在不叫楊驚弦啦，我叫許驚弦。」忍不住問道：「奇怪，宮大哥又從什麼地方聽到過楊驚弦的名字？」這確是他一直存於心頭的疑問。

宮滌塵面色微變，目光閃動：「我是聽我二師弟扎風說的。他對你的印象極深，讚不絕口呢。」

小弦恍然大悟，困龍山莊一戰蒙泊國師的二弟子扎風喇嘛亦在場，雖然鄙夷扎風的為人，但想到他定是將自己的「英雄事蹟」宣揚了一番，又是得意又有些不好意思：「原來宮大哥早就知道我了，怪不得在那潭邊一下就猜出了我的名字。」

宮滌塵點點頭，又板起臉：「你忘了我們的約法三章了？」

小弦這才想起與宮滌塵約好不能說起溫泉深潭見面之事，吐吐舌頭：「對了，宮大哥今年多大了？我今年十二歲，明年四月初七就滿十三了。」

宮滌塵不答反問：「你看我有多大年紀？」

小弦嘻嘻一笑，湊到宮滌塵耳邊低聲道：「宮大哥現在的樣子看起來有二十五、六歲，但我見過你真實的模樣，應該還不到二十歲吧。」

「我大你五歲。」宮滌塵淡然道，又哼一聲：「除了我的師父，見過我真面目的人也沒有幾個。你可不許對人亂說。」

小弦心頭泛起一種與宮滌塵分享秘密的感覺，大是得意：「宮大哥騙人，難道除了你師父蒙泊國師，連你父母兄弟都未見過你的真面目？」

「我的父母兄弟……」宮滌塵低低歎道：「我有很久未見過他們了。」

小弦一怔，看宮滌塵言語間悵意叢生，莫非也有什麼難言之隱，更覺同病相憐，以後有機會倒要問問他。

宮滌塵瞬間恢復，依然是那種萬事不縈於心的樣子：「你怎麼想到問我年齡了？」

小弦道：「那扎風喇嘛足有三四十歲，為什麼你還叫他二師弟？」

宮滌塵道：「國師門下不分長幼，以入門先後排輩。我從小就隨著國師學藝，自然是大師兄。」小弦想像著扎風一把鬍子老大年紀，卻要忍氣吞聲叫宮滌塵師兄的樣子，不由哈哈大笑起來。

一道平和內斂的語聲從堂外傳來：「宮先生回來了。愚兄剛才送簡公子離莊，恕罪恕罪。咦，這孩子是誰？」人隨聲到，一位身材頎長的白衫秀士踏入梅蘭堂中。

宮滌塵拱手道：「郭兄不必客氣。這位，便是近日來令京師各路人馬皆不得安份的許驚弦、許少俠了。」說罷自己也忍不住低聲而笑。

小弦聞聲瞧去。亂雲公子郭暮寒年紀三十出頭，面容白淨，最醒目的是那道如黎明曉月般的淡眉下一對深眸，並不像武林高手般隱露光華，而是溫雅沖淡、明亮幽邃，與之對視毫無威懾感，卻又有一種敏銳的穿透力，彷彿任何心術不正的人都會在這雙擁有無上智慧、能包容世間一切善惡百相的眼光下無所遁形。

小弦學著大人的模樣拱手抱拳：「久仰亂雲公子之名，今日相見，三生有幸。」

亂雲公子一愣：「我聽說鬼失驚送宮兄與這孩子一起回來，本還以為是將軍府的什麼人，原來竟就是林青口中明將軍的……」

亂雲公子「剋星」二字尚未出口，宮滌塵已及時打斷他的話：「郭兄可不要小瞧許少俠，他今日剛剛從追捕王手中逃出，在京城外與我無意遇見。」

亂雲公子臉上的表情如同吞下了一枚雞蛋：「追捕王?!這怎麼可能？明將軍又怎會輕易放過他？」

宮滌塵笑道：「世間的事情往往無可揣測，若是郭兄知道追捕王在許少俠手裡吃了什麼樣的大虧，只怕更會覺得不可思議。」將小弦捉弄追捕王之事大致說出，亂雲公子一雙大眼睛彷彿要從眼眶中跳出，連呼：「原來如此，原來如此！」連忙伸出一雙看似閨中女子般秀氣修長的手與小弦相握。

小弦心頭更增疑惑：看來林青說的那句話不但與自己有關，還牽涉到了明將軍，若非顧及到與宮滌塵的約法三章，真要朝這個毫無一點架子的亂雲公子問個明白。

宮滌塵又道：「許少俠來京城是為了找暗器王，我怕有何意外，便先帶他來此，這幾日都將暫時住在這裡，事情急迫一時不及通知郭兄，魯莽處莫怪。」

亂雲公子笑道：「些許小事，宮先生不必掛在心上。」小弦注意到宮滌塵對亂雲公子的態度十分客氣，始終保持著若有若無的距離，看來雖然住在清秋院，卻也不過是普通朋友，遠不及對自己嬉笑怒罵全無隔閡，心底湧起一種莫名的得意之情。

宮滌塵對小弦道：「我與郭兄有些事情商量，你先回房休息吧。」小弦雖不情願，卻也只得無奈答應。

亂雲公子叫來剛才的那位小婢，吩咐幾句，小婢朝小弦輕輕一笑：「小弟弟，跟我來。」當先帶路，走出梅蘭堂。

小弦跟在那小婢的後面，忍不住道：「我不是小弟弟，我有名字的，我叫許……咳，你就叫我小弦好了。」本想報出大名，但面對這樣一個小姑娘似乎也太過於鄭重其事，臨時改口。

小婢嘻嘻一笑：「小弦小弦，還是一個小弟弟。」

小弦氣不過她臉上的神情，依稀記得宮滌塵叫過她的名字，忿聲道：「蘋果蘋果，只是一個小丫頭。」心中倒是奇怪她為何要叫「蘋果」，莫非還有婢女叫其他水果的名字？

「什麼蘋果桔子？」小婢一瞪眼睛：「讓姐姐來告訴你，我的名字是平安的平，迷惑的惑，可記住了麼？」

她這輕嗔薄怒的神情立時讓小弦想到了水柔清，心頭百般滋味湧上，無心與她爭辯，喃喃道：「平惑，這名字好奇怪。」

平惑笑道：「這你就不懂了吧，我來教你：公子好學善問，常常說『讀書越多，才知學海無涯。』所以給我們四個貼身丫環分別起了：平惑、舒疑、釋題、解問的名字，我年紀最大，她們都叫我姐姐，你以後也要叫我平惑姐姐。」她模樣嬌俏，加上口齒伶俐，聲音清脆，又故做老成，十分可愛。

小弦這才明白過來，臉上一紅。平惑雖然只比自己大三四歲的模樣，但既然在「好學善問」的亂雲公子門下，只怕也讀了不少書，而自己從小到大也就僅看過《天命寶典》與《鑄兵神錄》，遠遠比不上她。心中又十分不服氣，故做不屑：「這都是什麼怪名字啊，蘋果、樹葉和屍體也還罷了，竟然還有什麼接吻，真是羞死人了。」也虧他念頭轉得極快，眨眼間竟把平惑、舒疑、釋題、解問四個名字都以諧音念出，意思卻全然不同。

平惑柳眉倒豎，跺足道：「你敢嘲笑公子起的名字，我告訴了他有你好瞧。」

小弦雖有點害怕，但看到平惑發怒的樣子又想起了水柔清，只想多看幾眼，冷笑道：「黃毛丫頭最是無用，就知道告狀。」只因小弦對誤害水柔清父親莫斂鋒之事一直耿耿於懷，認定平生第一個好朋友水柔清不會原諒自己，恐怕再難相見，如今見到了相似之人，便想找出幾分影子來。卻不知天底下女孩子生氣的模樣皆是大同小異，縱是望梅止渴，亦聊勝於無。

平惑模樣乖巧，又是亂雲公子的貼身近婢，在清秋院中一向受人寵愛，何曾想不知哪裡來的小孩子對自己如此不敬，又想不出反駁的話兒，氣得俏臉生寒，口唇微顫。冷哼一聲，大步前行，再也不理小弦。

小弦一震：自己以前就總是不肯容讓清兒，處處與她針鋒相對。爹爹常說男子漢大丈夫，得饒人處且饒人，何況她父親因我而死，豈能再惹她氣惱傷心？一念至此，心中登時軟了，快步上前：「你不要生氣了，我只是開個玩笑。」這一刻，恍惚間當真是以為面前的小女孩就是水柔清了。

平惑怎料到小弦心中所想，平時小夥伴間賭氣誰也不肯服輸，竟然這麼快就低頭認錯，一時反有些措手不及，氣消了大半，面子上卻還放不下來，「唔」了一聲，垂頭不語，腳步卻已放緩了。

兩人繞過水池、花園，來到一座二層小樓，平惑低聲道：「你住在樓下南房，我已收拾好了，你如果肚子餓了，或是另有什麼要求，便可搖鈴喚我。」言罷帶小弦到房間中，板著臉交代幾句，匆匆離去。

小弦本還想問問宮滌塵的事情，順便打聽一下那一句「京師中人人皆知」的話，看平惑餘怒未消的樣子，也只得作罷。

房間雖小，卻是應用俱全，小弦和衣躺在溫暖舒適的床上，呆呆想著這一日的「奇遇」：先是追捕王與那無念宗的談歌和尚相鬥，自己趁機下了巴豆，逃到山中溫泉竟然遇見了宮滌塵，不但帶自己平安入京，更看到了天下第一高手明將軍，鬼失驚反而成了自己的保鏢，又見到了京師三公子之一的亂雲公子，再過五天便能與林青重聚……只覺自己活了十餘年，唯有這一天最是多姿多彩。

忽又想到宮滌塵請客之事，一時無聊，扳著指頭計算五日後將會遇見的人物：三大掌門、三位公子，八方名動中除了已死的顧清風外還有七人，再加上泰親王、太子與明將軍、水知寒、鬼失驚三人……

「哎呀。」小弦驚叫一聲，加上宮滌塵與自己，竟然不多不少恰好是二十人。難道是宮滌塵算錯了？再重新算了一遍，依然是二十位。他本來還不想參加宴會，此刻反倒不依不饒，生怕自己成了多餘的一位客人，一再逐個念著名字反覆計算不休。他對京師諸人本就是僅聞其名，加之與追捕王在一起擔驚受怕了幾日，早已是疲倦不堪，不幾下便算得頭昏腦脹，漸漸睡去。

小弦醒來時天色已黑，隱約見到一張可愛俏面在眼前晃來晃去，依稀是水柔清的模樣，大叫一聲：「清兒，你怎麼來了……」一把抓住她的手，手上卻是一痛，被人結結實實打了一巴掌。

「你做什麼，信不信我砍了你的手。」聲音冷冷的，又帶著一絲受驚嚇後的惶惑。

小弦揉揉眼睛，這才想到自己是在清秋院中，面前之人並非水柔清，而是那小婢平惑。不好意思地撓撓頭：「我，我認錯人了。」

平惑哼道：「看不出你倒是個小色鬼，什麼清兒情兒的。」

小弦破天荒被人冠以「小色鬼」的稱呼，大怒之下一躍而起，忽覺身上涼嗖嗖的，才發現僅穿了貼身內衣內褲，身上還蓋著一床散發著清柔花香的絨被，這一驚非同小可，剎時又縮回被中，速度比跳起來時還要快上數倍，顫聲道：「你脫我衣服？」他雖是男孩子，卻是情思初萌的年紀，若是被這年齡相仿的小姑娘看到自己的身體，簡直比打他一巴掌還難過。

平惑渾不明白小弦為何一臉驚惶，看他那活像見鬼的模樣，忍不住哈哈大笑：「脫你衣服怎麼了？又不是要殺了你。」

小弦全身和腦袋都藏在被中，僅露出兩隻滴溜亂轉的眼睛，一字一句道：「虧你還像讀過些書的樣子，難道不知道『男女授受不親』的道理？」

平惑沒好氣地道：「誰耐煩伺候你，宮先生下午來看過你，大概是他給你寬衣的。」

小弦總算鬆了一口氣，心想與宮大哥相識不過半日，卻對自己如此之好，有機會一定要報答他。望著平惑不解道：「那你來做什麼？」

平惑道個萬福，姿式極其誇張，不冷不熱地道：「請少……爺起床用餐。」這一聲「少爺」當真是叫得抑揚頓挫，眼睛中卻滿是揶揄的笑意。

小弦這才覺得肚中饑餓，卻不好意思當著平惑的面前穿衣：「你先出去。」

平惑奇道：「為什麼？」

小弦紅著臉道：「我要起床，你當然要迴避。」

平惑自小伏侍亂雲公子起居，哪想到小弦如此，笑得花枝亂顫：「哎喲，我剛才真是冤枉你了，原來竟是個正人君子呢。外面天寒地凍的，也別讓我出去了，我轉過身不看你就是了。」

小弦無奈，請平惑將衣服拿來，在被中穿衣。平惑果然轉過身去，不看一眼。小弦隨口問道：「宮大哥在哪裡？」

平惑答道：「宮先生似乎有什麼急事，用過晚餐後就匆匆離開了清秋院。臨走前還專門囑咐讓我好好照看你。」

聽到宮滌塵不在，小弦略有些失望。又聽平惑道：「宮先生到了清秋院十幾天了，無論是在公子面前還是下人面前，都是彬彬有禮，既讓人覺得愜意，又覺得不能親近。我還從未見過他對人這麼關心，難道你真是他的兄弟？」

小弦聽出平惑言中的一絲酸意，頗自豪地昂頭答道：「他是我大哥！」

平惑自言自語般喃喃道：「嗯，模樣有點不像，肯定不是同胞兄弟吧……」

這一句無心之言觸到小弦的痛處，大聲道：「我們雖然不是同胞兄弟，但宮大哥和我的感情比同胞兄弟還要親。哼，我知道我的樣子不好看，你也不用故意諷刺我。」

小弦畢竟是清秋院的客人，平惑不料他如此敏感，略有些慌神：「小弦不要誤會，我不是這個意思。嗯，其實你樣子也不難看，眼睛大大的，額頭又高，一見就讓人喜歡。」

小弦從未聽過別人這樣誇獎自己的相貌，一時竟不知應該高興還是謙虛幾句，又聽平惑說到「喜歡」兩字，才稍稍平復的臉色又泛起一絲紅暈，訕訕地說不出話來。

「咕咕。」小弦肚子發出叫聲。平惑奇怪地道：「這是什麼聲音？」

小弦道：「是我肚子叫啦。」

平惑一本正經地問：「難道你會腹語術？在說什麼？」她自幼待在錦衣玉食、不愁吃穿的清秋院，確是極少聽到這樣的聲音。

小弦氣苦，只道平惑嘲笑自己，大聲道：「肚子在說：『我要吃肉』。」

平惑這才明白過來，與小弦大眼瞪小眼片刻，終於都忍不住放聲大笑起來。友誼就這樣悄悄地在兩個孩子之間建立起來。

小弦穿好衣服，平惑端來一只青瓷細碗，笑道：「看你餓得厲害，也不用起床了，趁熱喝了這碗燕窩粥吧。這還是公子特意讓我端給你的。」

「燕窩！」小弦兩眼放光，他自小與許漠洋在清水小鎮過著清貧的生活，這等美味只從聽書看戲中得知，想不到今日終於有幸一嘗滋味。瞅到平惑驚詫的目光，連忙收斂起來。

小弦小心翼翼用銀勺舀一勺燕窩粥放在口中，若非礙於平惑在旁，定要閉上眼睛細品。卻覺得口中並無什麼特別的感覺，除了略要滑膩一些，與普通的白粥似乎也沒有多大的分別。他實在是餓得厲害，終於顧不得吃相，狼吞虎嚥地送下肚去，意猶未盡，剛想開口再要一碗，平惑早已端來。

小弦連吃四五碗，方才停下。心想等到林叔叔擊敗明將軍後，定要讓他請自己大吃一頓燕窩粥，那時細嚼慢嚥，再細細領會其中滋味。又想到不知父親許漠洋是否吃過這名貴的東西，若是能捧一碗給他，不知會多高興……忽覺悲從中來，別過頭去不讓平惑看到微紅的眼睛，長歎一聲。

「小弦為什麼長吁短歎？是不是平惑惹你生氣了？」亂雲公子從門外進來，恰好聽到小弦一聲長歎。

小弦連忙道：「不關平惑姐姐的事，她對我很好。」本來賭氣不願叫平惑一聲姐姐，此刻生怕亂雲公子錯怪她，情急下竟脫口而出，接觸到平惑感激的目光，微微一笑，一股保護嬌弱女子的豪氣油然而生。

亂雲公子柔聲道：「燕窩粥吃了麼，若想吃其餘東西，盡可對平惑說。」

小弦點點頭：「我吃飽了，很好吃。」

亂雲公子道：「你宮大哥已對我說過了，這五日你都住在這裡，有什麼不合心意的地方不必隱瞞，我雖不精什麼待客之道，卻也絕不會讓你受半點委屈。」

小弦本以為京師三大公子必都是眼高於頂之輩，想不到亂雲公子如此平易近人，絲毫沒有架子。但或許是他威名極盛，小弦心裡總還隱隱有種畏縮，只是喏喏點頭，不知說什麼好。

亂雲公子道：「小弦想必累了，早些休息吧。若是覺得無聊，明早到我書房找些書看。」關切地給小弦掖好被角，吩咐平惑幾句，轉身出門。

平惑奇道：「公子一向只知讀書不理諸事，竟然也會專門來看你，難道你是個大有來頭的人物？」

亂雲公子一走，小弦頓覺心裡輕鬆了許多，嘻嘻一笑：「這叫人不可貌相。」

平惑扁扁嘴：「好了不起麼，我可不想沾你半點光。」

小弦一本正經道：「我又不是油燈蠟燭，沾什麼光？」兩人相視而笑。經過一陣相處，雖仍是故意板著臉說話，心中卻早沒有賭氣的念頭。

平惑笑道：「乖弟弟，你剛才在公子面前叫我什麼，不妨再叫一聲聽聽。」

小弦瞪起眼睛，蘋果桔子一陣亂叫，氣得平惑直跺腳。

小弦心中一動：「你若能回答我一個問題，我就叫你姐姐。」

「哎！」平惑當仁不讓，先答應一聲：「有什麼問題？」

小弦正色道：「你可知道前幾天我林叔叔……哦，就是暗器王林青進京時說了一句話是什麼嗎？」

平惑長長「哦」了一聲，臉露恍然之色：「你竟然是暗器王的侄子，果然是有些來歷，怪不得宮先生和公子都如此看重你。」旋即反問道：「我好像也聽人說他來到京城，他說什麼了？」她雖身為京師三大公子的貼身近婢，奈何亂雲公子郭暮寒一向不理閒事，清秋院亦不參與京師派系爭鬥，雖得知林青入京之事，卻知之不詳。

小弦看平惑神情絕非作偽，略微一怔，這才知道宮滌塵口中的「京師人人皆知」至少絕不適用在面前這小姑娘身上，悻然道：「既然你不知道，我就不叫你……」連忙收口，生怕被平惑又借機占去便宜。

平惑偏著頭道：「我雖然不知道你打聽的事情，但只要你叫我一聲姐姐，我可以讓你去找一個人，他一定會知道。」

小弦反問道：「你怎麼知道他一定知道，萬一他並不知道，我豈不是白叫你一聲？」

平惑道：「這個人可不是一般的人，天下的事情幾乎沒有他不知道的，只要你有銀子，他就會告訴你。」

小弦心生疑惑，不由摸摸懷中的銀子：「你說得未免太絕對了吧，天下之事何止萬千，他怎麼可能全都知道？」

平惑嘻嘻一笑：「信不信由你。反正『君無戲言』這四個字是京師一個響噹噹的招牌，至少到現在為止，似乎還沒有他不知道的事情。」

小弦大生興趣：「這是怎麼回事？」

平惑高高一昂頭：「你先叫姐姐。」

小弦亦是昂首挺胸，只可惜個頭本就沒有平惑高，又是坐在床上，終是趕不上她的高度，哼道：「你先說，若是有理，再叫不遲。」

「好吧。」平惑拗不過小弦，只好道：「這『君無戲言』吳先生乃是京師中極有趣的一個人，看模樣就像個算命先生，卻是無所不知，無所不曉。最奇特的是他可以回答任何人的問題，但每個問題都要收費，費用由問題的難易程度不等，有的只要一個銅板，有的卻要幾千上萬兩銀子。」

小弦第一次聽到這等新鮮事：「難道就從沒有問題難住他？」

「那也不儘然。你若是讓他回答你今晚喝了幾碗燕窩粥，他定是不知道。」平惑笑道：「不過只要是有意義的問題，確是從未出過錯。京城人都知道，『君無戲言』答出問題不奇怪，若是有天對你說聲『不知道！』，那才是天下奇聞。」

小弦聽得意動，心想若不見見這位如此有趣的「君無戲言」，豈不白來一次京師？反正有鬼失驚保護自己，明日就去找他問個明白。張嘴想說話，卻先打了個哈欠。

平惑道：「你睏了，那就先睡吧。」替他將凌亂的床鋪平，將衣物放在枕邊，又細細囑咐夜壺的方位等等瑣事，聽得小弦臉紅不已。他從未受過人這般精細的服侍，瞧平惑做得理所當然，開口道謝似乎也太小家子氣，囁囁嚅嚅說不出話來。

平惑笑道：「你不用謝我，叫聲姐姐就行了。」

小弦不肯受她「要脅」，嘴硬道：「等我見過那個『君無戲言』後，如果真如你所說，就叫你一聲。」

平惑早領受到小弦固執的性子，也不迫他，扶他躺好，又柔聲道：「你若是怕黑，我就不吹燈了，要不要將火苗撥小一些？」

小弦點點頭，眼中莫名一濕，忽覺入京以來遇見的每個人都對自己好得無以復加。宮滌塵自不必說，亂雲公子和顏悅色，就連鬼失驚那個惡人也是對自己輕言細語……如今平惑更是將自己當亦是親弟弟一般疼惜。他自小沒有母親，又是一個極重感情的性情中人，平惑雖然做的是份內之事，卻令他感動不已。

平惑撥小燭火，走到門邊，忽聽小弦低低叫了一聲：「蘋果姐姐。」這一聲雖然叫得不倫不類，但小弦那份滿溢而出的真心實意卻更令平惑動容，一時都忘了答應，怔了一下，方回頭嫣然一笑：「乖弟弟好好睡吧，做個美夢。」

小弦忽覺心中有許多話想對平惑說，想叫她到床邊輕聲低訴，眼皮卻是凝重如山，心想剛剛睡了一下午怎麼還如此疲乏，幾個念頭閃過，終抗不住襲來的倦意，沉沉睡去。

小弦一覺醒來，瞇著眼睛看著窗外幾已升至頭頂的太陽，平生唯有此覺睡得最為香甜，連夢也未做一個。

他生怕平惑來伏侍自己穿衣，急急起床。洗漱完畢，呆呆坐在床上不知如何是好。卻見桌上已擺著一個青瓷細碗，果然又是一碗燕窩粥。大概是平惑久等他不醒，放在桌上自去了。

這一次細細喝完燕窩粥，咂咂嘴巴，仍是絲毫感覺不出燕窩有何異常之處，搖頭苦笑。剛想出門去找宮滌塵，平惑踏進門來：「咦，大懶鬼都起床了？公子叫你去書房見他。」

小弦低聲嘀咕道：「我才不是什麼大懶鬼。」隨著平惑一路開著玩笑，往書房而去。

書房位於清秋院的西端，與亂雲公子的臥室接鄰，上面寫著三個大字：磨性齋！

小弦心想這個書房的名字起得好，對於讀書之人來說，任他在外面受了多少閒氣，只有一卷在手，全可不聞不顧，可不正是磨去了心頭那份火氣麼？想到平惑說到亂雲公子「好學善問」，不免有些忐忑。好學也還罷了，若是自己這個沒讀幾本書的人被他一問三不知，豈不是太沒有面子？低聲問平惑：「公子叫我做什麼？」

平惑笑道：「公子性子隨和，對下人都從不打罵，你不必害怕。他大概是怕你一個人無聊，所以找你說說話吧。」

到了書房門口，平惑叫一聲：「公子，小弦來了。」裡面傳來亂雲公子的聲音：「讓他進來吧。」

平惑對小弦眨眨眼睛，低聲道：「公子最寶貝他那些書，輕易不讓人碰，小心莫損壞了。我就不陪你，自個去吧。」朝小弦揮揮手，逕自走了。

小弦硬著頭皮推開房門，剎時驚得張口結舌。但見書房中足足有二三十個大書架，每個書架分為五六層，每一層上都密密麻麻擺滿了各式各樣的書籍，紙書、帛書、石板書、絹書、羊皮書等等不一而足，足有幾萬本。只怕小弦從小到大見過的所有書本、紙張加在一起，也沒有面前這麼多。

亂雲公子靜靜坐在數個書架中間的一張檀木桌前，本似是若有所思遇到什麼疑難的神情，見到小弦進來，淡淡一笑，招手道：「小弦早啊，快過來。」

小弦自小頑皮好動，許漠洋本有意送他上私塾讀書，奈何小弦堅決不肯，只得作罷，僅在家中教他識文斷字，又把自己記憶中零落的《天命寶典》與杜四留下的《鑄兵神錄》傳給小弦。其實小弦雖然貪玩，卻亦有好學之心，不然也不會將那《鑄兵神錄》背得滾瓜爛熟，但他早熟懂事，知道家中拮据，許漠洋不過是一名小鎮中鐵匠，豈能花得起入學堂的費用，所以才不肯上學，心底對學堂中的學生卻極為羨慕，見到秀才模樣的先生亦是畢恭畢敬。此刻見到亂雲公子安然坐於書洋籍海之中，眉目間文氣漾然，一股崇敬之情油然而生，但覺亂雲公子那一笑中才情盡顯，午後的陽光透過重簾的縫隙，將斑斑點點的光彩灑在他臉上，更有一種超凡脫俗的清塵之氣。

小弦心神震憾，垂首躡足走前兩步，腳下一軟，差點跪了下來。

亂雲公子跨上一步，輕輕扶住小弦，只聽小弦恍如夢囈般喃喃吐出幾個字來：「天，好多的書啊。」

亂雲公子哪知小弦的心思，他最喜歡結交文士，見小弦魂不守舍的樣子，只道他亦是愛書之人，大喜道：「你既然喜歡讀書，這幾日皆可來此翻閱。我這就下令，無論我在不在家，任何人都不得阻攔你來書房。」又傲然一笑：「我郭暮寒別無所長，這磨性齋中藏書之豐卻足可慰懷，便是皇宮中的庫藏怕亦不過如此。」對於嗜書如命、不擅交際的亂雲公子來說，將書房開放可謂是他最為鄭重的待客之道。

小弦心神稍定，紅著臉道：「公子不要笑話，我，我未讀過幾本書。」眼望四周，咋舌道：「天哪，只怕一輩子也無法把這些書都看完……」

亂雲公子正色道：「古人云：讀萬卷書勝行萬里路。這書中不但有安邦治國的道理，亦可立身修性。沉溺其中，自得其樂，遠離紛擾紅塵，豈不快哉？」加重語氣道：「人生在世，怎可沒有好學上進之心？若非宮兄是一個滿腹經綸的飽學之士，我亦不會與他結交。」

小弦聽亂雲公子提到宮滌塵，心想自己可不能給宮大哥丟臉，連忙分辯：「我可絕非不好學上進，雖然家裡窮，未進過學堂，但也算知道一些書本的道理。」

「那我可要考考你。」亂雲公子悠然道：「子曰：『尊五美，屏四惡，斯可以從政矣。』你可知何為五美，何為四惡？」

小弦目瞪口呆，這才知道平惑提到亂雲公子「好學善問」實非信口開河。這「好學」也就罷了，「善問」才真是令人頭疼。

亂雲公子自顧自地解答：「『君子惠而不費，勞而不怨，欲而不貪，泰而不驕，威而不猛。』此為五美，『不教而殺謂之虐；不戒視成謂之暴；慢令致期謂之賊；猶之與人也，出納之吝，謂之有司。』此乃四惡。這都是做人的至理名言，豈可不知？」當下又細細解釋一遍。

小弦大有所悟，連連點頭。

亂雲公子又問道：「『管子曰：尺寸尋丈者，所以得長短之情也，故以尺寸量短長，則萬舉而萬不失矣。』此句何解？」

小弦聽得昏頭腦漲，呆呆道：「管子是誰啊？什麼尺寸長短的？難道他是個裁縫？」

亂雲公子微怒道：「孺子怎可不敬賢者？管子乃是春秋名相，這句話教人做事須從細微處著手，謹慎可防眦漏……」

小弦吐吐舌頭，專心聽亂雲公子的講解。

亂雲公子見小弦一副虛心求教的模樣，面色稍霽：「且考你一個簡單的。淮南子曰：『鳥窮則搏，獸窮則攫。』你可知是什麼意思？」

小弦怕惹亂雲公子恥笑，不敢胡亂開口，只是搖頭。亂雲公子解釋道：「世人只道鷹虎兇殘，其實世間萬物無論禽獸皆有性靈，若非迫不得已，何願傷人？亦唯求一席溫飽矣。」

小弦脫口道：「狗急跳牆就是這樣吧。」

亂雲公子原是一本正經，亦不禁被小弦惹得失聲而笑：「道理是差不多，卻稍嫌粗陋。嗯，那你可知道『惚恍有象，明錯有物，念之則濁，棄之則清』是什麼意思？」

小弦大喜，這一句乃是《天命寶典》上的話，自是熟知，挺胸答道：「這是說凡人的幻覺裡皆隱露天機，譬如人在做夢時就是一種預示，但卻不能太過執於其間，須得報著一種平常心對待……」

亂雲公子眼神微凜，淡然「哦」了一聲，柔聲道：「看來小弦亦非是不學無術，竟然能解出公羊先生的話。」

小弦不知道「公羊先生」是什麼人，料想亦是如孔子、管子、淮南子一般的古代賢者。聽亂雲公子語中不乏誇獎之情，心頭大是得意：「我看的書雖然不多，但記性還算不錯。公子不妨多給我講些『五美四惡』的道理，我一定會牢牢記住。」

亂雲公子笑道：「知之為知之，不知為不知。如此方是勤學求知的態度。那我再問你，何為『危邦不入，亂邦不居。有道則見，無道則隱』……」當下又提出許多問題。

除去兩年前死於峨眉金頂的太平公子魏南焰外，京師尚餘下三大公子中，凌霄公子何其狂勝於武功，天下第一美男子簡歌簡公子勝於雜學，亂雲公子郭暮寒則勝於文采。

亂雲公子一向行事低調，不擅交際，唯喜讀書，胸中所學何止萬千，此刻隨口引經據典、旁引博征，皆是小弦聞所未聞的新奇之見。亂雲公子所問的大多問題全然不知，偶爾聽到《天命寶典》中的句子頓時如獲至寶，仿如遇上了多年不見的知交好友，一心要讓亂雲公子對自己刮目相看，頗為賣弄地細細道來……

不覺過了兩個時辰，亂雲公子道：「今天就到這裡，先去吃飯吧。」

小弦意猶未盡：「我不餓，公子先去吃飯吧，我想留在這裡看一會書。」

亂雲公子面色欣然，撫著小弦的頭呵呵一笑：「你有好學之心當然最好，我將書房的鑰匙留給你一把，你隨時可來此讀書。不過若是碰上了我，可要考你學習的進度。」

小弦極為好勝，重重點頭。心想下次絕不能再這般一問三不知，自己被亂雲公子瞧不起不說，還累得宮大哥也沒有面子。又問起宮滌塵的消息，才知他昨夜極晚才歸，一早又外出了。

小弦知道宮滌塵年齡雖不大，卻是極有主見，此次來京諸事繁忙，自己可不能總纏著他不放。打定主意這幾日就留在磨性齋中看書，宮大哥知道自己如此勤奮，想必亦會極高興。

亂雲公子將鑰匙交給小弦後自行離去。小弦便一頭扎進書海中，先找到一本《論語》，翻到「五美四惡」那一段，津津有味地讀了起來。

不知過了多久時光，書房門一響，平惑端著一盤點心走進來：「公子有事出去了，吩咐我給你拿些點心充饑。」

小弦目光盯著書本，隨手拿起一塊點心放在口中，食之不知其味：「平惑姐姐，這是什麼字？」原來他雖是讀得極有興致，奈何那些書籍大多是篆文所書，許多字都認不出來。

平惑聽小弦叫這一聲姐姐，心花怒放：「哎呀，我家小弦弟弟才高八斗，他都不認得的字，我怎麼能知道？嘻嘻，你終於叫我姐姐了。」

小弦醒悟過來，目光從書本上移開，白一眼平惑：「哼，現在叫了以後就不叫了。等我見了那個什麼『君無戲言』，若是你騙我，一定要還回來。」

平惑笑道：「怎麼還回來？難道我還叫你姐姐不成？」

小弦語塞，大叫一聲：「臭蘋果。」

平惑佯怒，作勢欲打，小弦拋下手中書本，閃入書架後。兩個孩子在書房中捉起了迷藏。

亂雲公子雖然待人和善，但向來不拘言笑。平惑看小弦活潑可愛，又與她年紀相仿，與之鬥嘴極為有趣，玩得忘形，差點撞翻書架。忽然停步，吐吐舌頭：「哎呀，姐姐捉不住你，認輸好了。」

小弦從書架後探出頭來：「你認輸就認輸吧，為什麼還要自稱姐姐……」

平惑忙不迭趁機答應，誰知小弦早有防備，這一聲「姐姐」拖得極長，等到平惑答應時，口中驀然又蹦出一個「臭」字來。見平惑中計，拍手大笑。

平惑卻不再追打小弦：「公子的書房從不讓人進，我以前也就來過兩次，這次還多半是瞧在你的面子呢。我們不要鬧了，若是打壞什麼東西可就糟糕了。」言罷東張西望，看個不停。

小弦把手中的鑰匙一亮，炫耀道：「不怕，我有這『磨性齋』的鑰匙，只要你乖乖的，我就帶你來玩。」

平惑啐道：「沒大沒小，這樣對姐姐說話。」眉頭一皺，略含羡慕地道：「公子對你真是太好了，竟然連書房的鑰匙都給你，真是難以相信。」

小弦得意一笑：「那你還不好好巴結我。」不由對亂雲公子甚是感激。他小孩子心性，剛才讀書入迷，不覺倦殆。這時玩鬧一陣，反倒不想繼續看下去了。心想這些書也不會長腳跑路，遲早可讀，還是先去京城逛逛，找到那個「君無戲言」，問清楚林叔叔到底說了什麼關於自己的話……

當下小弦匆匆吃了幾塊點心：「臭蘋果，我要出去玩，你陪不陪我去找那個『君無戲言』？」

平惑怒道：「再叫我什麼臭蘋果，我就不睬你了。」

小弦哼著小曲：「不睬就不睬吧，我自己去玩。」

平惑急道：「我沒有公子的允許，可不能隨便出去。你一個人怎麼讓人放心，我去找個家丁陪你一路。」

小弦笑道：「我這麼大的人了才不要陪，晚上見。」對平惑揮揮手，蹦蹦跳跳地跑出書房。平惑追趕不及，手忙腳亂地收拾好餐具，等她走出磨性齋，小弦早已去得遠了。

想必亂雲公子早已關照過下人，都知道清秋院中來了一個小客人，那些家丁、僕從、婢女等見到小弦都是客客氣氣，也不阻攔他。小弦走出清秋院，依稀記得來時的道路，獨自走去。反正知道鬼失驚必會在暗中保護，一點也不覺害怕。雖是初冬天氣，但此時正是午後未時，陽光斜照頭頂，加上小弦一路小跑，倒也不覺寒冷。繞過梳玉湖，行人漸多，已至京師中最繁華的地段。

小弦一路上留神身後，卻並未發現鬼失驚的影子，不過知道這黑道殺手之王向來神出鬼沒，保不準就在什麼地方偷看自己，可不能露怯讓他小瞧。當即挺起胸膛，邁著方步，東瞅西看，倒也愜意。

京師人流頻繁，天南海北各種風物應有盡有，小弦看得眼花繚亂。又見百姓們雖是衣著稍顯華麗，模樣卻也與清水小鎮沒什麼不同，心氣漸足，拉著路邊一位面貌和藹的漢子問道：「大叔，你可知道『君無戲言』在什麼地方？」

那人見小弦年紀雖小，卻是極有禮貌，倒也喜歡，細細答道：「你是問吳先生啊，他一向在城東幕顏街上，沿著這條路直走四五百步，再左轉就是了。」

小弦問清道路，謝過漢子，不多時便已到了幕顏街上。遠遠就看到街邊擺著一個攤子，攤前一面污垢不堪的布旗迎風飄揚，上面四個大字正是：君無戲言！

小弦緩緩走近，看到攤前坐了一位中年人，面淡若金，亂髮垂肩，一件打了無數補丁的褂子上油蹟斑駁，根本瞧不出原來的顏色。攤子不大，僅是張斷了一條腿、搖搖欲墜的木桌與兩把同樣破敗的椅子，桌上還放了兩個木牌，左邊寫著：貨真價實。右面寫著：童叟無欺。那書法也還罷了，木牌上卻同樣藏汙納垢，字跡模糊不清，令人懷疑那不是用筆墨所書，而是隨便從陰溝裡舀了些髒水匆匆寫就。

小弦心中頗為疑惑：在他心目中，這「君無戲言」原應該是一個外表乾淨、相貌儒雅的世外隱者，誰知竟是這般模樣，活似落魄街頭的叫花子。

吳戲言遠遠見小弦走來，仍是懶洋洋地，一副愛理不理的樣子。

小弦吸口氣定定神：「你就是吳先生吧。」

吳戲言抬起頭來，看清楚了小弦的相貌，微微一怔，眼中閃過一絲不易覺察的光芒，笑道：「小兄弟可有什麼疑難之事？」這一笑露出嘴裡兩排不知多久未漱洗的黃牙，牙縫中青葉茂盛，綠意橫生，剎那間小弦只覺雞皮疙瘩層層翻起，若非聽他說話還算有些禮數，幾乎要奪路而逃。

吳戲言看出小弦的心思，傲然一指頭頂上的布旗：「你可不要瞧不起我，非是吹噓，這『君無戲言』四個字亦是京城中響噹噹的一面招牌。」

小弦雖是疑慮叢生，卻總不能白來一趟。咬唇道：「久仰吳先生大名，特來請教。」

吳戲言顯然想不到小弦說話口氣渾如成年人，不過他見過天南海北各等人物，倒也不以為奇。清清喉嚨：「你可有銀子？」

「我有銀子，就是不……太多。」看到吳戲言倨傲的神情，小弦倒是有些心虛了，小聲道：「不知吳先生費用幾何？」

吳戲言淡然道：「那要看你問什麼問題，只要我能回答，就有價。嗯，也罷，這『童叟無欺』也不是白叫的，無論你問什麼問題，便是十兩銀子吧。」這一刻他再不似個叫花子，倒像個精打細算、收租要帳的帳房先生。

小弦從黑二那裡得了七兩銀子，買巴豆等藥物用去七錢多，還剩六兩多的銀子，本以為足夠。誰知吳戲言開口竟要十兩銀子，想走又不甘心，暗忖你可以漫天要價，我也可以坐地還錢：「五兩銀子如何？」他人小鬼大，料想要討價還價一番，並不直接盡其所有說六兩銀子，以備萬一。

吳戲言在京師待了數年，大凡找他的人都是京中權貴，倒是第一次遇到有人砍價，呆了一下：「好吧，五兩便是五兩。」

卻不知在小弦的心目中，越是驕狂的人越有本事，看吳戲言如此好說話，反以為他是個浪得虛名騙人錢財的傢伙，猶豫道：「我，我又不想問了。」

「那也由你，我吳戲言豈會強人所難？」吳戲言也不動氣，嘿嘿一笑：「你這小傢伙，倒真是金魚口裡的水……」

小弦奇道：「什麼意思？」

吳戲言白他一眼，慢慢道：「吞吞吐吐。」

小弦這才反應過來，覺得這話有趣，暗中記下以備不時之需。眼睛卻瞪了起來：「你開口損人，這算什麼？」他雖然一向害怕鬼失驚，但有他保護自己，膽量倒是大了幾分。

吳戲言冷笑：「就算是京城裡的皇親國戚見了我也是恭恭敬敬，說你幾句又怎麼樣？當真是一個人拜把子……」話說到一半，卻又住口不言。

小弦最擅長賣關子這一套小把戲，明知吳戲言接下來必定不是什麼好聽的話，卻終於忍不住好奇心：「這一句又是什麼意思？」

吳戲言接口道：「你算老幾？」

小弦雖然被罵，心裡卻是暗笑不止，連忙把這一句話牢牢記住。比起亂雲公子的引經據典，倒是吳戲言的巷語村言更合他心意。大覺此人有趣，嘻嘻一笑，掏出五兩銀子放在桌上：「成交。」

吳戲言冷哼一聲，慢條斯理地將銀子收起：「早知如此，何必多事。豈不是兩個盤子裝一條魚……」小弦一愣，瞬及反應過來，與吳戲言異口同聲道：「多餘（魚）。」兩人一齊笑了起來。

吳戲言道：「你這小鬼倒是心思敏捷，想要問我什麼事？」

小弦倒想多聽吳戲言說幾句有趣的話，奈何他不講，總不能勉強。此刻倒相信他真是一名遊戲風塵的隱者，想了想：「你可知道暗器王林青麼？」

吳戲言點點頭：「自然知道。」

小弦問道：「那你可知道他前幾日入京時說了一句什麼話，嗯，這句話與一個小孩子有關。」

吳戲言卻不答，伸出手來攤在桌上。他的指甲上全是污垢，只怕比那木桌還要髒幾分。

小弦奇道：「難道你不知道？」

「貨真價實！」吳戲言點點左邊的木牌，正色道：「一手交錢一手交貨，你不給銀子，我為什麼要回答？」

小弦一呆：「不是剛剛給你了麼？」

吳戲言臉上神情一點也不似開玩笑：「說好五兩銀子一個問題，你問了，我也答了，想問第二個問題自然要繼續掏銀子。」

小弦大驚：「你什麼時候答我的問題了？」

吳戲言嘿嘿一笑：「你問我：『你可知道暗器王林青麼？』，我答：『自然知道。』莫非你想耍賴？」

小弦幾乎從那破舊的椅子上摔下去，張目結舌：「這，這也算數？」

吳戲言冷哼一聲：「怎麼不算？你當我這張嘴能隨隨便便就開口麼？」

小弦氣得七竅生煙：「你這個人怎麼這樣？虧你還是京師的成名人物，竟然如此賴皮。我，我……」一時口不擇言：「信不信我叫人揍你？」這一刻，真想大聲喚出鬼失驚，給這個騙子一點教訓。

吳戲言臉色都不變一下：「我在京城十幾年了，也從不見有人敢動我一根毫毛。我看你這小子真是脫掉褲子打老虎……」

小弦縱是氣得小臉發白，也忍不住問了一句：「怎麼講？」

吳戲言悠然道：「既不要臉又不要命！」

小弦明知此刻應該板起臉來，卻終於壓不住一腔笑意，仰天長歎徒呼奈何：「天哪，我怎麼會遇上這樣不講道理的人。」

吳戲言哧鼻一笑：「三百六十行，各有行規。就算你告到金鑾寶殿，我吳戲言也不理虧。」

小弦看吳戲言渾然無愧的樣子，著實拿他無法。心想吳戲言既然在京師大大有名，應該不是胡攪蠻纏之輩，畢竟也回答了自己不是問題的問題。他天性善良，倒先從對方的角度著想，越想越覺得自己也並非底氣十足、理直氣壯。可又實在不甘心，撓撓頭：「可我現在沒有多餘的銀子了，要麼先欠著你，你告訴我答案，明天我就給你拿來。」

吳戲言搖搖頭：「京師這麼多人，你若賴帳我又去何處找你？何況我也從未讓人欠帳，豈能因你破例？」

小弦無奈，垂頭喪氣往回走。吳戲言目光閃動，叫住小弦：「也罷，念在你初次問我不懂規矩，便給你一個機會。」

小弦大喜回身：「好啊，明天給你十兩銀子都不成問題。」心想這丟人現眼的事情就不必對亂雲公子說了，等宮滌塵晚上回來了朝他借銀子。

吳戲言又搖搖頭：「我行蹤不定，明日未必在這裡。」

小弦不解：「那你要怎麼樣？」

吳戲言淡淡道：「我是個生意人，自然要立下借據。或許以後我們有緣相遇，便可索取。」

小弦隱隱覺出不對：「也不必這樣小題大做吧？不過是幾兩銀子而已……」

吳戲言截口道：「我既然為你破例，自然不會就按原先的價格。我只要你答應我一件事……」看小弦滿臉迷惑，吳戲言微微一笑：「只要你答應了這件事，立下白紙黑字的憑據，我馬上就將答案告訴你。」

小弦猜不透吳戲言的心思：「你先說說要我答應你什麼事情？」

吳戲言面容嚴肅，緩緩吐出一句奇怪至極的話：「我要你二十年後全部財產的萬分之一！」

天機隱現

小弦把與吳戲言之間的對話源源本本地說出，老人眼中精光一閃：
「好一個『君無戲言』，竟然也能瞧出你二十年後的成就！」
這一句話在小弦心中掀起滔天波瀾，從沒有一刻，
對自己的信心如此之足，脫口道：「我二十年後會是什麼樣的人？」
老人沉吟不答。忽手指空中飛過的一隻鳥兒：
「你可見過鳥兒是如何飛翔的麼？」

聽吳戲言說出如此奇怪的話，小弦怔了一下，心頭暗暗計算：如果二十年後自己有一萬兩銀子，也只需給他一兩銀子；如果發了大財，有一百萬兩銀子，卻要給他一百兩銀子。聽起來似乎很多，但既然有一百萬兩銀子的財產，一百兩銀子也不過是九牛一毛……

吳戲言道：「看起來小兄弟也是個聰明人，自然知道這個條件絕非苛刻。」

小弦道：「萬一，萬一二十年後你……咳咳，死了呢？」

吳戲言笑道：「我若是活不到那個時候，契約也就自然作廢了。」若是一般人聽到這般虛渺的條件必會毫不猶豫的答應下來，小弦卻直覺其中有什麼古怪，偏著頭想了一會：「不行不行，我不答應這個條件。」

吳戲言奇道：「此事對你有百利而無一弊，為何不答應？縱然你以後富甲一方，萬分之一亦是微不足道……」

小弦嘻嘻一笑：「如果我二十年後是個窮光蛋，不免對你心懷愧疚；如果我真的變得很有錢，自然就變成個小氣鬼，不免又心疼銀子，每天還要提心吊膽怕你上門要債，哪還有半分快活？」在他心目中，有錢的財主大多都極為吝嗇，想必自己也不能免俗。

吳戲言一歎：「你這小孩子可真是鐵鍋子裡炒石頭……哼，不進油鹽。」

小弦絞盡腦汁，總算想到小時候聽過的一句話：「吳大叔也不用敲鑼捉麻雀，嘻嘻，枉費心機了。」

吳戲言面色一整：「既然如此，你沒有銀子，我也不會回答你的問題。你且回家吧，下次帶上銀子再來找我。」

小弦心有不甘：「你先等我一會，我找人借銀子。」走到街角，左顧右盼，哪看得到鬼失驚的影子。剛欲張口大叫，忽想到鬼失驚身為桀驁不馴的黑道殺手之王，豈會任自己呼之即來、揮之即去？若他現身還好，若是不出現，自己豈不是大失面子？更何況，光天化日之下叫「鬼」，別人多半會當自己是個小瘋子……猶豫良久，終於還是忍住了。

吳戲言不知小弦搞什麼名堂：「我可沒空等你，一會就收攤了。」

小弦急道：「再給我半個時辰。」

吳戲言嘿嘿一笑：「也罷，你不妨再考慮一下我的條件，半個時辰內改變了主意，儘可來找我。」

小弦正彷徨無計，眼前一亮。卻見幕顏街頭有一個大大的「賭」字，卻是一家賭坊。心想自己懷裡還剩下一兩銀子，何不去碰碰運氣。急忙往那賭坊跑去，走出兩步又不放心，轉身望著吳戲言：「先說好，你再等我半個時辰，只要我能拿來五兩銀子，你就必須回答問題，不能再漲價了。」

吳戲言老於江湖，如何不知小弦的心思，冷笑道：「你當『君無戲言』這幾個字是白叫的麼？不過我要提醒小兄弟一聲：賭博害人不淺，莫要沉溺其中，難以自拔。」

小弦不理吳戲言，一溜煙跑入賭坊中。

這只是一家坊間私設的小賭場，任何人都可以來賭，小弦年紀雖小，卻也暢行無阻。

賭坊裡煙氣繚繞，人聲鼎沸，數十個形貌各異之人圍著三張大賭桌，賭得不可開交。不但男女老少俱全，竟然還有兩個和尚與一個道士。各種香氣、汗味混雜在一起，形成一種聞之欲嘔卻又令人興奮不已的氣息。

小弦從小在清水小鎮就想去賭場中長長見識，奈何許漠洋這方面管教極嚴，從不允他涉足，今天陰差陽錯下總算一償夙願，呆呆看了一會，漸漸悟出些門道。

前兩張賭桌一是賭牌九，一是互擲骰子。牌九小弦自然不懂，雖在岳陽府見識過林青與那「岳陽賭王」秦龍賭骰子，卻搞不明白為何莊家的「一三三」不過七點，卻能贏下閑家的「三四六」十三點？他不知賭骰子需得看兩個同點的大小，像秦龍那般一把擲出滿堂紅的十八點「至尊通殺」實是千中無一。

小弦摸著懷裡僅餘的一兩銀子，不敢貿然下注，又來到人最多的第三張賭桌前。這一桌的賭法卻是簡單，賭桌兩邊分寫「大」「小」兩字，莊家擲骰，閑家押注大或小，押一賠一。這種賭法雖然沒有前兩桌有趣，卻是大合小弦的心意，何況輸贏皆是一半的概率，只要運氣好便足夠。

小弦正想將手中捏出汗的那錠銀子押上賭桌，忽覺有人進入賭坊中，目光直直盯在自己身上。抬頭看去，卻是一個從未謀面的老人。

老人鬚髮皆白，只怕已有七八十歲的年紀，頷下五縷白髯，穿一身漿洗得發白的青衫，身材並不高大，相貌亦普通，唯一特點便是右頰那一顆豆大的青痣。老人目光與小弦輕觸，並不迴避，反而隱隱露出一絲笑意。

小弦微微一愣，如此大年紀依然精神矍鑠的老人雖不常見，但亦不算出奇，但乍然出現在賭場中卻是太不尋常了。又驀然警醒：賭場裡每時每刻都有人進出，自己為何偏偏對他的出現有極強的感應？仔細看幾眼，只見這老人雖然衣著並不華麗，甚至有些破舊，卻乾淨得不可思議，似乎連賭場裡飛揚的塵土都有意無意地避開他。

老人的目光始終盯在小弦身上，就像是在研究他一般。小弦心中一動，一般人如何會注意自己這個小孩子？鬼失驚既然說要隨身緊隨，總不能待在賭場外，久聞黑道殺手之王精於易容，化身萬千，令人防不勝防，莫非故意扮作這老人以便保護自己？他雖精通陰陽推骨術，看出這老人的身材比不上鬼失驚的高大，但宮滌塵都可以運功將鼻骨變形，想必鬼失驚亦有縮骨的本事，越想越覺得自己推測不假，擠過人群，來到那老人的身邊，低聲道：「大叔，借我五兩，不，四兩銀子就行了。」他知道鬼失驚必不願意讓周圍人瞧出身分，所以並不稱呼他那特別的姓氏。

老人含笑望著小弦走近，卻著實未料到他開口就借銀子，不由大是錯愕：「你說什麼？」他的聲音溫潤如玉，有一種欲吐還休的磁性，聽在耳中十分舒服，與鬼失驚那暗啞如鐵石的聲音大相徑庭，猶如天壤之別。

小弦卻認定老人必是鬼失驚所扮，心想我也會變聲音，按宮滌塵教的法子憋住喉頭一口氣，破聲破氣地道：「嘻嘻，大叔雖然變了個模樣，又豈能瞞過我的火眼金睛。咳咳……」賭場裡本就空氣不通暢，他的變聲術又學得十分不到家，勉強說了幾句，忍不住嗆咳起來。

老人面上愕然之色一閃而逝，微微一笑，抬眼望望四周，彷彿照顧小弦的自尊一般壓低聲音道：「在賭場中借銀子乃是最忌諱的事情，你若沒有一個特別的理由，我可不能借給你。」

小弦一愣，立知自己認錯了人。老人臉上神情悠然，流目四顧，與賭場中的氣氛格格不入，彷彿來到的並不是人蛇混雜、市井販夫出入的坊間賭場，而是在出席名門望族的盛會……

這份雍容華貴的氣度絕非鬼失驚所有。

小弦臉上一紅：「哎呀，大叔，不對不對，老爺爺對不起，我認錯人了。」轉身就走。

老人也不攔住小弦，只是淡然道：「欠人銀子終是要還，若是有志氣，就要憑自己的本事去掙。」這句話不知他用何方法說出，渾如近在小弦耳邊，語意中雖隱有見責之意，語氣卻始終輕言細語、不慍不火。

小弦一愣，緩緩回過頭來：「難道賭博也算本事麼？」

老人正色道：「賭桌上鬥智鬥勇，只要你能憑自己的智慧贏下賭局，當然是一分本事。」

「也許你說得有道理。」小弦撓撓頭：「可是爹爹與叔叔都從不讓我沾賭，說是一旦陷身其中，輕則喪志亂性，重則傾家蕩產。若非不得已，我可不會來賭博。」他生怕半個時辰一過吳戲言就會離開，本是急於去賭桌上下注。但被那老人出塵的氣質所感，心生敬仰，忍不住想多說幾句話。又恐被老人誤解自己是個小賭棍，連忙解釋。

老人笑道：「人生在世，無論為名為利、求財求官，都不過是一場豪賭。只要能把握尺度，不致執迷，原不必太過束縛自己。」

小弦生性好玩，對世間諸事都想親身體驗一番，大起同感，嘻嘻一笑：「老爺爺放心，我絕不會執迷其中的。你看我就只有這一兩銀子，若是運氣不好輸了，想翻本也沒辦法。」

老人淡淡道：「若是你輸了，我可以借給你銀子翻本。不過你贏後要雙倍奉還。」

「高利貸！」小弦驚得睜大雙眼，無論如何也不能把面前這位老人與那些面目陰險的放貸人拉上關係，連連搖頭：「打死我也不會借高利貸。」老人的形象在心中刹那間低了幾分。

老人看出小弦神情中的輕屑，哂然一笑：「不必疑心，我只是試試你罷了。」

小弦暗暗鬆了一口氣，在他心目中，這個突然出現的老人身上有一種與林青、宮滌塵相近的氣質，雖然素不相識，卻實不願他竟是個金玉其外、敗絮其內的人。

老人輕聲道：「你很瞧不起放高利貸的人麼？」

小弦點頭：「我聽爹爹說起那些放高利貸者害得別人傾家蕩產，都不是好人。」

老人道：「也不盡然，對於那些困於絕境中的人來說，這亦是唯一的一條出路。你可以不借高利貸，卻也不要因此對他們有成見。」

小弦咬著嘴唇，頗倔強地道：「好就是好，壞就是壞。」

「好吧，你堅持自己的觀點也無錯處。」老人一歎，語中大有深意：「但這世間的好與壞並不是你想像的那麼絕對，凡事要從多方面去想，切不能貿然蓋棺定論。」

小弦一怔，想到林青亦對自己說出類似的話，自是有其道理。他雖不明白老人為何要對自己說這些毫不相關的事情，但顯然並無惡意，朝老人調皮一笑，轉身往第三張賭桌走去。

只見賭桌旁一個肌肉橫生、活似殺豬賣肉屠夫的一條大漢，大冷的天上身赤膊，滿頭大汗，一隻腳還踩在凳子上，罵罵咧咧：「他媽的，連開七把小，老子就不信這個邪，這八兩銀子全押在大上！」

賭倌開盅，口中唱道：「二二三，七點小。」拿個長鉤，將大漢押上的銀子全撥到身旁。

大漢長歎：「真是沒天理了。」轉身朝身旁一人道：「周老弟，借我五兩銀子。」

那姓周的道：「你上個月借的三兩銀子還沒還呢。」

大漢怒道：「你前年娶媳婦的時候我送你的十斤豬肉你就忘了？」旁人一齊笑了起來。姓周的懼大漢一身蠻力，只好拿出五兩銀子給他，口中猶是嘀咕不停。

大漢接過銀子，往手心裡吐口唾沫，再往賭桌上重重一拍：「還是大！」瞪一眼賭倌：「擲骰子！」

賭倌卻不吃他那一套：「還有沒有人下注？」旁人或押大或押小，場面紛亂。

小弦被周圍狂熱的人群所惑，急急掏出銀子，正猶豫應該押大還是押小，耳中忽傳來那老人的聲音：「你可知道賭桌上最重要的是什麼？」

小弦眼望賭桌，緩緩搖頭。老人繼續道：「勝而不驕，敗而不餒，方可無往不利。無論賭桌上也好，做任何事情也好，保持一份平常心才是最重要的。」

小弦大有所悟，冷靜下來。記得林青在岳陽府中曾說過十賭九騙，這些賭場表面看來公平，暗地裡卻可大做手腳，莊家或可先讓對方小贏一些嘗點甜頭，最終的結果卻大都是輸得精光……看到賭桌上押下了一大堆銀兩銅錢，押大的除了那大漢的五兩銀子，便只有零星幾個銅板，而押在小注上的卻足有十餘兩銀錢。那大漢口中還大呼小叫個不停：「難道能連開出九把小？小勇、瘌頭，你們若是信我，就陪我押一把大……」但諸人顯然都認定他今日霉運高照，除了那兩位被點名者礙不過情面押了幾枚銅錢在「大」字上，又有幾人將銀兩押在「小」字上。

小弦揣摸著莊家的心理：「等一下，我也押。」他個子太小夠不著賭台，跳起來將銀子一推，卻只推到「小」字上。

大漢怒道：「你這小鬼不好好待在家裡，來賭場湊什麼熱鬧？」

小弦白他一眼：「你能來我為什麼不能來？嗯，幫忙把我的銀子放到『大』字上可好？」

大漢總算找到一位「自願同盟者」，大喜道：「小兄弟眼光高明。」幫小弦將銀子放在「大」上。

賭倌拿起骰筒「叮叮噹噹」一陣亂搖，拍在桌上緩緩揭起，面無表情唱道：「四五五，十四點大！」大漢拍著滿是長毛的大腿哈哈大笑，小弦亦贏得一兩銀子。其餘押錯的人則是垂頭喪氣，怨天怨地。

大漢樂得滿臉開花：「小兄弟是個福星，這一注押什麼？」

小弦嘻嘻一笑：「這一注我不押。」

又連賭了幾局，卻是連開四次大。那老人亦不參賭，只是饒有興趣地在一邊觀看。

大漢小有贏餘，急於翻本，將面前十餘兩銀子又統統押在「大」字上：「今天的賭桌真是邪門，看來連開九把小後又要連出五六把大。」旁邊人見到大漢時來運轉，亦是忙不迭將賭注跟押在「大」字上。

小弦卻只在一旁靜靜觀察，前幾局大小上所押的銀兩相差不多，他沒有把握。這一次看到機會，毫不猶豫，又跳起來把二兩銀子一推，仍是在「小」字上。

大漢笑道：「小兄弟不要急，我幫你。」

小弦卻道：「不要動，這一次我押小。」

賭盅一開，果然開出了小。小弦的二兩銀子已變為了四兩，而那大漢卻輸個精光，跳腳大罵悻悻離去。

小弦大是開心，想了想，將三兩銀子收入懷裡，僅拿一兩在手。

老人的聲音突然傳來：「你這麼好手氣，為何不全押上，多贏一些？」

小弦笑道：「我只要五兩銀子就夠了，何況萬一輸了，豈不是連翻本的機會都沒有。」

老人點頭不語。奈何那豪賭成性的大漢一去，押「大」押「小」的銀錢都差不多，小弦一時找不到機會，手中的一兩銀子遲遲押不出去。他只怕時辰一過吳戲言就會離開，不免有些著急，正要閉著眼睛賭一把運氣，忽聽那老人道：「這一局我押一百兩銀子。」

場中靜了片刻，無數驚訝的眼神往這邊瞧來。對於這種小賭場來說，來賭博的大多是辛苦一天求些刺激的小販勞工等，每日的進帳恐怕也就七八十兩銀子，一百兩銀子實是不可多見的豪注。

老人續道：「無論輸贏，老夫只賭一局。」又低頭對小弦道：「你陪爺爺賭這最後一局，然後就走，如何？」

小弦剎那間已知老人的用意，他既公然言明賭一局就走，賭場中豈會放過這樣一個送上門來的「肥羊」，而只要自己與他押的相反，幾乎有九成以上的把握贏得這一注。老人分明故意用必輸的一局換回自己的勝利，他與自己非親非故，何需如此？而且輸一百兩贏回一兩，簡直太不成比例，老人若有心幫自己，大可惜自己幾兩銀子了事，又何必大費周折？若是自己不識他的苦心，豈不是浪費了銀子亦不討好？

這一刻，小弦心中天人交戰，雖急於贏下一兩銀子去找吳戲言，卻不能憑白受他恩惠，一咬牙，低聲道：「老爺爺，我們走吧，不賭了。」

老人眼中露出一絲欣賞，淡然道：「老夫最重承諾，既已開口，怎能反悔？」緩緩拿出一張百兩銀子的銀票，端端正正地放在「大」字上。他的動作是如此鄭重，彷彿還帶著一絲小心翼翼，像是生怕一陣風吹走了銀票。小弦注意到他的手指修長有力，光潤纖細，一絲皺折也沒有，指縫中修剪得乾淨清爽，不沾灰塵。

小弦雖是第一次見到這老人，卻不料他對自己如此之好。一百兩銀子或許並不是什麼大數目，但老人卻用這種不露聲色的方式幫助自己，這份恩情已遠遠在那百兩銀子之上，自己唯一能做的，就是不要辜負他的一番心意。當下雙手把那一兩銀子遞給老人：「老爺爺，你幫我押在小上吧。呵呵，我的運氣一定比你好。」口中雖是渾若無事地說笑，眼中卻已隱有淚光浮漾。他本就是個性情中人，心中對老人感激不已，若是此刻身上有二百兩銀子，必是毫不猶豫押注在「小」字上，好讓老人贏去這一局。

周圍賭客看到這百兩銀票與一兩銀子分放在「大」、「小」上，皆有些莫名其妙，不知老人與小弦的關係，一時都忘了下注。

老人望著有些發呆的賭倌：「搖骰吧。」

不出小弦所料，骰筒中是「二二三」八點小，老人大笑起身，帶著小弦離開賭場。小弦拿著五兩銀子，只覺比千金還重。

出了賭場，老人停下腳步，目光望著仍在原處的吳戲言：「你贏夠了銀子，去做你要做的事吧。我也要走了。」

小弦一呆，原以為老人會對自己提什麼要求，誰知他竟開口告辭，脫口道：「老爺爺要去哪裡？」

老人悠然道：「青山不改，綠水常流，若是有緣，後會有期。何必再問？」

這本是小弦經常說的話，此刻聽來別有滋味。呆呆問道：「為什麼？」

老人微笑：「緣份而已。」小弦本意是問老人為何要憑白無故幫助自己，老人的回答卻似是一語雙關，既回答了為何就此揮別，亦解釋了為何要助他一臂之力。

「緣份而已！」這短短四個字在小弦心底產生的衝擊實難用言語形容。

老人忽然面色一變，一把抱起小弦，騰身而起。

小弦尚在回味老人的話，不知他意欲為何。只聽老人低低驚歎一聲：「好傢伙，竟然是鬼失驚！」身法加速，往街口急奔。

小弦從老人的懷中往後看去，一道人影如閃電般躡在老人身後五步外，移動太快根本看不清相貌，耳邊傳來破啞的語聲：「你是誰？放下他。」正是鬼失驚那鏗鏘如金石相擊的腔調。黑道殺手之王見慣風浪，此刻的聲音中竟也有一絲猝不及防的驚恐。

老人冷笑：「對付一個小孩子，將軍府也用得著如此工於心計麼？」腳下不停，眨眼間已掠過兩條大街、一座小橋。

小弦這才知道老人誤會了鬼失驚保護自己的用意，剛想解釋，才一開口，勁風撲面竟然一個字也吐不出來。老人的身法實在太快，只看到周圍的景物如飛，渾如無數連貫的畫面在眼前閃現，這份經歷當真是前所未有。只有鬼失驚那一張令人驚怖的面孔始終保持在身後，緩緩地、一寸一寸地往後退去。

小弦大感驚訝：鬼失驚的武功可謂是江湖上頂尖的高手，但在輕功上無疑已輸給這老人一籌，這個老人到底是誰?!

鬼失驚自知遇見勁敵，依然凌厲的眼神中已隱有懼意，卻只是咬緊牙關緊追不捨。

老人歎道：「鬼失驚你不是我的對手，何苦相逼太甚？」

鬼失驚啞聲道：「只要你放下這孩子，我就絕不會再追。若不然，我就放出信號，你可有把握從將軍府的圍攻中突圍？」

老人大笑：「鬼失驚竟也會出言要脅，當真是天下奇聞。嘿嘿，只要明宗越不出手，將軍府卻還未放在我眼裡。」小弦聽他口氣如此之大，卻也對明將軍不無顧忌，心中不由暗歎了一聲：普天之下，也只有明將軍一人達到如此令敵友皆敬的地位！

鬼失驚沉聲道：「在下受明將軍所托，絕不容這孩子受到傷害。閣下若是有膽，便與我一戰。」他拚盡全力，距離仍是越來越遠，眼見就要出了京師城門，若到了城外，沒有民舍的阻擋，更難追上，只好出言求戰。

老人一愣，低頭望著小弦。小弦說不出話來，只能重重點頭，示意鬼失驚並非虛言。

老人長歎：「明將軍行事當真是鬼神莫測。」說話間已至城牆邊，驀然縱身直上，腳尖連點，竟在壁直的城牆上行步如飛，宛如踏足平地，同時揚聲道：「鬼兄不必驚慌，老夫與這小娃娃說幾句話就走，絕不會害他。」眨眼間已攀至城牆頂，輕輕將小弦放下。

鬼失驚雖亦可隨之登牆，卻自知無法如這老人一般在空中換氣說話，在城牆下定住身形，緩緩掏出一雙顏色透明、如絲如璃的手套，一字一句道：「我給你一柱香的時辰，若是老人家有半分誑語，鬼某武功或許不敵你，至少也有同歸於盡的幾分把握。」

老人驚訝道：「鬼兄竟然不惜以性命維護這孩子，縱是有明將軍的命令，似乎也與鬼兄平日作風不符。」

鬼失驚並不解釋，只是慢慢地將那雙手套戴在手上，那陰冷的神情足以令人毛骨悚然。

小弦心頭大震，從未想到鬼失驚這樣的大惡人竟會如此看重自己，看來當真是把自己當做救命恩人，一時茫然。

兩名城牆上的守衛一路叱喝著趕來，老人袍袖輕拂，二道指風發出，兩名守衛哼也未及哼一聲，俱被點中穴道，軟倒在地。

老人歎道：「老夫本還想在京師多待些日子，看來是不行了。」

小弦奇道：「老爺爺武功這麼高，難道還怕他們不成？」

老人一笑：「老夫在家裡待得氣悶，一時意動來京師鬆活一下筋骨，若是整日被官兵通緝，哪還有半分興致？等下次想找麻煩時，再來大鬧一場。」他本是保持著那不疾不徐的聲音，說到最後一句時，卻是豪情四溢，意氣遄飛，雪白的髮鬚在京師城頭迎風飛舞，就如一位傲視天下的大將軍。

小弦情知遇上了高人：「老爺爺想對我說什麼話？」

老人呵呵一笑：「其實本來無話，被鬼失驚一追，反而想到一些事情。我且問你，為什麼剛才在賭場中的最後一局，你明知必勝仍是只押一兩銀子？」

小弦縱是聰明，也想不到老人會問這樣一個問題，如實道：「讓老爺爺破費我就已經心中不安了，豈能趁機多佔便宜。」

老人含笑點頭：「只要你能一直保持這份純樸之心，老夫就放心了。希望以後我們還能有機會再見面。」

小弦糊裡糊塗，根本不明白這有什麼關係。聽老人似要離開，連忙拉住他的衣衫：「老爺爺先不要走，我也有問題要問你。」

老人淡淡道：「你不必問老夫為什麼會幫你，或許只是見你投緣，或許只是一時興起，原不必放在心上。」

小弦的問題被老人搶先說出，眼珠一轉：「我欠你一百兩銀子，要不要二十年後還你？」

老人一愣：「為何要二十年後？」

小弦本以為老人定是偷聽了自己與吳戲言的對話方才入賭場中找自己，所以才故意這樣說。看老人的神情，分明並不知道此事，而且昨日鬼失驚與宮滌塵一路送他去清秋院，京師中人人都知道將軍府的態度，老人卻也是毫不知情的樣子，心頭更是奇怪：「為什麼老爺爺會來賭場找我呢？」

老人眨眨眼睛：「老夫今日才入京，本就在街上隨意逛逛，誰說是特意找你？」

小弦撒嬌般不依：「老爺爺不許騙人，你一入賭場眼睛就盯在我身上，當然是找我了。」

老人哈哈大笑：「好，老夫不妨告訴你，老夫入京確是想順便見一見你，但當時在賭場中卻並不知道遇見的人就是你，只是瞧見同樣年齡的孩子不免多留意一下，誰知果然就是你，也算是天意吧。」

老人這一番話可謂是矛盾百出，小弦低頭想了一會才漸漸明白過來：「嗯，原來老爺爺知道有我這樣一個人，卻並不知道我長得是什麼模樣，這到底是為什麼呢？」

老人輕歎一聲：「這原因現在還不能告訴你。」

小弦噘起小嘴：「為什麼每個人都好像有什麼秘密瞞著我？」心想自從在鳴佩峰中遇見愚大師開始，愚大師不肯說出苦慧大師的讖語、宮滌塵不肯說出林青那句話、現在這老人亦來賣關子。

老人正色道：「老夫答應你，如果你我下次有緣再遇上，老夫絕不隱瞞。你為何要去賭場？」

小弦把與吳戲言之間的對話源源本本地說出，老人眼中精光一閃：「好一個『君無戲言』，竟然也能瞧出你二十年後的成就！」

這一句話在小弦心中掀起滔天波瀾，從沒有一刻，對自己的信心如此之足，脫口道：「我二十年後會是什麼樣的人？」

老人沉吟不答。忽手指空中飛過的一隻鳥兒：「你可見過鳥兒是如何飛翔的麼？」

小弦茫然搖頭。老人道：「鳥兒在起飛前，先要縮胸收羽，然後才能展翅翱翔。做人也是一樣，欲想一飛沖天，便先要儲備足夠的力量。」

小弦眼睛一亮，隱隱明白了老人的意思。老人續道：「所以，你現在不必去想以後會成為什麼樣的人，只要先扎扎實實地學好本事，日後的成就自然水到渠成。」

「可是，我……」小弦一咬牙，覺得在老人那彷彿洞悉一切的眼光下根本無需隱瞞任何事情：「可是我已是一個廢人，根本無法修習武功！想學本事也不行啊。」

老人一怔，握住小弦的手腕替他把脈，面色微變：「誰下的毒手？」

小弦恨恨道：「是四大家族的盟主景成像。」

老人略一思忖，搖頭長歎：「逆天行事，恐怕也難以扭轉乾坤！」

小弦一喜：「還可以補救麼？」

老人苦笑：「老夫沒有這個能力。」

小弦雀躍的心情剎那降至冰點，鬼失驚如此忌憚這個老人，無疑有著驚世駭俗的本事，可是連他都回天無力，自己註定永遠都是一個不通武功的普通人……垂頭喪氣道：「老爺爺不必說了，我這個樣子根本無法學什麼本事，以後還能有什麼成就？」

老人一笑：「你無需沮喪，武功並不能解決一切。不能習武，卻可從文，你可讀過什麼書麼？」

小弦歎道：「我雖讀過幾本書，可那又有什麼用？又不能幫我報仇。」

老人反問：「那些名垂青史的千古人物，難道都是武林高手麼？像諸葛武侯不過一介文弱書生，卻能輔佐劉皇叔計定中原，三分天下，誰敢說他不是一個人物？」

「諸葛亮當然了不起！」小弦從小聽了許多三國的故事，對諸葛亮敬若天人，吐吐舌頭：「可那需要讀多少年的書啊？」

老人肅容道：「你可知人生在世欲有所成，最重要的是什麼？」老人慈祥的目光望定小弦，緩緩吐出兩個字：「執著！」

小弦沉思。

老人長身而起：「官兵來了，我們走吧。」京師城防極嚴，剛才老人出手制住兩名守衛早被箭塔官兵發現，不一會已調集來數百人，列起戰陣，緩緩朝兩人逼近。

老人抱住小弦，站在城牆邊，望著城下依然蓄勢待發的鬼失驚：「老夫剛才對你說的話皆是暗中傳音，你無需告訴別人知道，此事事關你的性命安危，切記！」

小弦從沉思中驚醒：「老爺爺要走了麼？我們還能再見面嗎？」

老人微微一笑：「老夫有一種預感，我們必會再見。」

小弦略有些不捨地抱緊老人：「我，我怎麼稱呼您？」

老人猶豫一下，道：「在下次見面之前，你只要記住我的話，無需記住我的人。」縱然一躍，從高高的城牆上飛下，穩穩落在鬼失驚面前：「無論江湖上對鬼兄有何評價，老夫亦敬你是個漢子。」再對小弦微微一笑，洒然而去。

鬼失驚拉住小弦的手，默然無語望著老人漸漸遠去的背影，抬手止住欲上前圍堵老人的官兵，那一雙如臨大敵的眼神中還隱隱流露出一分敬重與一分驚悸。

小弦早已在京師中轉得分不清方向，鬼失驚帶他重新到了幕顏街，已是傍晚時分，吳戲言早已不知去向。一路上小弦向鬼失驚問起那老人的來歷，鬼失驚卻只是閉口不語。

小弦想到鬼失驚剛才捨命維護自己，對他的觀感大大改變，眼見天色已黑：「鬼叔叔，我有點餓了，剛才正好在賭場中贏了幾兩銀子，一起去吃飯好不好？」他對鬼失驚畢竟還有些害怕，雖有請客相謝之意，卻不明說，倒似是央鬼失驚陪自己去吃飯一般。

鬼失驚不置可否，依然是冷冰冰的表情，卻帶著小弦到了一家小酒樓中。也不要酒，僅是隨便點了幾個小菜，反是小弦過意不去，看著價格估摸著懷裡的五兩銀子又多叫了些菜肴。

兩人默然吃了一會，鬼失驚忽然一歎：「這幾日你最好待在清秋院中不要外出，若是再遇見這樣的高手，我亦護不住你。」言語間頗為沮喪。剛才竭盡全力追趕亦未能觸及那老人半片衣角，可謂是黑道殺手之王出道至今所受最大的挫折。

小弦眼珠一轉：「我本還打算明天再來找那個『君無戲言』，既然鬼叔叔這樣說，我就不來了，但你要告訴我林叔叔入京城時說的那句話才行。」

小弦本以為鬼失驚必也不會輕易說出，權且一試，誰知鬼失驚略一沉吟，緩緩答道：「暗器王說：你是昊空門前輩全力打造之人，乃是明將軍的剋星。」或許在鬼失驚的心目中，這番話乃是無稽之談，不需隱瞞。

小弦一震，雖然愚大師早透露過這意思，但林青公然宣稱仍是令他措手不及：「明將軍既然知道這事，為何還要讓鬼叔叔保護我？」

鬼失驚淡然道：「我從不猜測明將軍的意圖，只需按命行事。」

小弦不得要領，心想明將軍會不會另施計謀對付自己？轉念一想，自己一個身無武功的無名小卒，本不值得天下第一高手放在心上。自嘲一笑：「鬼叔叔想必也不會信這樣的話。」

鬼失驚一字一句道：「我本不相信，但現在卻信了三分。」

小弦一驚：「為什麼？」

鬼失驚並不回答，目光卻盯在小弦臉上，直看得小弦心頭發虛，垂下頭去。

驀然醒悟：鬼失驚告訴自己這句話時，自己原應該大吃一驚才合情理，可自己剛才的神情分明表示對此事早有預料，自然被他瞧出了破綻。不由有些後悔，若是鬼失驚把此事再轉告明將軍，會不會改變明將軍對自己的態度？

小弦心頭忐忑，食之無味。鬼失驚本是慢條斯理吃著菜，見小弦停箸不食，亦放下筷子：「那就走吧。」

小弦連忙道：「鬼叔叔慢慢吃，我等你。」

鬼失驚忽道：「你可知我為何吃得這麼慢？」

小弦茫然搖頭。鬼失驚漠然道：「如果你曾被餓過半個月，也會如此。」

小弦心中湧起一種對鬼失驚的同情：這個人人懼怕的黑道煞星，是否也有外人所不瞭解的痛苦？一時也不知說些什麼好，重新拿起筷子：「我陪你再吃些好了。」

鬼失驚似乎感應到小弦的心思，嘿嘿一笑：「男子漢大丈夫，豈可為了一些小事茶飯不思？小弦你說對不對？」

小弦點點頭，放開心懷大吃起來，將幾盤菜吃得精光。又搶著付了帳。

鬼失驚帶著小弦回到清秋院前三十步外停下，示意小弦獨自回去。小弦忍不住問道：「鬼叔叔，你要保護我到什麼時候？」

鬼失驚道：「將軍的命令是直到你碰見暗器王為止。」

小弦嘻嘻一笑：「那你自己怎麼想？」

鬼失驚轉身離開，冷冷拋下一句話：「你聽到那句話後的反應我不會告訴將軍，但如果日後你我是敵人，我亦不會放過你。」

小弦聽到鬼失驚這絲毫不通人情的語氣，剛剛產生的一絲好感幾乎在剎那間蕩然無存，可又覺得他話中似乎仍有一些惜護之意……呆在原地看著鬼失驚逐漸消失在夜色中的身影，竟不知應該用什麼樣的心情面對他。

小弦回到房中，平惑正坐在床前發愣，見到他面露喜色：「你到什麼地方去了？可急死我了，還挨了公子一頓罵。明天無論如何不能放你走了。」

小弦笑道：「平惑姐姐不要生氣啦，我已見過『君無戲言』了。」

平惑聽小弦叫一聲「姐姐」，也不與他計較了：「姐姐沒有騙你吧，你可問出答案了麼？」

小弦心想雖然知道了答案，這其中的過程卻是三言兩語也說不完。正要繪聲繪色地講述一番，卻聽宮滌塵的聲音在門口響起：「平惑姑娘去忙吧，我和小弦有話說。」

小弦大喜，上前拉住宮滌塵的手：「宮大哥，我好想你啊。」才分別半日，卻已對宮滌塵有難捨難分之感。

平惑乖巧地答應一聲，出房而去。宮滌塵拉著小弦在床邊坐下，沉聲問道：「那個老人是誰？」

小弦驚道：「原來你都知道了？」

宮滌塵淡淡一笑：「鬼失驚追了半個京城依然無功，這可算是今日京師最大的新聞了，我又豈能不知？」

小弦這才知道京師裡果是遍佈耳目：「我不知那老爺爺是誰。他也不告訴我姓名。」心想自己雖然答應老人不把他說的話告訴別人，但宮大哥卻不是「別人」，若是他問起，自己是否應該如實說呢？

宮滌塵喃喃道：「能有如此武功者，天底下也沒有幾個。看來應該不假了。」

小弦脫口道：「你是說林叔叔說的那番話不假麼？」

宮滌塵身體微震：「你知道了？是那老人告訴你的麼？」

小弦搖搖頭：「是鬼失驚告訴我的。」又反問道：「難道宮大哥你也相信這句話？」

宮滌塵望著小弦良久，緩緩伸出手來：「不管這話是真是假，我們都是好兄弟，對不對？」

小弦與宮滌塵雙手相握，心懷激蕩難以用言語表述，唯有重重點頭。宮滌塵能如此說，自然抱定了就算明將軍日後改變主意，亦要全力相助小弦的心思。

宮滌塵並未再問起那老人之事：「我此次來京本為替吐蕃求糧，明日一早要護送糧車出京，可能要兩三日後才回來，這幾天你就乖乖待在清秋院中，不要再出去了。」

小弦想到那老人亦勸自己要多讀書，這幾日不如就留在磨性齋中：「嗯，我這幾天一定乖乖的。」他心裡捨不得宮滌塵：「宮大哥今天晚上陪我睡吧。」

宮滌塵一愣：「我不慣與人同睡，陪你晚些可好？」

小弦大失所望，轉念想宮滌塵諸事纏身，自己豈能不分輕重緩急：「那也不必了，反正以後有的是時間。宮大哥明天要走，早些休息吧，我會照顧好自己的。」

宮滌塵含笑點頭，又陪小弦聊了一會，匆匆離去。

平惑入房來，唱戲般拖長聲音道：「小弦，燕窩粥來了……」

小弦嘻嘻一笑：「原來蘋果改名叫燕窩粥了。」

平惑也不生氣：「怎麼不叫姐姐了？」

小弦雙手插腰道：「說好只叫一聲，你可不要太貪心。」

「哼，虧我對你這麼好。」平惑無奈，點著小弦的額頭道：「總有一天讓你這小鬼就範。快趁熱喝粥吧，公子特意讓我燉給你的。」

小弦笑道：「我們走著瞧。」望著那碗燕窩粥發愣，剛才與鬼失驚在酒樓中實在吃得太飽，此刻全無半分食欲。靈機一動：「我對蘋果也很好啊，這碗燕窩粥給你吃吧。」

平惑嚇了一跳：「我們下人可不能隨便吃這些好東西。」

小弦低聲道：「我不說，你不說，誰能知道？再說我在外面吃過了飯，現在一點也不餓，若是你不吃豈不可惜。」

平惑畢竟是一個十五六歲的小姑娘，吞一口唾沫：「你可千萬不要對人說，不然挨罵還是小事，弄不好就趕我回家了。」

小弦舉手發誓：「我要是對人說了，天誅地滅……」

平惑一把掩住小弦的嘴：「不許胡說八道，好端端地發什麼毒誓。哎喲……」卻是小弦趁機咬了她一口。

看到四周無人，平惑幾口把燕窩粥喝下肚去，抹去嘴邊的粥痕：「怎麼沒有什麼味道？」

小弦大有同感：「是啊，我昨天也好奇怪……」連忙又掩住嘴巴，如此說豈不承認自己以前從未吃過？

平惑根本未在意小弦的「漏嘴」：「你今天去見『君無戲言』，可有什麼好玩的事，給姐姐說說。」她平日足不出戶，對外界的事情十分好奇。

小弦昂頭腆胸，把今日見聞細細道來，順便溫習一下從吳戲言那裡學來的幾句俚語，至於老人在城牆上對他講的一番話自然不會說出來。

平惑聽到小弦在賭場中連勝三局，驚得大睜雙眼：「這話你可千萬不要對公子說，公子最忌下人賭博，前個月花匠老李就是因此被辭退了。」

小弦笑道：「你當我是小賭鬼麼……」卻見平惑打了一個大大的哈欠，心中略有些不快：「聽我的故事你竟然想睡覺，我不講了。」

平惑甩甩頭：「奇怪，怎麼突然睏得厲害。好小弦，你繼續講嘛。」

小弦再說幾句，剛剛說到鬼失驚緊追老人，正是最精彩的時候，卻見平惑睡眼朦朧，又是一個大大的哈欠。心頭有氣：「不說了，你去睡覺吧。」

平惑拍拍額頭，實在支持不住：「好弟弟不要生氣，姐姐明天再聽。」

小弦哼一聲，自己脫衣躺在床上，背對平惑給她一個不理不睬。平惑又說幾句好話，搖搖晃晃地走了。

小弦躺在床上，思潮起伏。正如宮滌塵所言，他雖然終於打聽出了林青所說的那句話，確是徒亂心神，全無益處，猜想著明將軍的意圖，百思不解。又想到那神秘老人的一番話，難道吳戲言真是瞧出自己以後會有什麼驚人的成就，所以才故意訂下二十年後給他萬分之一財產的條件，而老人亦正是因此才特意來見自己麼？愚大師說自己是明將軍的命中宿敵，難道會成為泰親王一般明將軍的朝中政敵？可是，以後會成為什麼樣的人連他自己都沒有一點把握，他們又如何得知？更何況，算起來二十年後明將軍都已是七十高齡的老人了……

正想得頭疼，忽覺室內一陣輕風拂過，燈光下一條人影映在牆上，正緩緩朝自己走來。

小弦一驚，轉過身來，卻是亂雲公子郭暮寒。

亂雲公子臉色乍變，旋即恢復過來：「小弦還沒有睡啊，我來看看你。」

小弦不疑有他：「公子好，我一時睡不著，正好你陪我說說話。」

亂雲公子笑道：「你今日可算是大出風頭，不過明天可不許再亂跑了。」

小弦連連點頭：「明天我去磨性齋讀書。」

亂雲公子欣然道：「正該如此。明日我在磨性齋中等你，也好磨一磨你的玩心。」上前親熱地揪揪小弦的鼻子：「你還未睡，平惑怎麼不陪你，這小丫頭偷懶，定要數落她兩句。」

小弦忙道：「不管平惑姐姐的事，是我想一個人靜一靜，才讓她先回去的。」

亂雲公子道：「燕窩粥喝了麼？」

小弦不敢說是給平惑喝了燕窩粥，誇張地拍拍肚皮：「我喝了兩大碗，好飽啊。」

亂雲公子大笑道：「吃飽了就好好睡覺吧，不許胡思亂想。」又陪小弦說了幾句話，轉身離去。

第二天一早，小弦用過早餐後就來到磨性齋。亂雲公子早已等候，對小弦淡淡打個招呼：「『相在爾室，尚不愧於屋漏。故君子不動而敬，不言而信。』這是什麼意思？」

小弦怔住，心想亂雲公子什麼都好，就是這「善問」太令自己頭疼。亂雲公子見小弦目瞪口呆的樣子，解釋一番道：「這是《中庸》裡的句子，學之可教你立身天地，俯仰無愧，不可不知。」一指桌邊放著的幾本書：「我都替你準備好了，你不妨多看看這些書。」

小弦連連點頭，心想一定要好好多讀書，免得又被問得張口結舌。

亂雲公子又問道：「『去火則剛，激水而升，弛懸動靜，方可歸道。』這是什麼意思？」

小弦在《天命寶典》看過這句話，立刻答道：「這是用治金之術比喻事物皆有兩面性……」

亂雲公子臉上驚容微現，點點頭道：「你竟然知道這句話應該從治金術中求解，想必連《金鼎要訣》這等雜學都看過，倒是令我大吃一驚呢。」

小弦不知那《金鼎要訣》是什麼東西，卻不願讓亂雲公子小瞧，胡亂應承幾句。

亂雲公子又問了一些問題，小弦大多不知，偶爾遇上《天命寶典》中的句子，立刻挺胸解答。亂雲公子一口氣問了十餘個問題方才停下：「今天你已大有進步，想必昨日受益匪淺，明日我再考你吧。」微笑著離開磨性齋。

小弦一躍而起，拿起書桌上的書翻看，先挑出一本《中庸》一本《論語》，讀了起來。他本就聰明好學，雖然好多篆字都不識，但憑著上下文的也能猜出大概的意思。只是這些文字實在枯燥乏味，若非一意在亂雲公子面前爭一口氣，又想到昨日那神秘老人對自己說「人生最重要的是執著」，這才強咬牙關苦撐，漸漸也看出些興味來。

等到平惑給小弦送飯的時候，小弦已看了兩個多時辰。平惑將飯菜擺在書桌上：「公子對你格外禮遇，竟然允你在書房中用餐。若不是你年齡大了些，我簡直要懷疑你是公子的私生子了。」

小弦本有些賭氣不理平惑，聽她如此說也忍不住笑了：「那你以後叫我小弦公子吧。」

平惑好奇地拿起一本《論語》：「子曰：『學而時習之，不亦說乎？有朋自遠方來，不亦樂乎？人不知而不……』哎呀，這是什麼字？」

小弦剛才被亂雲公子問得張口結舌全無顏面，此刻總算從平惑身上找到了一絲自信，昂首挺胸：「這叫慍字，有點發怒的意思。前面那個『說』字也不念說，而是念『悅』……」

「小弦你真行！」平惑不好意思一笑：「公子雖然教我們識字，卻從來沒看過書，這一句是什麼意思啊？」

聽到平惑的誇獎，小弦更是得意，信口開河道：「比如我一個人在書房讀書，看了又看，自得其樂，這就是『學而時習之，不亦說乎？』，而你突然來送飯了，這就叫『有朋自遠方來』，我看到你當然開心啊，於是就『不亦樂乎』……哈哈！」

平惑啐道：「你肯定是騙人，才不信你呢。」又怯生生地問一句：「看這些書真的很有用麼？」

小弦被平惑一言點醒，心中一動，想到那神秘老人的話，自己雖然無法修習武功，卻可以從書本中補救，而這些《論語》、《中庸》讀之雖可修身養性，卻並無多大實際用處，不如挑一些兵法、治國之類的書籍看，日後或許真能成為諸葛武侯一類的人物。

等平惑離開後，小弦便到書架中找來一些《孫子兵法》、《貞觀政要》之類的書籍，比起看《論語》時用心百倍。越看越有興趣，一會想像自己是領兵決戰沙場的將軍元帥，一會想像自己是殿前談論治國大計的宰相大臣。他記憶極好，又是心高氣傲，遇到不明白的地方便將書本原話強記心中，也不去問亂雲公子，而是從其他書本中求證，不過短短兩天時光，腦子裡已記下了數本兵法、政要，簡直是廢寢忘食，渾不知光陰幾何。就是睡夢中也常為一個疑難字句思索不止……

這兩天，亂雲公子仍是不時考較小弦，小弦雖對有些問題依然懵懂不知，卻能從兵法中借引出例證，縱有岐義，亦足令亂雲公子刮目相看。而一旦遇見《天命寶典》中的句子，更是說得分外有條理。

到了第三天，小弦將手中幾本兵法都熟記於心，又鑽進書架中找書看。亂雲公子愛書成癖，又是個極講條理之人，各類書籍皆是分別歸類，並在書架上標有標籤，方便查詢。奈何經過幾天幾乎不休不眠的苦讀，兵書、政要已全部被小弦看完，只好去其餘書架找些有興趣的。

磨性齋中實在太多書籍，小弦本想去找本醫書，順便溫習一下才學會不久的「陰陽推骨術」，匆匆將書目流覽一遍，卻未找到。來到最後一排書架，只見書架上貼著的字條上寫道：逸情之書。都是些琴棋書畫等雜學。

小弦心中一動，象棋乃是他得意的本事之一，自從離開鳴佩峰後卻再無機會與人手談，找出一本手訂本的《當朝棋錄》，雖無棋具，但看到那些「車五進二炮八平六」之類的話，如同遇見了多年不見的舊友，大是興奮，閉著眼睛按棋譜在心底下起了盲棋……

亂雲公子收集的局譜皆是國手名局，記錄極為齊全，不但有每方著法與詳細局勢解說，對局者的姓名亦寫在其上。小弦忽然翻到一局，黑子：物天成。紅子：羅子越！

小弦一驚，想不到竟會在這裡看到英雄塚主物天成的名字，細心翻看每一頁棋譜，果然發現不少物天成的對局，對戰者多是羅子越。他不知羅子越乃是前朝國手，物天成少年時與之對戰三十餘局，多勝五局方博得宇內第一國手之美名。

再翻幾頁，愚大師物由簫的名字亦赫然在列，與之對局者竟然是物由風。小弦心想物姓極為少見，以愚大師的棋力自也不會與無名小卒下，這個物由風多半也是英雄塚中的人物，而且是「由」字輩的，比物天成還要高出一輩。但英雄塚兩大高手的對局又如何能流傳到清秋院中？更何況愚大師閉關五十年不見外人，這個棋譜年代久遠，更是難得。

小弦心中疑惑，繼續往下翻，又看到一局棋更是蹊蹺：縱觀全書幾百局棋譜，唯有此局並無雙方對局者的姓名……

小弦忍不住按棋譜記錄的招法試走，才下了十餘步，心頭巨震，如遭鐵錘重擊……

這無名無姓的一局，竟然就是他在鳴佩峰離望崖前、代表四大家族與御泠堂青霜令使下出的生死之局！

剎那間，那逝去的一幕幕隨著棋局在他眼中逐一重現：黑方炮七進四，御泠堂弟子成為驚世棋局中的第一個犧牲品；紅方炮五進四，景成像之子景慕道提掌自盡……紅方炮三進七，青霜令使絕地反撲；黑方馬三進四，水柔清之父莫斂鋒攔在紅帥之前；帥六進一，莫斂鋒被迫自盡……

「不！」小弦一聲驚呼，不受控制的淚水奪眶而出。那慘烈的一局他雖未曾親見，但事後從愚大師等人的描述中已可想像，此刻舊局重溫，不堪回首的記憶層層湧上。

在這心志近於崩潰的一剎那，小弦已然明白了一切：亂雲公子就是青霜令使！

小弦從未懷疑過亂雲公子，然而當得知真相的此刻，這幾日所有隱藏於胸的疑團盡皆浮上腦海：亂雲公子對自己那麼好，特意讓平惑送來燕窩粥，而第一日自己喝了粥後沉睡不醒，第二日平惑喝了粥後亦是昏沉欲睡，那是因為燕窩粥裡放了令人昏迷的藥物。而那天亂雲公子突然闖入自己的房間，定是以為自己已然沉睡，不料燕窩粥鬼使神差地被平惑喝下，所以亂雲公子見到清醒的自己會大吃一驚，從此不敢再暗下藥物。

可是，亂雲公子迷倒自己到底是有什麼不可告人的目的呢？若說他是要替御冷堂手下報仇，自己卻為何毫髮無傷？何況亂雲公子根本不知道當時在離望崖前與他下棋的是自己，除非四大家族中有叛徒。但四大家族皆是血緣相連，又是御冷堂的千年世仇，又豈會洩露消息……

那麼，亂雲公子到底對自己意欲如何？

小弦忽想到了亂雲公子問自己的那些問題，有許多都是出自《天命寶典》中的句子，瞬間醒悟：他趁自己昏迷時偷走了《天命寶典》，並留下了副本，但裡面仍有許多疑難不解，所以巧妙地借問自己問題之時求得答案！

此人外表一派正氣，又素有低調之名，想不到竟然如此工於心計，對一個小孩子亦施出陰謀詭計，若不是今天無意中發現這本《當朝棋錄》，真是被他騙了還感激不已……

小弦胸口起伏，越想越氣，恨不得立刻找到亂雲公子，指著他的鼻子破口大罵，一泄心頭怒火。抬手把書架上的幾本書擲在地上，待要狠狠踩幾腳，又覺得拿這些無生命的東西出氣不是英雄好漢的行為，只恨自己身無武功，無法光明正大找亂雲公子單打獨鬥。

不知過了多久，小弦終於冷靜下來。先伸手入懷，拿出《天命寶典》細細察看，確定仍是原本，才稍稍放下些心。他知道自己絕不是亂雲公子的對手，只有先等到宮滌塵明日回來後再做打算，就算宮滌塵不知御冷堂之事，還可以等到後日見到林青後告之詳情，絕不能放過這個陰險毒辣的亂雲公子——青霜令使。但是目前自己還不得不忍氣吞聲，竭力裝作若無其事，不然一旦被亂雲公子有所察覺，必會殺自己滅口。

小弦苦思良策，《天命寶典》的副本落在亂雲公子的手裡，自己想什麼方法才能奪回來？忽想到亂雲公子第二日下藥未遂之事，想必第一日他雖然拿走了《天命寶典》，但畢竟作賊心虛，不敢耽擱太久，並未抄全《天命寶典》，所以第二天才故伎重施……

小弦望著手裡的《天命寶典》，一咬牙，痛下決心：這本昊空門的道家至典絕不能落入亂雲公子的手裡，自己能力有限，無法阻止他強奪，只有先毀了《天命寶典》，反正自己早已記得滾瓜爛熟，日後可默寫出來，亂雲公子縱是手中有《天命寶典》的副本，亦是殘缺不全，除非有本事剖開自己的腦袋，否則就叫他一輩子也休想看全，遺憾終生！

小弦想到這裡，從燭台旁拿來火石火鐮，又找來一個大火盆，雙手顫抖著打燃了火苗。

一時手中的《天命寶典》如有千鈞之重，這本昊空門中與明將軍流轉神功並列為兩大絕學的奇書，難道今日就毀在自己手裡？

小弦閉上眼睛，在心頭默念：「巧拙大師、苦慧大師、昊空門的諸位前輩，為了不讓這本書落在壞人手裡，我許驚弦今日迫不得已毀了它，你們一定要原諒我，日後定會重新默寫出來，再交給昊空門傳人……」

小弦忽又想起巧拙大師與父親許漠洋都已身死，昊空門中除了明將軍外別無傳人，難道日後要把默寫出的《天命寶典》交給他？那可是大不情願。再轉念一想，愚大師說自己得了巧拙與許漠洋的傳功，亦算是昊空門的傳人，大不了日後自己另收弟子。一時覺得自己身兼昊空門與奕天訣兩大神功傳人的身分，心底又不免有些驕傲，燒毀《天命寶典》之事亦理直氣壯了許多，更不遲疑。

《天命寶典》用金線裝訂，小弦細細拆去金線，將一頁頁的書投入燃燒的火盆中。書頁年代已久，早已泛黃，遇火先蜷成一團，然後「蓬」然燒起，化為灰燼。小弦望著被火苗吞噬的一頁頁紙張，心頭立下重誓：總有一天，要讓亂雲公子付出代價！

不一會，書頁全都燒光，僅餘相連的封面與封底。也不知是用何材料製成，極有韌性，撕之難碎，只好一併投入火盆中……

「哄」地一聲，火苗乍然竄起三尺多高，幾乎燒著了小弦的眉毛。

小弦吃了一驚，急忙退開半步。詭異之極的事情就在此刻發生了……

卻見那火盆中的封面並不變形，而是騰起一股青煙。煙霧中，可隱隱看到封面上赫然出現了幾行字，瞬間消失不見……

小弦從不知《天命寶典》中竟還有這樣的古怪，定睛再看，封面上一層似紙似帛的包裝物已燒盡，露出青白色、網狀的底層，似是什麼金屬所製，高溫難化。急忙找支火籤從火盆中挑出來。

剛才那一剎間，急於閃避火苗的小弦匆匆一瞥，根本未能將火中浮現的字句看全，此時在腦中回想，似乎共有四行八句，起初一句好像是什麼「千古昊空」，然後就只記得最後兩句，依稀是：「動業可成，破碎山河。」

小弦疑慮叢生：這到底是什麼意思？看第一句含著昊空門的名字，應該是昊空門先輩留下來的話。他曾聽許漠洋說過在離中原很遠的天竺產有一種草藥，用這種草藥的汁液寫字平日不見，一遇火烤便可現形，想必《天命寶典》封面上的字句就是用這種草藥所寫，但寫字之人為何要用這種隱蔽的方式留言，試想昊空門弟子誰敢將門中至寶《天命寶典》放在火上炙烤，而《天命寶典》在昊空門中代代相傳，又不會落入外人之手，這般故弄玄虛的留言豈不是毫無用處？而愚大師雖不是昊空門人，可也絕不會無緣無故地燒毀此書，除非，留言的那位前輩並不想讓後人知道他想說的話，卻又不甘心將這些話埋藏在心中……

小弦回想愚大師將《天命寶典》交給自己的情形。愚大師應該不會寫這樣的話，之前則是巧拙大師的師父、明將軍的師祖苦慧大師保存著這本《天命寶典》，而苦慧大師把《天命寶典》交給愚大師後不久，就因自知道破天機，執意坐化於青陽山中……

小弦驀然驚跳而起，他已得出了一個可怕的結論：留話之人正是苦慧大師，正因為愚大師並非昊空門人，所以苦慧大師才會用這樣隱蔽的方式留下了他最後的遺言。而這八句話的短短遺言，定然就是苦慧大師拚死道破、與自己有關的——天命讖語！

第三章

京師六絕

宮滌塵頷首，有意壓低聲音道：

「除了將軍之手、清幽之雅、知寒之忍、泰王之斷、管平之策外，

最後一絕當屬……」說到這裡，

他臉上忽現出一種彷彿洞悉一切變化的神秘笑容，

方才一字一句朗然傳聲：「凌霄之狂。」

清秋院的磨性齋中，小弦被突如其來的變化驚得目瞪口呆！

在鳴佩峰中聽到愚大師所說自己與四大家族少主明將軍乃是命中宿敵的一番話後，小弦尚未放在心上，權當戲言。但經過這些日子以來的種種奇遇：先是追捕王在汶河小城強行將他帶走；然後宮滌塵領他去將軍府見到了明將軍，之後鬼失驚又奉命保護自己，再加上吳戲言、那個神秘老人對自己的蹊蹺態度，更有林青在生死關頭說出的那句話……

這一切，已不由小弦半信半疑。

此刻看到那一段乍現即隱的「天命讖語」，小弦的心裡湧起滔天巨浪，一種世情難料、天機難測的感覺浮上心頭，彷彿自己一生的命運早早就被某個看不見的神靈掌握在手中，全然不由自主。

「動業可成，破碎山河」！簡簡單單的八個字，卻蘊藏著無法表述的意義。小弦呆呆想著：所謂「動業」，自然應該指非同一般的成就，似乎絕非拜相授官那麼簡單，而是隱含著刀兵之意，莫非自己日後也會成為叱吒天下的大將軍？再思忖那一句「破碎山河」，彷彿眼前已見到屍骨橫陳、烽火滿天的血腥戰場，那些從來只存在於書文與戲台中的情景儼然將發生在自己身上，既覺荒唐，又覺可怖，另外還隱隱有一分「天降大任」的惶惑與自豪……

小弦呆怔良久，甩甩頭，努力揮去心頭那份迷茫。當苦慧大師留下遺言時，明將軍還不過是一個十五六歲的孩子，根本談不上名滿天下，而自己還未出生，連「許驚弦」的名字都不存在，就算苦慧大師有預測未來的本事，也斷不可能明確無誤地指定自己與還是一個小孩子的明將軍是對頭，莫非他所指的另有其人？可愚大師、景成像等人卻偏偏說自己就是明將軍的「命中宿敵」，這又是什麼緣故？只可惜剛才恍惚一刻，未看清另外幾句話，或許其中還喻示著更多的意思。

小弦發現亂雲公子就是御泠堂青霜令使這個大秘密後，本來還想在書架上挑些重要的書籍一併燒毀，也好給自己出一口惡氣，但此時乍逢驚變，已全沒了這念頭。打定主意先不要表現出懷疑，等宮滌塵回來、或是見到林青後再做打算。又想到以青霜令使在離望崖前不惜讓手下自盡的狠辣凶性，一旦發現身分敗露，必會殺了自己滅口，可不能在言談中留下什麼破綻，自己身死事小，若還讓這個外表謙恭、內心毒惡的大壞蛋逍遙法外，那才真是糟糕透頂……

小弦漸漸從震驚中清醒，緩緩收拾好火盆等物，《天命寶典》的封面已燒去，僅留下金屬的網狀物，色呈青白，那網織得極密，雖不過薄薄數層，卻是極有彈性，仿如千絲萬縷纏繞而成，怎麼也無法撕斷，只得收於懷中。

此刻已將至傍晚，估摸亂雲公子過一會就會來磨性齋中，小弦強收雜念，仍是抱起一本書坐在書桌前翻看，眼中雖看不進一個字，腦海裡更是一片紊亂，但那份苦讀經書的模樣卻做個十足。

不知過了多久，磨性齋房門一響，正是亂雲公子走了進來，看到小弦端坐讀書，微微一笑：「小弦真乖，肚子餓了麼，要不要吃碗燕窩粥？」

若是以往聽到亂雲公子這番關切的言詞，小弦必是心生感激，但此刻已明真相，聽到那「燕窩粥」之名，更是在肚裡暗罵這個口蜜腹劍的「大壞蛋」。表面上卻不動聲色，僅是輕輕搖頭：「我不餓，正讀得有興趣呢。」他只怕自己的眼神中流露出什麼懷疑的神情，看也不敢看亂雲公子一眼。

亂雲公子呵呵一笑，清咳一聲。小弦知道這是他要發問的先兆，心想自己前幾日不知不覺對他解釋了許多《天命寶典》中的句子，豈肯再受他利用，眼珠一轉，搶先道：「我先問你個問題？」

亂雲公子一愣：「難道你也想考考我？」他亦是心思機敏之士，聽到小弦並不像以往恭稱自己一聲「公子」，已感覺到一絲不同尋常，面色不變，淡淡笑道：「也好，今日就讓你來做一回先生，儘管發問。」

小弦抬頭望一眼亂雲公子，復又垂下頭去：「我這幾日看了許多書，卻偏偏找不到那本《金鼎要訣》？還有那個公羊先生的書也看不到，還要麻煩公子幫我找找出來。」這正是亂雲公子引用《天命寶典》中的語句時對他提過的書名與人名。

亂雲公子立時怔住，幸好小弦低著頭看不見他臉上驚訝的神情。那本《金鼎要訣》與什麼公羊先生自然都是杜撰而來，何曾想小弦記憶極好，竟然將他隨口而言記得清清楚楚。亂雲公子緩緩道：「這些都是無關緊要的雜學，不看也無妨。」

小弦心中冷笑，他既猜出亂雲公子借朝自己發問之機得悉《天命寶典》的用心，當然知道亂雲公子無法找出來這些子虛烏有的書籍，明知如此說必會引起亂雲公子的疑心，但若不對他做些警告，心頭那一口惡氣實難消下去。料想亂雲公子的身分掩飾得極好，只要自己不直接拆穿他的詭計，疑神疑鬼下也不敢輕易翻臉反目。口中振振有詞道：「其實比起那些安身立命的書來說，我更喜歡看這些雜學，我瞧公子藏書中琴棋書畫皆全，想必亦並不是一個死讀聖典之人。」幾乎脫口想問他是否敢與自己再下一盤棋，話到嘴邊，總算強忍住了。唯恐惹亂雲公子生疑，目光只停在手中的書本上。

一時磨性齋內的氣氛十分微妙。亂雲公子面色陰晴不定，良久後才啞聲道：「十年前我亦如你一樣喜歡看些雜書，如今卻早無那份閒情逸致，有些書放在何處也找不到了。」

小弦也不敢將亂雲公子迫急了，萬一他惱羞成怒卻也不妙，隨口輕聲道：「卻不知十年前的公子是什麼模樣？」

「十年前的我……」亂雲公子若有若無地歎了一聲，語氣恢復平日的悠然：「呵呵，你若不提，我都快忘了那個鮮衣怒馬、志得意滿卻又不識輕重的濁世少年了。」這一句話頗有自傲之意，似乎有一腔蟄伏多年的雄志從埋藏最深的胸膛中迸躍而出。

小弦沉默。心想亂雲公子出身於江湖人十分敬重的清秋院，其父「雨化清秋」郭雨陽俠名傳遍武林，與那神秘的御泠堂可謂沒有絲毫關係，亂雲公子加入御泠堂想必也是這十餘年間的事情，好端端的世家子弟不做，卻要投身於御泠堂中做什麼青霜令使，真不知道他是怎麼想的？脫口道：「比起十年前，公子現在想必過得更快樂。」這一句本是有些譏諷之意，但講出口來卻完全變了意思。

亂雲公子濃眉微皺，似乎在回想往事，顯然未聽出小弦的言外之意，輕輕一歎：「小弦你可知道麼，其實叔叔十分羨慕你。」

小弦奇道：「我有什麼好羨慕的？」

亂雲公子柔聲道：「你可想過十年後的你會是什麼樣子？」

小弦一愣，不由想到吳戲言所提及那二十年後的契約，搖搖頭：「我怎麼知道？不過我一定會努力做一個頂天立地的英雄，就像、就像林叔叔一樣。」這些話本是他心底從不訴之於人的想法，此刻在知道了亂雲公子真實身分的情況下，不由十分緊張，不知不覺脫口而出，一言即出又覺赧然，比起名動江湖的暗器王林青來說，自己何異差之千里。

亂雲公子並沒有笑話小弦：「有這樣的志氣就好，只要現在努力學好本事，叔叔相信你必會成功。」

小弦聽亂雲公子語出誠心，抬頭望向他那一張清俊的面容，頗有些迷惑。他心目中的青霜令使乃是一個為達目的不擇手段，陰險狠毒的大壞蛋，可如今面對亂雲公子，卻實在難以從他的相貌上瞧出半分端倪。難道這世間的人都可以把自己掩藏得如此之深麼？一念至此，大覺悚然。

亂雲公子坦然面對小弦研究似的目光，繼續道：「對於你來說，十年也好、二十年也好，未來都在自己的掌握之中。而我就不同了，其實在十年前，我就已經可以想像得出現在會是什麼樣的生活。」他苦苦一笑：「所以，我真的很羨慕你。」

小弦呆呆道：「難道你能未卜先知？能猜出十年後的自己……」

亂雲公子搖搖頭：「無需未卜先知的本領，我也知道十年後的自己仍會守著清秋院，做一個不問諸事、空掛虛名的世家公子。」

小弦笑道：「聽起來公子好像並不喜歡現在的情形，卻不知那是多少人求之不得的生活。若是我天天能喝燕窩粥，又有人小心伺候，不知道會有多開心呢。」

亂雲公子歎道：「像我這樣的世家子弟，只需守成，無需創業，縱然有再大的成就，旁人也只會說是稟承父業。無論是做個頂天立地的英雄、碌碌無為的平凡人、或是被人鄙屑的奸惡小人，說起來都是清秋院的事，全與自己無關，有時我甚至想……」說到這裡，似是自知失言，住口不語。

這一刹，亂雲公子神情陰鬱，再不復平日揮灑自如的模樣。

小弦一震，幾乎想替亂雲公子講出他未說完的話：或許正因他身處清秋院的庇護之下，做任何事情都無法得到他人的承認，所以才寧可投入御泠堂中，要靠自己的力量去做驚天動地的事情！像自己不正是緣於這種心理方才不願讓林青插手平山小鎮中的「劫富濟貧」，寧可憑自己單獨面對朱員外……

不知為何，明知亂雲公子的所作所為絕不可原諒，但看到此刻的亂雲公子，小弦心裡仍是不由對他生出一絲同情之意。或許他本就是完全不同的兩個人合而為一，一個是困惑於家世、謙沖自傲的亂雲公子；另一個則是心狠手辣的降世惡魔——御泠堂青霜令使！

亂雲公子忽抬頭一笑：「小弦好好看書吧，今日就不問你問題了。」剛才他面對一個天真無邪的孩子說出自己心底的一絲困惑，此刻不免略有悔意，轉身欲離。

忽聽門外有腳步聲，平惑的聲音響了起來：「宮先生回來了，公子是否要去莊外迎接？」

小弦大喜，搶先出了磨性齋，直往清秋院的大門跑去。離老遠就看到宮滌塵修長的身影在瑟瑟寒風中飄然佇立，正在莊外與十餘名官兵說話。

小弦一面大叫，一面直衝入宮滌塵的懷中。自從發現了亂雲公子就是青霜令使後，小弦的心底一直暗暗打鼓，生怕什麼地方露出破綻被他殺人滅口，此刻看到宮滌塵如同見到了救星，心中喜悅難以盡述，一把抱向他的腰：「宮大哥，你可算回來了。」

宮滌塵本能地略往後一讓，卻終於忍住不動，任小弦結結實實地抱住自己，口中笑罵道：「你不是號稱少俠麼，如此摟摟抱抱成何體統？」又望著隨後趕來的亂雲公子一笑：「郭兄好。」本應是抱拳行禮，奈何雙手都被小弦牢牢抱住，只好輕輕點頭。

小弦嘻嘻一笑：「我們兄弟間還用客氣什麼，今晚你一定要陪我睡覺。」心想到了晚上一定要把亂雲公子的真實身分告訴宮滌塵，說不定他結交宮大哥亦是不安什麼好心。

宮滌塵不動聲色地運功輕輕一彈，總算從小弦的摟抱中脫身：「你的腳好臭，我才不陪你睡覺。」

「咦，難道宮大哥聞過？」小弦哈哈大笑：「再說我們自然是齊肩共枕，又不用抵足而眠，你當然聞不到我的臭腳。」

宮滌塵聽他說得越發不堪，真是又好氣又好笑：「你再如此耍無賴，明日見到你林叔叔時我必要告上一狀。」

小弦想到明日自然是與林青同回白露院，只怕再難有與宮滌塵朝夕相處的機會，心頭更是湧上不捨之情：「所以我們今晚才要好好多說幾句話啊。咦，你們都怎麼了？」卻見周圍十餘人包括亂雲公子在內皆是目瞪口呆地望著他，顯然想不到如宮滌塵這般矜傲克制如神仙般的人物，竟會與這樣一個小孩子如此親熱。

小弦這才反應過來，訕訕鬆開抓住宮滌塵衣角的手，卻見他那純白如雪的衣衫上已留下一塊黑黑的手印，大覺不好意思，低聲道：「宮大哥不要生氣，以後在外人面前我一定收斂些。」忽見亂雲公子眼中精光一閃，瞬間逝去，才醒悟自己手上都是沾得火盆中的灰燼，只怕已被他瞧出了什麼。不過此刻宮滌塵在旁，諒亂雲公子也不敢把自己如何，害怕、擔心的念頭一閃而過，也不放在心上。

宮滌塵微微一笑：「我又沒有怪你什麼，又何需自責？」手掌輕拂，將那塊有黑手印的衣衫摺起，他的動作是如此的瀟灑，神情是如此的自然，彷彿是從枝頭採下一朵鮮花、或是拂去草尖上的露珠，不但未令小弦感覺到任何嫌棄之意，在周圍眾人的眼中，宮滌塵舉手投足間都有一種從容淡定的韻味，恍如下凡的仙人。

小弦望著那十餘名官兵，好奇地問道：「他們來做什麼？」亂雲公子眼中亦有同樣的疑惑。

宮滌塵解釋道：「這十幾位都是京師中守軍，本是替我護送糧草，特借來一用。」又望著亂雲公子道：「不及通知郭兄，還請莫怪。」

亂雲公子招呼諸官兵道：「若是諸位不棄，請入莊喝杯茶。」

一位看似領頭的官兵惶恐答道：「能替宮先生做事，大家都覺得榮幸之至，不敢再打擾公子。」這些官兵皆聞亂雲公子謙和之名，見他果然不擺什麼架子，皆流露出感激之色。

亂雲公子不知宮滌塵打的什麼主意，謙讓幾句作罷。宮滌塵淡然一笑：「清秋院中人手不多，明日宴客不容有失，所以小弟特意從軍中挑出十幾位機靈的士卒替我們傳信。」

諸官兵聽宮滌塵讚他們機靈，齊稱不敢，面上卻皆隱現喜色。宮滌塵雖不同亂雲公子謙和好禮，反是在言笑間有一種拒人千里的冷漠氣質，但也正因如此，蒙他誇獎一句如沐春風。

小弦與亂雲公子齊聲問道：「傳什麼信？」小弦聽亂雲公子也如此問，不由一呆。他本以為明日宴請京師諸人之事乃是亂雲公子與宮滌塵一起籌畫，尚擔心亂雲公子是否在其中藏有什麼陰謀，但如今看來，顯然亂雲公子並非主事之人。

宮滌塵一笑不答。轉頭向十幾位官兵道：「你們都記下到清秋院的路程了吧，明日且按我的分派行事。張勇負責去請太子，巳時一刻離開太子府，巳時三刻到達清秋院；胡九負責去請管御師，巳時初離開管府，巳時三刻到達清秋院；劉天正負責去請八千歲，辰時正由泰王府出發，巳時正到達清秋院；葛文華負責去請牢獄王黑山，巳時二刻離開黑府，巳時正到達清秋院……」他每吩咐一聲，便有一位官兵高聲答應。

宮滌塵不但把每個官兵的名字都記得清清楚楚，分派亦是井井有條，而且聽起來似乎連從各人的府第到清秋院的距離都曾細細算過，隨路程的遠近相請的時間亦各不相同。

小弦本還想算算一共是多少位客人，聽了一會大覺頭昏腦漲，不多時聽到了林青與駱清幽的名字，再也顧不得細數，只是留意到請來的客人共有四批，按不同的四個時刻分別到達清秋院，偷眼瞧見亂雲公子郭暮寒亦是一臉迷茫之色，全不明白宮滌塵此舉到底有何特別的用意。

小弦並不知曉京師派別的關係，亂雲公子卻是越聽越心驚。在宮滌塵的安排中，與太子相關的一系人物皆是巳時三刻到達清秋院，比如太子御師黍離門主管平、簡歌簡公子、妙手王關明月等人；然後是與泰親王接近的一些人物在巳時正到達清秋院，如刑部總管關睢掌門洪修羅、追捕王梁辰、琴瑟王水秀、牢獄王黑山等；暗器王林青、蒹葭門主駱清幽、凌霄公子何其狂、機關王白石等逍遙一派則是午時一刻到達，最後午時三刻到達的是將軍府中三大高手：明將軍、水知寒與鬼失驚！

宮滌塵如此胸有成竹，顯然是早有計劃，不留一點紕漏。

宮滌塵吩咐完畢，那群官兵平日哪有機會結識京中這些風雲人物，自是十分用心記下，不敢有絲毫差錯。宮滌塵又令平惑去拿來紙筆，按每名官兵所請之人寫下信柬，分別交給諸人收好。

他本已給京師各方人物都送過請柬，此次卻是為了給那些官兵一份信物，便於相請。所以在信柬上隨意揮灑，龍飛鳳舞，按各人的名字或綽號寫下些藏頭詞句。又從指上取下指環，卻是一枚小小的印章，每寫好一張信柬便蓋一個印戳，印戳正是「宮滌塵」的名字，字體雖小，卻清晰可辨，可謂是極難模仿。

小弦注意到給林青的信柬上是：

煙斂寒林，青雲畫展，把酒從容晨靄裡。
音滅聲偷，天盡晴嵐，瀟鼓宴罷待重頭。

雖非工整，卻是巧妙地嵌著「林青」與「偷天」的名字。小弦讀了幾日的書，大增不少學問，好歹能瞧出其中有一份盼待在如畫風光中相知相得之意，看起來宮滌塵對暗器王不無敬重之意，猜想是不是因為自己這個「小兄弟」的緣故，而讀到最後一句又覺得豪氣隱生，似乎在暗示明日宴後便可讓暗器王一展胸中抱負……

宮滌塵給駱清幽題下的則是：

草木凍折，猶有冰齒映「清」唇。
群卉爭知，試推北窗醒「幽」芳。

小弦瞧出這兩句大概是在誇讚駱清幽的容貌，最喜那一句「猶有冰齒映清唇」，彷佛已可看到駱清幽那冰姿雪豔的絕代風華……其中又隱示冬去春來，難道是說林青到了京師，所以駱清幽這朵「幽芳漸醒」？

小弦正胡思亂想間，卻聽亂雲公子歎道：「宮兄高才，若是小弟便萬萬不能這般出口成章。」

宮滌塵淡然道：「郭兄謬贊，愧不敢當。這都是早就想好的詞句，小弟哪有如此急智。」

亂雲公子有意無意道：「我們這些閒人打發無聊、消遣時光方才會吟詩作對，想不到宮兄亦有此雅致。」

宮滌塵微笑道：「小弟作事一向講究完美，所以寧可多費些心神。」

亂雲公子呵呵一笑：「只觀宮兄外貌與行事，確是配得上『完美』兩字。」

宮滌塵依然提筆揮毫，並不因亂雲公子的誇讚而稍停動作，僅是瀟灑地聳聳肩膀：「小弟文思比不上郭兄，書法比不上潑墨王，唯有些許膽識，所以才不怕貽笑大方。」

亂雲公子「哦」了一聲，再無言語。聽著兩人的對答，小弦卻是心中一動，宮滌塵分明對這一場宴會早有準備，究竟是為了什麼？想到上次宮滌塵曾提及此次宴客是為了完成他師父蒙泊大國師的一個心願，但又何需如此鄭重其事，行事滴水不漏，絲毫細節也不放過？

不過小弦相信宮滌塵絕非玩弄陰謀詭計之人，何況他當著眾人的面做出各項安排，也不像藏有什麼不可告人的目的。只是……若僅僅是因為追求完美，似乎也太過份了些。

在場諸人心中都有一分疑惑，只是看著宮滌塵從容不迫的神態，縱有千般疑問也無從問起。如此光明坦蕩的「神秘感」，給眼前這位風度氣質絕佳的年輕人罩上了一層高深莫測的光環。

不多時宮滌塵已寫好信柬，又對那十餘名官兵強調道：「你們明日一早先拿著此信柬去各府通傳，然後就等候在府外，免得對方提前出門。萬萬不可弄錯了時辰，若有差遲，我這個做主人的可沒了顏面。」

眾官兵齊聲應喏，對於他們這些京中小卒來說，一向被將官呼來喝去，難得有獨當一面做事的機會，此時得到宮滌塵的看重，皆是摩拳擦掌，不敢稍有懈怠。

諸官兵散去。宮滌塵擲筆揚眉一笑：「天已將晚，郭兄可準備好酒菜了麼，小弟可真是餓了。」

亂雲公子哈哈大笑：「小弟早已令人備下酒菜，權當先替宮兄餞行。」

小弦聽到「餞行」兩字，一驚：「宮大哥又要走？」

宮滌塵輕撫小弦的頭：「若不是為了明日一場酒宴，我早就該回吐蕃了。」

小弦急道：「不行不行，宮大哥總應該陪我在京師多玩幾天。」

宮滌塵歎道：「明日你就可見到你的林叔叔了，何需我陪？」

「那可不一樣。」小弦忍不住又牽住宮滌塵的衣衫，撒嬌般不依不饒：「難道宮大哥就捨得拋下我一個人不管？」

亂雲公子笑道：「小弦莫要淘氣，你看又弄髒宮兄的衣服了。」只見宮滌塵潔淨不沾一塵的衣衫上果然又現出一個黑黑的手印，這一次正好捏在宮滌塵的腰間，勢不能將長衫都捲起來，宮滌塵生性愛潔，不由皺皺眉頭。小弦連忙鬆開手，不好意思地搓去掌中的髒垢。

亂雲公子打個圓場：「我這就令人取來新衣給宮兄換上。」

宮滌塵淡然一笑：「無妨，反正明日要離開了，權當做個紀念。」

小弦聽宮滌塵去意已決，急得跳腳，恨恨道：「那乾脆讓我再多留幾個印子，也好讓宮大哥不至於太快忘了我。」說到一半，忽覺傷感：「宮大哥不要生氣，我以後再不淘氣了。我，我今晚給你把衣服洗乾淨……」

宮滌塵看小弦說得可憐巴巴，大笑道：「明日把你交給暗器王，就算想淘氣也不敢了吧。我總共也就幾套像樣的衣服，可不能全毀在你手裡。」說罷當先往飯廳行去。

小弦極為敏感，立刻感應到宮滌塵對自己似乎冷淡了些，怔了一會兒，方才悻悻跟在後面。

飯廳內早設好宴席。三人就座，平惑與另一位小婢在旁伺候。那小婢生得一張嬌俏可愛的瓜子臉，年齡不過十三四歲，聽亂雲公子的介紹才知是他貼身四婢中的舒疑。

亂雲公子身為清秋院主，本應該多行地主之誼，但宮滌塵卻是一副若有所思的模樣，似乎在考慮明日宴請之事，僅是表面隨意應承一二。亂雲公子何等精明，見到小弦掌中的灰燼，又回想他提到《金鼎要訣》與那公羊先生之語，已猜出他知道了自己偷窺《天命寶典》之事，亦是暗懷鬼胎；而小弦既不願意與亂雲公子多說話，又有些賭氣不理宮滌塵，想到明日與宮滌塵一別，心中煩悶，頗有些借酒澆愁的意思，奈何宮滌塵向來滴酒不沾，僅飲清水，桌上根本無酒。

平惑倒是十分關切小弦，瞧出他悶悶不樂，有心開解，卻不敢當著亂雲公子的面隨意調笑，僅是送菜時偷偷打個眼色，小弦亦視如不見。

這一頓「餞行之宴」吃得極其彆扭，席間全無歡聲笑語，氣氛十分沉悶。

小弦本以為宮滌塵回來後可以好好陪一下自己，誰知他的態度雖然如舊，卻總覺得少了以往的無拘無束，多了一份疏遠。越想越覺得委屈，匆匆吃下一碗飯，起身告辭：「我吃飽了，先回房休息。」看到亂雲公子似還稍有挽留之意，宮滌塵卻只是靜靜地望著他微微點一下頭，面上一如平常，賭著氣搶先道：「你們想必還有許多話說，我就不打擾了。」轉身出門。

卻聽平惑低聲問亂雲公子：「公子，要不要派我去照看一下小弦？」

小弦鼻子一酸，若是無人在旁，真想對她大叫幾聲「姐姐。」低頭一路小跑回房，和衣蒙上被子裝睡。

平惑隨後趕來：「小弦，是不是哪裡不舒服？」

「我沒事。」小弦搖搖頭：「平惑姐姐，你給我講個故事吧。」第一次把「平惑姐姐」四個字叫得字正腔圓。

平惑一呆：「我可不像公子那麼博學多才，沒有什麼故事……」看到小弦臉露失望之色，慌忙道：「小弦不要急，待我想想。」

小弦其實並不想聽什麼故事，只是忽覺得人與人之間的關係是如此複雜難解，宮滌塵剛才在莊外還對自己那麼疼惜，眨眼間卻如換了一個人般。想到父親曾告訴自己：知人知面不知心，萬萬不可輕信他人。自己當時聽在耳中並不在意，如今看來，莫非成年後就必須如此麼？難道與人交往都要有所保留，不能輕易交付真心？若真是如此，寧可自己一輩子也不要長大，永遠做一個無憂無慮，沒有心機的孩子……

正呆呆想著，只聽平惑問道：「小弦，姐姐這個故事好不好聽？」原來她已講完了一個故事。

「好聽好聽。」小弦連忙點頭，雖然剛才根本不知道平惑講了些什麼。

平惑看小弦仍是不合年紀的一臉愁容：「小弦不要不開心，嗯，姐姐再給你講一個。」皺著眉頭苦思，搜腸掛肚想再找出個故事來。

小弦望著平惑，一份感動無端而來。或許她的身分地位都不高、亦只是一個尚未成年的孩子；或許她身無武功，並不能像林青與宮滌塵那樣給自己一種安全感，但那一種毫無掩飾的關切與溫情就像潮水般漫上他的胸口，滯留不去⋯⋯

剎那間，小弦忽覺得平惑就是自己的親生姐姐，再多的委屈與無奈都可以在她面前從容表露，怯怯地從被中伸出手，拉住平惑：「姐姐，我不開心。」

平惑從未見過小弦如此悽惶的神情，她雖然只有十五歲，但自小在清秋院這樣的豪門中長大，見多識廣，十分早熟。自知身分卑微，平日伺候亂雲公子小心翼翼，唯恐做錯事情，縱然亂雲公子有氣悶之時，斷也輪不到她來開解。直至遇見小弦這樣一個天性樂觀、好玩好動的孩子，既要像對主子一樣服侍，又可以如朋友般打打鬧鬧，再看到亂雲公子與宮滌塵皆對小弦禮遇有加，能做他的「姐姐」只怕是前生修來的福氣，此刻看小弦無依無靠的模樣，大生憐意，再聽他連叫幾聲姐姐，不由勾起了潛藏的母性，略顯慌亂地柔聲道：「不要緊，不要緊，小弦你想做什麼，姐姐都幫你。」

小弦恨恨道：「我，我真想咬人。」

「啊！」平惑一愣，看小弦的樣子不似假裝，咬牙把胳膊伸在小弦口邊，一閉眼睛：「你咬吧。」

小弦本是傷感之下隨口一言，萬萬料不到平惑果然引頸待戮，一時倒真覺得牙齒發癢。忽然大叫一聲，從床上一躍而起，抱住平惑，隔著衣衫朝她肩膀上狠狠咬了下去。這一下當真痛快無比，但覺諸多委屈都從牙縫中發洩出去，眼淚卻已不知不覺流了下來，生怕平惑發現自己流淚，更是抱住她不放，牙關緊咬……

自從小弦在岳陽府中與林青一席交談後，縱有再多的不如意也強忍著，不讓自己流淚。但此時此刻在平惑的懷中，就像突然打開了一道閘門，將壓抑已久的傷心盡皆釋放。其實縱然宮滌塵對他冷淡一些，卻也不會如此，只是小弦這一路上先在平山小鎮被管平生擒，再在汶河縣衙的殮房中飽受驚嚇，又被追捕王強擄至京師，好不容易認識了宮滌塵，明日又可見到暗器王林青，但苦慧大師的天命讖語似乎預示著自己的前途絕非平坦無阻，那份茫茫蒼天、命運難測的感覺才更令他覺得惶惑不已。

平惑痛得直吸冷氣，見小弦絲毫沒有鬆口的意思，終於忍不住推開小弦：「我的媽呀，你這隻小狗，可痛死我了……」

小弦神智清醒過來，也覺得不好意思。把頭埋在被子裡，趁機悄悄拭去眼角未乾的淚水，覺得心情暢快了許多。只聽平惑叫道：「哎呀，腫起來了。」「蘋果本就是讓人咬的嘛。」小弦在被子裡悶聲悶氣地道，又探出頭來，卻見平惑不停地揉著肩膀，正解開外衣斜眼朝衣內瞅，嘻嘻一笑：「我來瞧瞧。」「啪」，平惑抬手給小弦一個爆栗：「小色鬼，不許亂看。」

小弦捂著頭直挺挺地倒下去，面目朝下躺在床上，全身抖個不停。平惑嚇了一跳：「打疼你了麼？」話音未落，已聽到小弦忍俊不住的笑聲，氣得又踢他一腳：「你這個小壞蛋。」

小弦裝模作樣地道：「咬了蘋果一口，真是舒服多了。以後我要是再遇著不開心，就來找你。」

平惑哼道：「你休想再有下次。」看到小弦又恢復了活潑可愛的樣子，心裡高興，也忘了肩膀的疼痛：「你懷裡是什麼東西，軟軟的還挺有彈性。」原來她剛才情急推開小弦時正觸到他的胸口。

小弦翻身起來，從懷中摸出一物：「嗯，定然是這東西。」正是那《天命寶典》燒毀封面後餘下的金屬網狀物。

平惑好奇地拿起來，反覆觀看不得要領：「奇怪，這是什麼？」

小弦老老實實道：「我也不知道是什麼東西。你若是覺得好玩便拿去吧。」

平惑連連搖手：「只怕是什麼寶貝，我可不敢要。你從哪裡得來的？」

「這本就是我的東西，又不是偷來搶來的。」小弦笑道：「給你就收下吧，怕什麼？」

平惑只覺那物手感極怪異，光滑溫潤，輕輕一捏即變形，一鬆手又復原，喃喃道：「這東西非銀非鐵的，還可以隨意折曲，嗯，若不是極有韌性，倒像是什麼絲線。」

小弦靈機一動：「你可懂得女紅針線？你看這裡有個結，能不能用針挑開？」那個結繞在網內，網絲又細又密，只憑手指之力斷然無法解開。

平惑喃喃道：「我女紅針線還不錯，要麼讓我試試。不過若是解開了，恐怕再難復原。」

小弦也甚是好奇：「不管它，先解開再說。你隨身可有針線麼？」

平惑躍躍欲試：「等我一會，我回房拿針來……」

忽聽門口輕響，抬頭一看卻是宮滌塵站在門口。小弦胸口一震，賭氣般視若不見，只管對平惑道：「你快去拿針。」卻又怕宮滌塵就此不理自己，忍不住又偷眼瞅去，卻見他神情似笑非笑地望著自己，疑惑莫非剛才咬平惑之事都被他看在眼裡，臉上不由泛起紅來。

平惑連忙對宮滌塵道個萬福，宮滌塵淡淡道：「平惑姑娘先回房休息吧，我陪小弦說幾句話。」

平惑答應著，將手中的金屬網對小弦一晃，擠擠眼睛：「我晚上幫你解開，明天見。」轉身出門。

小弦咬著嘴唇垂著頭，也不言語，室內一片寂靜。宮滌塵忽道：「聽亂雲公子說你這幾日都在磨性齋內苦讀書本，自然應該知道『天下無不散之宴席』的道理。」

小弦心想：宮大哥雖然只大自己幾歲，經歷卻比自己多了數倍，想必遇見過許多人，對分分離離原不會太過在意，哪會像自己這樣看重別離……一念至此，不由長歎了一聲。

宮滌塵自言自語般輕聲道：「其實我也捨不得小弦，為免日後的牽掛，才刻意冷漠，你可否明白我的心思……」

小弦一呆，上前兩步握住宮滌塵溫暖的手，低低喚一聲：「宮大哥！」丟失的友誼剎那重新回歸。

宮滌塵拍拍小弦：「我在京師實在耽擱太久，明日必須要走。如果有緣，不久後我們還會再見……」

小弦點點頭，直視著宮滌塵清澈的目光：「怎麼才算有緣？」

宮滌塵淡然一笑：「那就要看明日的宴會是如何的情景了。」

小弦如墜迷霧：「這和明天有什麼關係？」

「你可記得我告訴過你，明天之宴乃是為了完成我師父蒙泊國師的一個心願。」宮滌塵耐心解釋道：「我此次來一為吐蕃求糧，二是帶來了師父的一道難題，如果有人能解開，或許他就會來京城一行。」

小弦道：「什麼難題？讓我先解解看。」

宮滌塵微笑：「這個難題連我也解不開……」言下之意更遑論是小弦了。

小弦大不服氣，嘟起小嘴道：「我就知道宮大哥看不起我。哼，有本事就讓我試試。」

宮滌塵搖搖頭：「此題十分奇怪，可謂是說易行難，乃是武功與智慧最完美的結合。一般的平民百姓都能輕易破解，卻根本不是正解，而武功越高者反而越難解開，而一旦有人能破解，便足以讓國師動心一見，所以我才會把京師諸位成名人物都請來……不過依我所看，普天之下能解此題者不過寥寥數人，至少你與我都不在其列。」

小弦大是好奇：「你不妨說說。」

「急什麼？」宮滌塵瀟灑地一聳肩：「明天你也是我的小客人，自然會見到這難題。」

小弦想著明日將看到京師諸位成名人物，更能與林青重聚，心癢難耐，賭咒發誓般道：「林叔叔一定解得開，宮大哥也一定會再與我相見。」

宮滌塵一歎不語。他自然清楚一旦真的解開了這道難題，蒙泊國師入京後將會對京師的局勢產生各種難以預知的變化，這裡面微妙複雜的關係卻無法對小弦細述。

小弦當然不知宮滌塵的想法，本想把亂雲公子的身分說出，但宮滌塵明日離京，又何必讓他牽涉其中，還是等見到林青再說。忽又想起一事：「對了，宮大哥不是說我乃是你第十九位客人嗎？可我算來算去，為什麼仍是要多出一人？」

宮滌塵答道：「潑墨王薛風楚抱病在身，所以不能來。」

小弦聽許漠洋說起過那號稱「一流畫技、二流風度、三流武功」的潑墨王，此人外表儒雅，一副與世無爭的模樣，卻是暗藏禍心，心計陰沉，當年在笑望山莊引兵閣內盜偷天弓不成，便挑唆「登萍王」顧清風殺死了兵甲傳人杜四，從而導致林青初試偷天弓一箭射殺顧清風，走上了與明將軍徹底決裂的不歸之路……

這個潑墨王薛風楚可謂是小弦心中最厭惡的人物之一，忍不住開口譏諷道：「只怕他根本不是抱病在身，而是不敢與林叔叔相見吧。」

宮滌塵自然知道暗器王與潑墨王這段過節，面上露出一絲頗為古怪的笑容：「或許如此吧。但他既然不願來我亦無法強請。唉，其實薛潑墨本是最有可能解開難題中的一人。」

小弦扁扁小嘴，不屑道：「我才不信他能有這本事。」

宮滌塵也不多解釋，拉著小弦在床邊坐下，柔聲道：「宮大哥今天讓小弦生氣了，你可不要怪我。」事實上他跟隨蒙泊大師精研佛法數年，年齡雖才十七，卻已極為老成持重，自問早已堪破人世常情，卻不明白為何會對小弦這樣一個孩子如此看重，或許正是因為他對小弦有所利用，而小弦卻對他一片赤誠，才令他覺得心頭有愧。

小弦如江湖漢子般大剌剌一擺手：「過去的事情不用提了，我們是好兄弟嘛。嗯，不行……」

宮滌塵奇道：「什麼不行？」

小弦一本正經道：「你既然知道今天做錯了，那就要賠我。」

宮滌塵嚇了一跳：「你再這樣胡說八道，我以後就不見你。」

小弦不明所以：「我怎麼胡說八道了？」

宮滌塵正色道：「我不慣與人同睡，以後再不許提什麼『陪』你之事。」

小弦呆了一下，方才醒悟宮滌塵把自己要求賠償的「賠」字聽錯了，以為自己要他「陪」同睡覺，哈哈大笑：「哼哼，說不定你自己才是臭腳呢，我是讓你

『賠』償我的損失。」

宮滌塵這才明白自己誤會了小弦的意思，他運功變化過的臉色依然蠟黃，並無異常，耳根卻莫名紅了起來：「你這小鬼真是詭計多端。說吧，你想要什麼賠償？」

小弦好不容易止住了笑，振振有詞道：「宮大哥今天給那些客人都寫了詩詞，為什麼不給我寫？我也是你的小客人啊。」

宮滌塵啼笑皆非：「好，我答應你。」

小弦面色一整：「嗯，我知道我不能與那些成名人物比較，你現在先不用替我寫什麼詩句，等我有一朝馳名天下之時，那可一定要問你追討舊債了，哈哈。」他說得如此理所當然，似乎「馳名天下」只是遲早之事。

看著小弦挺著小胸膛信心十足的樣子，宮滌塵卻沒有笑，反是一臉鄭重，緩緩伸出手來：「一言為定！」

雙掌相擊的聲音，在暗夜裡傳得猶為響亮！

第一批來到清秋院的客人是當今皇太子與黍離門主管平、簡歌簡公子、妙手王關明月四人，宮滌塵計算極為精確，四隊車馬雖從不同方向而來，卻幾乎同時到達清秋院院門。正是巳時三刻。

宮滌塵與亂雲公子早已等候多時，雙方不免寒喧客套一番。宮滌塵抽空特意囑咐守在院門口的家丁，再有貴客到來可直接將主客引至梅蘭堂。然後將四人迎入梅蘭堂，其餘手下則領入清秋院內別處休息。

平惑、舒疑、解問、釋題四婢早已守候在梅蘭堂門口，小弦則孤零零地單獨坐在下首的最尾一席，除此外再無他人。

小弦亦算見識過不少大場面，但想到一下子要與京師這許多的成名人物相對，仍是緊張得手心冒汗，不知怎麼竟有些自卑心理，所以才堅決不去清秋院門口接待客人。宮滌塵與亂雲公子也不勉強，小弦坐在席中，看著平惑四人端立門邊大氣也不敢出的模樣，亦覺得梅蘭堂中雖然尚無什麼賓客，氣氛卻已是無比凝重。

幸好小弦與平惑遙遙相望，不時打幾個彼此意會的眼色，總算稍稍平復一下起伏難定的心潮。

仔細看去，梅蘭堂中設了十九桌單獨分開的酒席，每席上只擺有一套茶具，酒壺酒杯各一付，然後是兩盤點心，最奇怪的是每一張桌上還都放著筆墨硯台，卻無紙張，也不知做何用處。席上擺設雖然簡單，卻極精緻，茶壺與茶杯是紫砂磨口，酒壺酒杯則是漢玉所雕，點心盤子皆是淺紫色的貝殼所製，點心每盤四樣，或是澄黃金酥，或是小巧玲瓏，誘人食欲；那筆墨亦皆是精品，由此可看出清秋院身為武林百年世家的手筆。

忽聽腳步聲傳來，平惑四婢一齊曲膝萬福，宮滌塵當先踏入梅蘭堂，隨後是亂雲公子與衣飾華貴、相貌各異的四人。小弦僅認得其中一位是在擒天堡中見過的「妙手王」關明月。

宮滌塵呵呵一笑：「滌塵先給太子殿下介紹一下我的小客人……」伸手指著訕訕站起的小弦：「這一位，便是近日來名動京師的許驚弦許少俠了。」

不知怎麼，剎那間小弦所有的緊張忽都不翼而飛，起身拱手抱拳道：「草民許驚弦，見過太子殿下。」這一句「草民」當真是用得不倫不類，場面原是有些好笑，但誰也沒有笑。

皇太子年約二十八九歲，容貌普通，最特別的是那張十分白淨、幾近透明的臉色，卻並沒有一絲酒色過度的虛弱感，反是隱隱露出刻意隱忍的傲氣，一雙不大的眼睛射出極有威嚴的光芒，停在小弦的身上：「此次宴會乃是依著江湖規矩，無需多禮。許少俠少年英雄，早已是久仰大名啊。」回頭望著妙手王關明月：「聽說關兄上次在擒天堡時多虧許少俠仗義出手，方才全身而退，還不快快謝過。」

太子下令豈敢不從，關明月連忙跨前兩步，卻見小弦從容一笑：「適逢其會，誤打誤撞而已。關，關兄與小弟同仇敵愾，何必見外？」他這幾日讀了許多聖賢之書，可謂是出語不凡，這樣一句話不卑不亢，既不承功自傲，亦令關明月不失面子，除了那頗為勉強的「關兄」，縱是老江湖聽來亦毫無破綻，一語出口，眾人皆是暗暗稱奇。宮滌塵對小弦微微一笑，以示鼓勵。

管平哈哈大笑：「許少俠好啊，我已派人將黑二兄弟另做安排，他十分掛念你，到時我把他的地址告訴你，有空可要去看看他。」

自從小弦得知在平山小鎮巧計擒下自己的原是管平與葛公公，再加上設計伏殺林青之事，本是對管平不無記恨之意，但聽他如此說也不由感激，點頭稱謝。

管平既然殺不了林青，當然會事後補救，將黑二轉移安全之地原不過舉手之勞，卻令小弦對他的態度大為改觀，他身為京師三大掌門中的黍離門主，又是太子御師，謀略冠絕天下，由此已可見一斑。

「自古英雄出少年。見到許少俠後，方知此言不虛！」富有磁性的嗓音出自最後一個人的口中，那聲音淳厚而不失溫情，響亮而不失穩重，平平常常的一句言語卻令小弦感覺到一種春風拂面的溫暖之意。

小弦抬頭看去，剎時目瞪口呆。那位年紀三十出頭、丰神如玉的秀士雖是走在最後，卻在剎那間躍入眼目，奪去了在場之人的所有視線，梅蘭堂中亦有一種驀然生輝之感。

不問可知，此人自然是被譽為天下第一美男子的簡歌簡公子。

簡歌寬額高顴，濃眉虎目，最引人注目的是那如玉石所雕挺直的鼻樑，就似是一道刺破天穹後仍勾留不去的刀光。但如此充滿了澎湃張力的額鼻眉眼，卻偏偏生在一張圓而不闊、膚色白皙如女子的臉龐上，再加上那血色飽滿，薄如刀削的嘴唇，彷彿是將天下最威武的男子與最嬌媚的女子合而為一，有一種奇異的魅力。

他的身材修頎，肩寬臂長，胸闊腿壯，魁偉的身軀卻被長而細的腰身相連，全身並無多餘的飾物，最惹眼的就屬腰間那一束淡紅色的腰帶，流蘇輕懸，隨風輕擺，幾乎令人擔心那柔弱的長腰隨時會不堪重負地折斷，而這猶如女子窄細的長腰旁偏偏還掛著一柄闊達半尺寬的寶劍，純白棉布細細包紮起的劍柄並不露一絲刀兵之兇焰，鯊皮吞金的劍鞘上卻刻著兩個頗含煞氣的古篆字：「悲血」，讀之不免愕然。但只要看到簡公子那俊秀無瑕的面容，這柄闊劍與其說是件兵刃，倒不如說是一種令他更增男兒氣度的裝飾品……

事實上雖然人人都認定簡公子武技不凡，卻是從沒有人見過溫文爾雅的簡公子與人爭鬥。

直到此刻，小弦才明白為何京師三大公子中，何其狂有「凌霄」之名，郭暮寒有「亂雲」之稱，唯有簡歌簡公子卻無任何綽號，那是因為任何形容都不足以表達「天下第一美男子」之萬一！

這是與林青的霸氣沖天、宮滌塵的怡然素定全然不同的一種魅力。或許簡公子的相貌與身材尚談不上完美無缺，但正是那一份沖天豪氣與秀弱堪憐之間略隱略顯的不和諧，才令人在驚歎之餘，從心底最深處浮起一絲毫無來由的憐惜。

面對如此一位集男子與女子優點於一體的人物，連小弦這初萌情事的孩子都瞧得暗生欽羨，大有「驚豔」之感，更遑論平惑等女子，縱是垂頭斂眉，亦不免伺機抬眼偷望，目露癡迷之色。

賓主落座，言談盡歡。小弦插不上口，只好默然靜聽，雙方無非是些客套言詞，亦毫無興致。留神觀察梅蘭堂的佈局，忽發現不少蹊蹺之處。

首先：堂中十九席並不像平常宴客般左右各九席對稱，主人在下座相陪，而是分成五個小圈子，左首當先是四席，正坐著太子一系的四人，下面空著三席；右邊則先排出五席，其後是四席空位；而自己與宮滌塵、亂雲公子則在下座三席中。

小弦剎那醒悟：宮滌塵如此佈置，正好將京師四大派系分開，可謂是用心良苦。不然一旦雙方並席而坐，萬一發生什麼口角爭執，甚至動起手來，豈不是大煞風景？

其次：十九席並未設在堂中，而是略往門邊移動。每一席正對著的主位並未設席，上空處本是懸著亂雲公子那副對聯的地方，而此刻那「梅標清骨，舞衫歌扇花光裡。蘭挺幽芳，刀鋒劍芒水雲間。」的對聯卻被一張藍色的布幕遮住，布幕極厚，難辨其後虛實，不知裡面有什麼古怪。

事實上梅蘭堂中人人目光如炬，皆注意到了這兩點，卻知宮滌塵如此安排必是大有深意，誰也不願先問出來。

寒喧了一會，腳步聲又響起，一個故作豪邁的大笑聲從門外傳來：「本王來晚了，當先罰酒三杯，還請太子殿下與諸位恕罪。」

眾人一齊起身：「見過八千歲。」

泰親王當先踏入梅蘭堂，一把就先握住宮滌塵的手：「本王三日前聽說宮先生押糧出京，匆匆送行未果，生怕就此分別，想不到今日重見，果然是『人生何處不相逢』啊！」

宮滌塵淡然道：「承蒙千歲錯愛，滌塵須臾不敢相忘。」

小弦看那泰親王一張國字臉頗有威嚴，遠不似自己想像中的白鼻子小丑的模樣，不免隱有些失望。又看到他一雙大手拉住宮滌塵不放，宮滌塵神情雖不變，眼中卻是有些無奈，心頭已有一分不快，只是這等場面下斷也輪不到他出面替宮滌塵解窘，正急切間，又見到泰親王身後正是追捕王梁辰，想起自己那天在京師外的潘鎮小酒樓中害他吃下「巴豆茶」，也不知是否腹泄數日，又是好笑又是害怕，奈何堂中無處藏身，只得硬著頭皮對追捕王苦苦一笑，心中打鼓。

追捕王眼中神色複雜，僅朝小弦略點點頭，表面看起來似乎並無絲毫報復之意。

太子淡淡道：「侄兒給叔叔請安了。」他口中恭敬，卻無半分請安之意，站於原地，連腳步亦未動一下。泰親王入梅蘭堂後眼中似乎只見到了宮滌塵，堂堂太子殿下亦是顏面無光。

泰親王呵呵一笑，總算放開了宮滌塵的手：「倒是有些日子不見侄兒了，難得今日相聚，還要多謝宮先生與郭公子。」

太子端起一杯酒，一飲而盡：「侄兒先祝叔叔身體安康！」

泰親王哈哈大笑，卻並不舉杯：「想當年叔叔抱著你在京師四處遊玩時，你還非吵著要吃那些不乾不淨的坊間零食，叔叔不答應還不依。如今長大了，你我叔侄見面卻是這般客氣……」他一副長輩的口氣，又故意提及這些陳年舊事，分明是以老賣老，不將太子瞧在眼裡。此言一出，關明月與簡公子都面色微變，太子與管平卻是不動聲色。

亂雲公子打個圓場，上前隔斷泰親王與太子互視的目光，先請泰親王等人在右邊五席中坐下。與泰親王同來的另四人除了追捕王梁辰外，關睢掌門洪修羅年約四十，五短身材，天生微微上翹的嘴角令他面容總是帶著若隱若現的笑意，貌似個與人無爭的好好先生，一點也不像掌管生殺大權的刑部總管，只有雙目開闔間不時迸出的精光才給人一種高高在上的威壓感。

牢獄王黑山則是個高鼻深目、面色如墨的胡人，眉目間與黑二有幾分相像，眼中紅絲密佈，也不知是因昨夜沒睡好，抑或是長年給犯人用刑、見慣了血腥的緣故，那一雙筋骨虬結的大手更是令人感應到一絲凶煞之氣；最後那一位身著水綠長衫，年過四十眉目卻依然有種難言神韻的女子便是琴瑟王水秀，她有一張美麗卻不輕浮、溫柔而不失英挺的面容，那一對靈動的雙眼乍見去恍如十八九歲的少女，最特別的是她那長長的雲袖不但將一雙手包裹得嚴嚴實實，還在腰間纏起，真不知行動時會否有所不便。

小弦心思機敏，亦聽出泰親王對太子的言外之意，這才知道京師派系間的爭鬥已呈水火之勢。而瞧堂中席位的分佈，與泰親王等人同坐在右邊的應該是林青、駱清幽、何其狂、機關王白石逍遙一派，將軍府的三人則與太子一系坐在左首，宮滌塵這種安排看似無意，其間卻似大有玄機。

亂雲公子望向小弦道：「待我給八千歲介紹一位小英雄。」

小弦連忙拱手：「許驚弦見過八千歲，我又能算什麼英雄？」又望著追捕王道：「前幾日對梁大叔多有得罪，還請勿怪。」

泰親王望著小弦，嘿然道：「只憑許少俠能從梁捕王手中逃出的本事，『小英雄』這三個字便當之無愧。你放心，追捕王豈是記仇之人？」轉頭對追捕王嘿嘿一笑：「本王這話沒錯吧。」

追捕王淡然道：「我對許少俠亦有許多得罪處，權當扯平吧。」

洪修羅大笑道：「梁兄乃是六扇門第一高手，許少俠能從他眼皮底下逃出，實令人刮目相看啊。」追捕王聞言神色古怪，他與洪修羅可謂是同行，又都是泰親王手下的愛將，不免有爭功之處。但洪修羅這番話雖然提及大失面子之事，卻又直言追捕王是六扇門第一高手，其中微妙亦只有他兩人自知。

黑山乾巴巴地道：「我那兄弟雖然對我一向不滿，我卻始終記掛著他，許少俠能在梁兄面前一意維護黑二，我亦要替他謝你一聲。」他的聲音有一種胡人說漢語的頓挫，聽之極不舒服。

琴瑟王水秀一直不說話，只是用她那雙會說話一般的眼睛望著小弦，小弦但覺她溫柔的瞳中雖有些研究的意味，卻彷彿是一種對天地間不明白事物的好奇觀察，絕不令人心生排斥，反倒是隱隱有一種希望她看穿自己後說出一番緣由的期待……堂中這些京師成名許久的人物中，除了宮滌塵外就只有她最令自己有好感。

關明月笑道：「早在擒龍堡中，小弟便看出許少俠日後必可有一番作為，如今看來果然不假。」

小弦連忙引經據典地謙遜幾句，倒也沒有什麼破綻。

此刻堂中氣氛十分微妙，泰親王與太子一系遙遙相對，各自端坐不語，連表面上的客套也不願應付，卻都借著與小弦說話打破尷尬的僵局，小弦畢竟是個小孩子，看這許多成名人物對自己和顏悅色，不乏奉承之意，不免有些飄飄然，在桌下輕拉著一直微笑不語的宮滌塵的手，起初尚殘存的一絲緊張早已蕩然無存。

管平發話道：「宮兄此次相請，想必有些節目吧。」

宮滌塵清咳一聲，笑道：「實不相瞞，此次滌塵請來諸位，實是抱有一份私心。」此語一出，頓時將全場的注意力都吸引過來。他卻只是面露神秘笑容，不肯往下解釋。

「看來宮兄是決意賣個關子了，本應該等主賓齊全後再揭開謎底，奈何小弟最是好奇，實是難以多等片刻。」簡公子好聽的聲音響了起來，目光轉向亂雲公子：「不如讓郭兄先透露一二。」

亂雲公子苦笑道：「不瞞諸位，宮兄連小弟都蒙在鼓裡，此刻比簡兄更是想知道究竟呢。」

管平抬眼望著堂中那被淡藍布幕遮掩的對聯，接口道：「記得上次來清秋院中，見到這裡本是郭兄的墨蹟，想必宮兄的秘密就在其中吧。」

宮滌塵伸指讚道：「管兄目光銳利，心思機敏，果不愧家師所言。」

管平奇道：「卻不知蒙泊大國師對小弟有何言語？」

宮滌塵並不直接回答：「諸位可知小弟最佩服家師什麼？」

泰親王接口道：「久聞蒙泊大國師佛法精深，又有『虛空大法』譽滿江湖，宮先生所佩服之處想必不出此兩點。」

宮滌塵淡然道：「家師雄才偉略，每個人對他都有不同激賞之處。滌塵自小浸淫佛法、又深悉『虛空大法』識因辨果之秘密，深知皆是博大無涯，窮一生之力亦難窺堂徑的學問。」話鋒輕輕一轉：「但在滌塵心中，佛學與武功卻都比不上家師的另一樣本事……」他平淡的語氣中無疑有極強的鼓惑力，雖然直到此刻亦未明言最佩服蒙泊大國師什麼地方，卻隱露江湖傳言中十分神奇的『虛空大法』之奧妙，讓人欲罷不能。

泰親王碰個不軟不硬的釘子，面色如常，端酒飲下：「本王猜錯宮先生的謎題，先自罰一杯。」

宮滌塵微微一笑：「八千歲氣度從容，風範淋漓，拿得起放得下，亦不愧家師所言。」聽宮滌塵如此說，眾人皆是一愣。聽他那語中之意，似乎蒙泊大國師對每個人都曾下過一份判斷，這一刻不但把每個人的好奇心都提至最大，亦令人對蒙泊大國師產生出神秘至極的無窮遐想。

管平凝神思索：「難道宮兄最佩服蒙泊大國師之處，就是他對各種人物的判斷力？」

宮滌塵撫掌欣然而笑：「家師曾言，京師群雄並立，能人無數，可在他的眼中，唯有六人值得一提，是謂『京師六絕』。小弟最佩服他的，亦正是這一份談笑間審視天下人物的眼力。」一字一句道：「管兄智略驚世，才謀冠絕天下，自當名列其中！」

剎時場中寂靜，半晌不聞一聲。

除了不通武功的泰親王、太子與小弦外，這裡的每個人都是足可獨當一面、心高氣傲的高手，所謂「文無第一、武無第二」，名望雖是虛無之物，卻是人皆好之。在場眾人表面上雖是客氣，內心裡只怕誰也未必服誰，而蒙泊大國師在群雄並立的京師裡卻只看中了六個人，不問而知皆是非同小可的人物，試問誰不想恭列其中？宮滌塵雖然僅稱道管平的智謀，卻無疑令他隱隱高出眾人一線，這番話猶如在平靜的湖面上投下了一塊激起千層浪的小石子，一時望向管平的眼光中羨豔者有之、妒忌者有之、不屑者有之、驚訝者有之，不一而論……

若這番話全是宮滌塵本人的意思，不免有挑唆之嫌，被他提及之人亦會懷疑他的用心，可宮滌塵事先聲明此乃蒙泊大國師的觀點，蒙泊大國師遠在吐蕃，此前從未涉足中原，並沒有見過在場的任何一人，他所下的判斷雖不全面，無疑卻是更為客觀。

自從這些京師高手成名多年以來，從沒有一刻，能像眼前這般被宮滌塵的一句話就勾起了每個人心底深處的爭強鬥勝之心！

人人都希望能從宮滌塵口中再聽到自己的名字，卻是誰也不願開口詢問，那樣豈不顯得自己注重妄名虛利，落了下乘？

寂靜良久後，才從梅蘭堂中傳出一個孩子稚氣的聲音：「明將軍與林叔叔必在這六絕當中吧。」卻是小弦聽得入神，忍不住開口打破了沉默。眾人紛紛鬆了口氣，才從剛才微妙的氣氛中逐漸清醒過來。

宮滌塵輕輕道：「家師告訴我這番話時乃是三年前，其時暗器王雲遊天下，所以並未將他算在京師人物之中。至於明將軍……」他微微一歎：「若是連他都不能列在『京師六絕』中，家師此言又怎能令人信服？」

眾人雖與明將軍身處不同陣營，卻也不得不承認明將軍絕對有這個資格。只是聽到宮滌塵言語中對其不無推崇之意，每個人心裡都是百般滋味。

小弦聽到宮滌塵所說這「京師六絕」中竟然沒有林青的名字，不由呆了一下。他本覺得暗器王林青乃是天下絕無僅有的人物，但這一次入京先遇見宮滌塵那超凡脫俗的氣質；又親眼見到明將軍威凌天下的風度；還有那神秘老人於不動聲色間挫敗鬼失驚的驚世武功；再加上亂雲公子深沉難測的陰險；今日又見到簡公子那近於妖異的「俊美」；尚不知駱清幽、何其狂等未見過的人物是何等模樣……這才知道天下之大，能人輩出，如果宮滌塵口中先聲奪人的蒙泊大國師當真不把林青排在「京師六絕」中，似乎也情有可原。

一時也不知應該生氣蒙泊大國師「遺忘」了暗器王或是慶幸林青不必與京師諸人爭這份虛名？

泰親王哈哈大笑：「本王並非江湖人，但聽宮先生剛才的意思，難道蒙泊大國師還特別提及過本王？」

宮滌塵答道：「家師本就是出家之人，所評人物自然並不侷限於江湖。既然是號稱『京師六絕』，當然包括京師的所有人物。不過當朝文武中，除了明將軍外，千歲是唯一當選之人。」

泰親王斜睨頗有些失落的太子，臉有得色，口中卻謙讓道：「蒙泊國師真是太看得起本王了，本王身無武技，如此說豈不令他人笑話？」

宮滌塵一笑：「試問有了『將軍之手』，誰還敢在京師中以武相稱？」眾人皆是面無表情，私下裡卻一齊暗暗認同：若僅以武功排名，誰又能與天下雄霸第一高手之位二十餘年的明將軍並肩？

宮滌塵續道：「所以管兄是以智謀擠身六絕，而千歲卻是因為超乎尋常的決斷力排名其中。」

泰親王一笑不語，竭力壓抑住心底湧起的得意。暗忖自己確是行事果決，當斷則斷，只要認準了目的，寧可不惜任何代價。只是想不到連遠在吐蕃的蒙泊大國師對此都有所聞。

小弦萬萬料不到連不通武功的泰親王也能擠身六絕之中，大是不忿。又忽生雄志，心想自己就算不能習武，至少可以努力讀書。有道是「有志者事竟成」，既然連吳戲言都認定自己二十年後會有成就，說不定真有一日在「京師六絕」後可以再加上自己的名字，也算湊足自己最喜歡的數字──「七」！

一念至此，忽又覺得自己動了「貪圖虛名」之心，不免啞然失笑。

其餘眾人心中暗自盤算：看來蒙泊大國師定下的這「京師六絕」並不僅僅以武功取勝，而是博採眾長。卻不知除了「將軍之手」、「管平之策」、「泰王之斷」以外，還有三個是什麼人？會不會有自己的名字？

在場中只有小弦是局外人，可謂是旁觀者清。他生性敏感，已注意到洪修羅、追捕王等人望著管平的目光中皆有一絲妒忌，而太子嘴角卻是掛著一絲若有若無的冷笑，顯然對泰親王壓住自己一頭不滿……疑惑地偷瞅一眼神態依舊從容不迫的宮滌塵，實不知他用這樣的方式說出這番話是不是有什麼特別的目的？

「雖然僅是家師片面之言，作不得準。但若是小弟不說出餘下的三絕，想必諸位都不會放過我了。」宮滌塵游目四顧，將眾人的神情都看在眼中，微微一笑：「只可惜，剩餘三人皆不在場。」

這樣一來，反令眾人皆去了一份患得患失之心，簡公子首先朗笑道：「如果宮兄想就此打住，小弟第一個不依。」大家齊聲附和。

宮滌塵反問道：「諸位可知小弟目前最希望來到梅蘭堂的下一位客人是誰？」他如此一說，大家都知道至少即將到來的人物中有被蒙泊大國師看重之人，紛紛低頭猜測。

一直沉默的水秀抿嘴一笑：「不知別人是何想法，對於我來說，最想看到的是駱姑娘。」

宮滌塵大笑，眼露期盼之色，曼聲吟道：「詩簫皺春水，庭下舞瓊歸，巾幗珠璣燦，蓋延勝鬚眉。當世女子，唯以清幽之雅為最！」

簡公子隨著宮滌塵的吟聲擊桌而合，搶先道：「若是蒙泊國師的六絕之中沒有駱掌門的名字，小弟定是大大不服。清幽之雅，當之無愧！」眾人一齊鼓掌。除了明將軍外，管平與泰親王的入選多少令人意外，但此刻駱清幽的名字一提出，立刻博得全體贊同。不但因為駱清幽確是詩才蕭藝絕世江湖，亦因她身為女子，自然不會搶了一幫大男人的風頭。

小弦興奮得兩眼放光，在他單純的心目中，早將駱清幽看做是「林夫人」的唯一人選，小手都快拍爛了。

宮滌塵一轉話題，語出奇峰：「佛眼視人，無有善惡之分，卻重人性之七情六欲，諸位可知在喜、怒、哀、樂等種種情緒中，佛家最看重的是什麼嗎？」

眾人靜默，縱是亂雲公子這等飽學之士，亦少讀佛經，其餘人更是唯恐答錯，不敢輕易接口。只有小弦忍不住道：「佛祖割肉飼鷹，捨身餵虎，莫非是無畏？」

宮滌塵微笑搖頭：「無畏有兩種。一種是不知者無畏，二是大勇者無畏。然而在無畏之前，尚需一份泰山崩於面前不動聲色功盡棄的定力。世路風波不過是煉心之境，人情冷暖唯有忍性是場。」他吸一口氣，緩緩續道：「所以，對於芸芸眾生、凡夫俗子來說，佛家最看重的人性之情緒：是……忍！」眾人恍然，一齊思索京師之中最能「忍」的是何人？

小弦自知猜不出宮滌塵所指的人物，心想馬上就要與宮大哥離別，不知何時才能相見，索性借此機會再多看他一眼。這一刻忽發現在場諸人雖都是京師中成名已久的人物，卻皆陷身於宮滌塵布下的這一場局中，唯有自己與宮滌塵兩個人方是置身事外……

要知宮滌塵雖是引用蒙泊大國師之言，卻是觀點獨特，言語大有深意，縱是侃侃而談，那份從容淡定的氣度卻不給人任何威脅之感，更是巧妙利用了這些高手心高氣傲、不服於人的心理，不知不覺全被他的思路所牽引。

這一刻，小弦呆呆望著宮滌塵，對這位年齡只大自己五歲、行事卻縝密不漏、於不經意間掌控全域的宮大哥已是佩服得五體投地，能與他相知相識，又得他真心惜護，真可算是自己三生三世修來的福份。至於那位原本因為扎風喇嘛的緣故而頗有些瞧不起的蒙泊大國師，亦是心生敬重。

——有這樣一位弟子，其師必也是百年難遇的絕世人物！

宮滌塵竟尚有餘暇低頭對小弦篤定一笑，再望著凝神苦思的眾人，輕輕道：「並非滌塵有意賣關子不肯說出京師中最能隱忍之人的名字，而是怕言多有失，引起他人的誤會。」略微一頓，淡淡道：「幸好將軍府的客人尚未到場，想必諸位亦不會把今日的言語隨便洩露出去。」

眾人齊齊一震，將軍府大總管水知寒的名字湧上好幾人的唇邊，終於沒有說出來。

水知寒與明將軍同為天下邪道六大宗師之一，卻甘為明將軍所用，還故意自稱「半個總管」，寧可受江湖人的千百猜疑，這份「隱忍」之功實是人所難及，「知寒之忍」確也無愧「京師六絕」！

只有小弦猜不出宮滌塵的啞謎，急得連扯他的衣角。宮滌塵望著大家欲言又止的神情，不由莞爾一笑：「看來不獨水總管，諸位亦都可以忍……」大家一齊笑了起來，梅蘭堂的氣氛第一次輕鬆起來。

小弦知道宮滌塵終於說出水知寒的名字實是為了滿足自己的好奇心，此話若是傳到將軍府中，引起明將軍對水知寒的懷疑，只怕水知寒絕不會對宮滌塵善罷甘休……他無從表達對宮滌塵的感激之意，心想一會兒可要好好囑咐平惑，讓她提醒舒疑、解問、釋題三人守口如瓶，可不能給宮大哥惹來什麼麻煩。

太子歎道：「蒙泊國師的眼光獨到，心思敏銳，所發觀點皆是出於常人所不及的角度，我等凡夫俗子打破腦袋也難猜出他的心意。宮兄不妨直說最後一絕所指何人？」

宮滌塵頷首，有意壓低聲音道：「除了將軍之手、清幽之雅、知寒之忍、泰王之斷、管平之策外，最後一絕當屬……」說到這裡，他臉上忽現出一種彷彿洞悉一切變化的神秘笑容，方才一字一句朗然傳聲：「凌霄之狂。」

話音未落，一個略含驚訝又似根本不屑的聲音從門外傳來：「宮先生為何提到小弟的名字？可是在說什麼壞話麼？」

小弦抬頭朝梅蘭堂門口看去，心頭狂跳，幾乎離座衝出去。

因為，在門口出現的三男一女中，他第一眼就看到了暗器王林青！

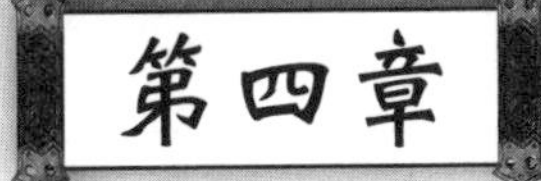

試問天下

林青感應到小弦的目光，低聲問道：

「你可瞧出什麼門道麼？」

小弦本想直承不知，好勝心起，轉頭再看向那四個大字。

他自幼受《天命寶典》的薰陶，觀察極為細緻，

隱隱覺得這四個大字之中潛藏著一份玄機……

林青穿著緊身藍衣，背負偷天神弓，襯得那矯健的身材中充滿了一股隨時彈躍而起的爆發力，再配合他微沉的劍眉、直刺人心的眼神，雖是面容如古井不波，肌膚裡仍透著重傷初癒後失血過多的蒼白，但那猶如捕食虎豹般的凌厲氣勢，已不知不覺對在場的每一個人形成強大的衝擊力。

管平作賊心虛，膽戰心驚地搶先迎出來：「情勢所迫下，當日小弟多有冒犯，實是愧見林兄。」

林青眼中殺氣隱現，卻是不動聲色地微一點頭，望也不望管平一眼，目光在全場移動，最後停在小弦身上，淡淡道：「彼此都是清秋院的客人，總要給主人留份面子。小……許少俠既是安然無恙，管兄與我這番恩怨便暫且寄下吧。」當他特意把對小弦的稱呼說成「許少俠」三字時，那英俊的面容上終於露出了一絲笑意。

管平討個沒趣，卻依然面不改色，拱手稱謝，暗暗傳音到林青耳中：「今日宴後，林兄當知小弟悔過之心。」

林青略略一愣，隱隱感覺到這位智計超卓的太子御師對今日之會面早埋下了伏筆，卻猜不出他到底會有何計畫。釋然一笑，先握住小弦伸來的小手，再與眾人一一見禮。

諸人與林青雖是素識，但這些年變故太多，六年前林青在塞外力抗朝中平亂大軍，先在笑望山莊前公然挑戰天下第一高手明將軍，又於引兵閣中一箭射殺押送軍中輜重的欽差「登萍王」顧清風，實已與朝廷欽犯無異。奈何暗器王與明將軍的戰約天下皆聞，迫於將軍府的壓力，只要朝中未真的下令追捕林青歸案，也無人敢認真去算這一筆舊帳，反是因為京師中微妙的形勢，泰親王有意與林青示好共抗將軍府，太子一系則因管平暗殺不遂，亦是轉變態度盡力化敵為友，所以表面看起來到達梅蘭堂的客人中，唯有暗器王林青最受各方面的歡迎，但其中每個人暗懷的心思卻實難用言語盡述。

六年不見，但見林青面貌身形如舊，眉眼不羈如舊，舉手投足間卻隱然有一種無法具體形容的變化，如果說六年前的暗器王僅僅名列八方名動之五，如今的林青卻無疑已是馳名天下的宗師級絕頂高手，是否能敵得過明將軍的流轉神功暫且不論，至少那份處變不驚、坦蕩自如的氣勢已然震懾全場，令每個人都生出「士別三日，當刮目相看」之感。

宮滌塵久聞暗器王林青之名，卻是初次與之會面。借林青走向小弦與自己距離接近之際，忍不住暗運起「明心慧照」之功，意欲一窺這位明將軍心目中最大敵人的心理，誰知才一動念，林青似乎立生感應，目光冷冷罩來，同時偷天弓弦亦驀然發出低低的龍吟之聲，宮滌塵心頭微凜，急忙收功。當日在將軍府第一次初見明將軍時，他也曾以「明心慧照」大法相試，卻被明將軍於談笑間化於無形，此刻暗器王林青卻是用另一種方式迴避，且不無警告之意。雖然明將軍與暗器王的做法各不相同，卻同樣令宮滌塵難窺究竟。可謂是他虛空大法修至「疏影」之境後唯一兩次不經意間的挫敗。

林青炯然目光望定宮滌塵，含笑道：「宮先生對故人之子有相救之恩，林某先行謝過。」

林青這一眼並不凌厲，毫無威脅，卻彷彿如有質實物般慢慢地滲透宮滌塵的護體神功，直逼入他的內心。那情形就似一塊石頭放於沼澤上，並不用加諸絲毫外力，而是僅僅借重力緩緩沉沒，自然而然，沒有半分勉強……

林青這一眼瞧得宮滌塵心中微微一顫，雖然並無「明心慧照」察敵心理之效，卻讓他產生一種自己的計畫已被林青識破的感覺。或許：只是因為那清澄坦蕩的目光令自己略有慚愧吧……

在此之前，縱然聽小弦把林青的本事吹噓得天花亂墜，宮滌塵亦懷疑在京師外受挫於管平的暗器王是否有足夠資格與明將軍的流轉神功相抗。但只憑這有意無意的一眼，宮滌塵已知自己當初的判斷有誤：暗器王的武功已臻巔峰，確是明將軍的一位好敵手。而他精心設計的一系列計畫，亦會在這種判斷下做出相應的調整。

宮滌塵朝林青一拱手，淡然道：「林兄無需多禮，就算沒有與許少俠的一見投緣，滌塵既然身為佛門俗家弟子，亦絕不會袖手不顧。」他似是不願與林青正面相對，轉眼望向林青身後那身材高大黑衣人：「剛才小弟正與千歲、太子等人談及家師所論及的京師人物，所以方才提到凌霄公子之名，絕非貶意，更無絲毫冒犯的意思。」

凌霄公子何其狂一身黑衣，依然是束髮長垂，半遮面容的模樣，只是少了那份神佛皆懼的煞氣。他聽了宮滌塵的話也不多詢問，僅是不置可否地聳聳肩膀，似乎沒有絲毫的好奇心。抬眼從席間眾人的面上掠過。

管平那日曾在京師外追殺林青時曾被何其狂強行將一眾人馬留住半個時辰，但當時雖是人人都認得凌霄公子，但何其狂卻明說不願直承身分好留待下次相見，此刻縱是以管平的無雙智謀，也不知應該說些什麼場面話，只得訕然一笑。

何其狂對管平討好的目光視若不見，僅朝諸人微微點頭以示招呼，他掃視全場已瞧出酒席佈置，當先坐在左首尚空餘的四席中，大剌剌地先給自己倒一杯酒，舉杯道：「小弟是個直性子，今日只是來做客，不談舊日恩怨。」一飲而盡，似揶揄似俏皮的眼神望著離他最近的管平，口中卻道：「入口綿軟香滑，落腹卻火湧如滾，端是好酒。平生所飲杯中之物，此酒足可入圍……嘿嘿，六絕之中。」這一句無疑是挑明早已隱隱聽到宮滌塵的話。眾人都知道何其狂的性子，也不計較他的狂態，一齊大笑起來。

洪修羅豪然大笑道：「凌霄公子來得不早不遲，可謂是對宮兄評價的最好注解。」

何其狂卻是一歎：「有『將軍之手』在前，凌霄縱然再狂傲數倍，又有何用？」眾人到是第一次聽到何其狂如此謙遜的言詞，皆是一愣。細品其語意，好像頗服氣明將軍的武功，又似乎不乏與明將軍一較長短的雄心，一時誰也接不上口。

小弦卻是心中一動，宮滌塵把各人來到的時間算得如此精確，林青、何其狂等人進入清秋院的時刻自也在他算計之中，難道是故意讓何其狂聽到他最後那一句話？

何其狂復又端起茶壺給自己斟上一杯，亦是一飲而盡，喃喃道：「此茶香雖香矣，卻是不合我的性子。」轉眼望著林青等人招呼道：「主人茶酒皆備，還不快快入席？林兄來與我品酒，這壺茶就留給清幽吧。至於白兄，嘿嘿，你又不是潑墨王薛風楚，筆墨於你也派不上用場，大概就只好將就用這些點心了。」眾人聽他說得有趣，皆是鼓掌大笑。

小弦反應極快，立刻想到宮滌塵昨晚曾說潑墨王乃是極有可能解開蒙泊國師難題之人，再看到席間的筆墨，暗忖莫非這難題與書法有關？

機關王白石年約四十，面色白皙，相貌儒雅，大笑入席：「聽何兄之言，莫非小弟是酒囊飯袋麼？為免宮先生與郭兄這主人生厭，小弟還是厚顏搶何兄與林兄的一杯酒喝吧。」眾人又是一陣大笑。

本來梅蘭堂太子一系與泰親王等人不無針鋒相對之意，言詞間各不容讓，此刻逍遙一派四人的到來，頓令堂中氣氛輕鬆了許多。

水秀長袖掩唇，輕輕笑道：「你們這幫大男人可莫要嚇壞了駱姑娘……」堂中剎時靜了片刻，眾人的目光全都移到一直立於門邊默然不語的蒹葭掌門駱清幽身上。

駱清幽身穿淡綠色長衫，頭戴一頂小帽，隱隱可見如雲髮髻，帽沿下露出一抹輕輕飄動的柔軟額髮，彷佛要搭在那長長的睫毛上，更襯以秀逸風姿。奇怪的是她用一付淺粉色的絲巾蒙住半邊面容，除此外再無多餘的飾物。

絲巾遮住駱清幽的口鼻，僅露出一雙靈動而慧黠的眼睛，或許是因為天氣寒冷，她的眼中沾著一層濛濛的水汽，令黑漆漆的眼珠如同暗夜裡的星星，閃耀著柔和而寧靜的光彩，長髮隨意地披在肩上，有幾根髮絲掠過略生紅暈的臉頰，令人忍不住想伸手替她拂開。她的身材高挑，僅比立於身旁的暗器王林青略矮一拳，雖只是平常的裝扮，但那衣衫卻顯得如此合身，每一根絲線似乎都緊貼著她的肌膚，勾勒出婀娜勻稱的曲線，就像是一張僅著黑白兩色的山水畫，隱隱望見霧靄裡遠處山巒微微起伏的弧度，畫中的純白是那纖細不堪一握的「柔」與「媚」，濃墨則是那仿如遠望千軍萬馬馳騁疆場、依舊怡然故我的「韌」與「剛」。

「水姐姐說笑了，清幽早就不是小女孩子，豈會被這些大男人嚇著？」駱清幽的聲音猶如她那妙絕天下的簫音，清雅素定。她緩緩走入席邊，在何其狂身旁坐下，亦是自斟一杯香茶，右手端杯，左手將面紗輕輕撩起一線，送茶入口，歎息般低低道：「何兄剛才的牛飲鯨吞，實是愧對這一杯好茶。嗯，此茶淡香悠遠，入腹沁涼，我竟從未喝過……」

她的動作是如此輕柔，神態是如此自然，連小弦這樣一個小孩子都看得目瞪口呆，心中莫名升起一份荒誕的念頭：恨不能自己也化做那一杯清茶，好能一親芳澤。

宮滌塵撫掌而笑：「駱姑娘果然雅致，此茶乃是小弟特意從吐蕃帶來，本想親自送往白露院請駱姑娘一品，奈何身無餘暇，直到今日才一償夙願。」

駱清幽並不抬頭，略略皺眉：「左右不過是一杯茶，誰品不是一樣，何時品不是一樣？又何需勞動宮先生大駕？」

「正所謂『寶劍贈英雄，紅粉贈佳人』，詩酒亦需趁好年華……」宮滌塵聳肩一笑：「此茶原本無名，只因欲贈駱姑娘，小弟才特意起了一個『煮香雪』的名字，駱姑娘覺得如何？」眾人口中喃喃念著「煮香雪」三字，回想駱清幽那神情動作，均是暗暗點頭。更有人暗恨自己不能搶在宮滌塵前說出這番話，以博佳人一笑。

駱清幽眼光停在宮滌塵身上，微微一愕，顯然亦未想到來自吐蕃荒蠻之地的宮滌塵竟會有這般一塵不染的外表與氣度從容的談吐：「宮先生謬贊了，名稱再風雅，亦不過是一杯供人止渴的茶。依小妹看來，詩酒亦無需趁年華，豈不聞聊追短景，不暇餘妍之理。」

宮滌塵思索片刻，微微拱手一笑：「駱姑娘說得極是，縱有山林勝地，太過營繼反成市朝。小弟確是太過著相了。」

「宮先生何需如此？」駱清幽垂下頭，再細飲一口茶：「寶劍非因英雄才利，紅粉非有佳人才香，縱是沒有清幽相品，這『煮香雪』依然是一個極好的名字。」

除了飽讀詩書的亂雲公子與簡公子外，其餘人都似懂非懂這略含機鋒的對答。小弦清醒過來，忽想到自己曾懷疑宮滌塵喜歡駱清幽之事，如果宮滌塵與林青成了情敵，豈不是大事不妙？忍不住道：「駱姑姑你有所不知，宮大哥從不喝酒，我還以為他只喝清水呢，想不到竟然喜歡飲茶……」他說到「姑姑」與「大哥」時特別加重語氣，分明是有意提醒兩人輩份有別。在場不少人皆聽出這隱含的意思，不免暗暗偷笑。

林青又好氣又好笑，桌下輕輕揪一把小弦。心知駱清幽最是臉嫩，以她的冰雪聰敏，當然會聽出小弦的言外之意，而林青與駱清幽一向以禮相持，小弦雖是童言稚語，卻分明有成全兩人之心……正要開口替駱清幽解圍，卻聽水秀微笑道：「駱姑娘為何不解開面紗，難道怕將我這老太婆比下去麼？」眾人早有此意，一齊拍手叫好，正好掩過駱清幽的尷尬。

駱清幽微一猶豫，右手捏住面紗的一角，卻並不及時摘下：「水姐姐有所不知，非是不尊重諸位，而是清幽實有難言之隱……」瞅了一眼含笑而立的林青，若有若無地一歎，將面紗摘下。

小弦終於看到了馳名天下才女的真面容。卻見駱清幽淡紅的面色，瘦削的臉頰，微翹的小鼻子，彎而略揚的嘴角，有一股淡淡的慵懶之意，如果僅以容貌而論，只怕還未必及得上宮滌塵與簡公子，但那慵懶之中卻有一種清晰可辨的英武之氣。這感覺就如在一汪清澈的水泉中看到了泉底的小石子，水是水，石是石，嬌柔與豪邁彷佛已合而為一，卻又是壁壘分明。那份柔弱與剛強天衣無縫結合給人極深的印象，既親且敬，風華絕代！

唯一遺憾的是駱清幽的右邊嘴角竟然生了兩個大大的水泡，雖然不免稍稍破壞了這一張動人面容，卻又讓人有些啼笑皆非，生出「原來她畢竟還是個凡人，並非一個不食人間煙火仙子」的親近之感。

武功高明之士常年百病不生，每個人都想到只怕是林青前幾日重傷，才令得駱清幽著急上火，生出這兩個大水泡，但縱然知道這判斷多半屬實，卻是誰也不敢當場說出來。

只有何其狂哈哈大笑：「我說這兩天駱姑娘怎麼見我時總是躲躲閃閃的，原來竟是這緣故。哈哈，為此當浮一大白！」自顧自地舉杯痛飲。

駱清幽眼中閃過一絲既慌亂又欣然的神色，竟也苦笑著端起酒杯與何其狂對飲。小弦早猜出其中原因，心花怒放，忍不住使勁捏了一下林青的手。

泰親王眼見林青等人一來搶足了風頭，指著堂中那被淡藍布幕遮掩的對聯，望著宮滌塵嘿嘿一笑：「管兄剛才既然已猜出宮先生的秘密就在其中，宮先生何不怏怏解開我等心頭困惑？」

「千歲下令，自當遵從。」宮滌塵一整面色：「實不相瞞，滌塵此次來京一為吐蕃求糧，二來為了完成家師的一樁心願。」

管平心思極快：「只看這席中筆墨，莫非是與文才有關？那可是駱掌門、亂雲公子與簡公子的事情。」

宮滌塵搖搖頭：「管兄只知其一，不知其二。這是家師留下的一道難題，雖與筆墨有關，但若沒有技驚天下的絕世武功，卻萬萬解答不了。」

洪修羅冷笑：「蒙泊大國師原來是想考考我等京師人物的武功麼？」他身為京師三大掌門之一，又是刑部總管，在官司場浸淫久了最重名利，剛才聽到宮滌塵所提及「京師六絕」中並沒有自己的名字，不免大失所望，忍不住略有譏諷之意。

宮滌塵不為所動，仍是不急不徐的口氣：「洪掌門可知家師近二十年來見過幾個人？」

洪修羅一窒，不明所以。在場之人誰也不知道宮滌塵為何提到這無關之事，但觀其為人，一言一行皆是大有深意，一時無人接口。

「家師身為吐蕃國師，有些應酬無法避免，除去國事大典時現身外，這二十年來單獨會見的，只有七個人！除了小弟與吐蕃王外，其餘五人或是一派掌門，或是布衣平民。只不過，這五個人都有一個共同的特點……」宮滌塵語音微頓，一字一句道：「皆是擁有至高智慧之人。」

小弦脫口問道：「難道只要有至高智慧，能夠解開這道題，便可以去見蒙泊國師麼？」

宮滌塵含笑點頭，卻又搖搖頭：「此題的答案並不唯一，所以家師相見的方式亦各不相同。」

連沉靜的駱清幽都忍不住一絲好奇心，緩緩發問：「有何不同？」

宮滌塵並不急於回答，而是驀然一揚手。掛於堂中的那塊淡藍布幕垂下一角，露出後面的半邊白絹，絹上寫著兩個大大的字：天下！

小弦也還罷了，在場諸位高手全是一驚。那塊布幕本是用左、中、右三枚釘子固定，可宮滌塵剛才那看似隨意地一揚手卻將左邊的那枚鐵釘凌空拔起。儘管釘子未必入牆極深，將之拔出亦未必需要極大的力量，但若沒有極強的內力與巧妙的心法，卻萬萬不能似這般凌空逆用真力。宮滌塵瞧起來纖秀文弱，年齡亦不過二十五六歲，想不到竟身懷如此驚人武功，恐怕絕不在堂中大多數人之下。

弟子已然如此，蒙泊大國師的武功又會到達何種境地?!

宮滌塵左右手再齊揚，布幕上剩餘兩枚釘子全被拔出，布幕飄然而落，露出一整幅白絹與上面的四個大字。

小弦喃喃讀道：「試……門……天……下！這是什麼意思？」

宮滌塵篤定一笑：「家師本欲寫下『試問天下』四字，奈何筆力不濟，那『問』字中間尚餘一『口』，還請諸位補上！」

小弦大奇，這樣一個簡簡單單的問題竟需要如此興師動眾麼？雖然自己書法極差，但只要是個識字之人就可以補上去，難道其中另有奧妙？

眾人齊是一怔，當然知道蒙泊大國師絕不會是什麼「筆力不濟」，定是故意如此，不由凝神細看那四個大字。

宮滌塵長歎一聲：「不瞞諸位，小弟雖隨著家師精研佛法多年，卻仍去不掉那一分爭強好勝之心，曾對此字苦思十日，卻自知無力補上。若有人能完成家師的心願，小弟先要謝過。」眾人眼望四個大字，聽著宮滌塵的話，越看越是心驚！

小弦瞧那「試門天下」四個大字雖是筆墨淋漓、龍飛鳳舞，卻也平常，不覺得有什麼特別的地方。冷眼瞅著堂中諸人除了泰親王與太子外皆是如臨大敵般觀字不語，連林青的眼中都不時閃過一絲狂熱的光華，委實不明白為何會是這樣。

良久，水秀悵然一歎：「蒙泊大國師果然寫得好字，我……補不出。」

宮滌塵亦是一歎：「琴瑟王無需妄自菲薄，若有機會請去吐蕃一行，家師必將竭誠一見。」

水秀奇道：「我並沒有解出題，這又是何故？」

宮滌塵正容道：「家師曾對小弟說過，看到這個殘缺的『問』字之人無非三種態度：一種人拿起筆隨意補上，可以略過不提；第二種人是沉思良久，卻始終不敢補，便如琴瑟王這般，可邀去吐蕃一見；第三種人則是洞徹全域後終於補上，小弟便將會把這補好的字親自送給家師過目，若確有道理，國師將親身來見！」

小弦聽得暗吐舌頭，看來自己便是宮滌塵所說可以忽略不計的第一種人，而這梅蘭堂中的其餘十五人可算是集結了京師中除將軍府外的所有高手，難保其中不會出現第三種人……想到這裡，不由轉頭信心十足地盯著林青。

林青感應到小弦的目光，低聲問道：「你可瞧出什麼門道麼？」

小弦本想直承不知，好勝心起，轉頭再看向那四個大字。他自幼受《天命寶典》的薰陶，觀察極為細緻，隱隱覺得這四個大字之中潛藏著一份玄機，奈何從未習過書法，怎麼也瞧不出來。忽想到宮滌塵既說此字與武功有關，試著用上奕天訣的心法，依然不得要領。不免有些垂頭喪氣，心想莫說補上字，自己就連這些人為何「補不上」都看不出來……望著林青期待的目光，悻然搖頭。

何其狂亦俯身過來，低聲問林青道：「你也補不上麼？」凌霄公子與暗器王兩人知交多年，雖無金蘭結拜之交，卻情同手足，沒有外人時自然用不著客氣地稱呼一聲「林兄」。

小弦聞言更是一呆。何其狂既然問林青是否「也」補不上，想必他已自承無能為力了，難道這四個大字真的有什麼魔力，連一向狂傲的凌霄公子都認輸了？

林青微歎：「我縱能勉強一試，卻不知該不該補？」

何其狂眼露深思之色：「我雖感應到其中必有破綻，卻不知應該如何下手。你既然如此說，我索性便不去想了。」他口中雖說不予考慮，目光卻仍不時地往那四個字上瞄去。

兩人說話極輕，除了小弦、駱清幽與機關王白石，其他人凝神思索皆未注意到。小弦聽出林青至少有辦法破解此題，不由大喜，剛要說話，卻見駱清幽清澈的目光罩定自己，微微搖頭。

小弦一怔，他剛才對駱清幽匆匆一瞥，驚於她絕世容光，不敢多看。此刻在如此近的距離對視，但覺得她目光中如同有著千言萬語，既有對自己的關切，亦有一份無言之中的憐惜，忽覺心口一滯，想到自己從未謀面的母親，是否也會有這樣一雙眼睛？頓時呆住，慌忙垂下頭。

在小弦的心目中，林青就如同自己的父親，而駱清幽既是林青的紅顏知己，自然也就如同母親一樣。今日雖然才第一次見到這位名動天下的奇女子，卻早早與她十分親近，剎那間心潮起伏，話也說不出一句，只想靠在她身上感受那份久違的母愛，卻又怕惹她不快，小臉憋得通紅。正猶豫間，駱清幽一隻溫暖的小手已拉住了他……

小弦眼眶一熱，幾乎流下淚來，拚命拽住那隻軟滑的手，如同要補回這十二年來的孤苦零仃、寂寞無依。

駱清幽外表看似少女的模樣，今年卻已近二十八歲，一般女子到這年紀時早已是幾個孩子的母親，她卻一直雲英未嫁，獨守閨中，求婚者絡繹不絕，卻從無一人如意。其實在駱清幽的心中，這世間能令他般令她心動的男子不過寥寥數人，而心底最深處的那個影子，亦只有暗器王林青！

駱清幽與林青相識極早，亦最為投契，原以為兩人牽手一世本是理所當然的事情，奈何林青一心攀登武道極峰，渾不將兒女情長放在心上，終於在六年前遠赴塞外，陰差陽錯地約戰明將軍、射殺顧清風，自此遠遊江湖，再難會面。

駱清幽黯然之餘，亦只好足不出戶，少與外人交往，亦可免去諸多求親者的騷擾。人人皆稱她「繡鞭綺陌，雨過明霞，細酌清泉，自語幽徑。」卻不知在那行於幽徑的喃喃自語中，有多少次都是為了那桀驁不羈的男子偷偷灑下幾滴情淚……

前段時間打探到林青終於要再度入京，駱清幽又驚又喜，這才讓兩人的知交好友凌霄公子何其狂去京師城外等候相迎。誰知林青卻先遭管平設計重創，幾乎戰死當場，幸好被何其狂救下，踏入白露院時已是重傷不支昏厥倒地。駱清幽幾日來親自細心服侍，連嘴角都急出水泡來，看著林青一日日復原，早已平靜如水的心又如少女般跳躍不休。然而與林青幾番交談，才驚覺暗器王仍是一心挑戰明將軍，似乎根本未將自己放在心上……

駱清幽自然亦不會將心事輕易說出，唯打定主意潔身自好，寧可一生不嫁，也絕不嫁給一個不中意的人。

她聽林青數度提到小弦，尚未謀面，已對這聰明伶俐、身世可憐的孩子視為己出，只是宮滌塵使人傳信白露院小弦暫留在清秋院中，今日才能相會。林青與駱清幽把握不住宮滌塵的心意，亦只好見機行事。後來聽說小弦不但得到了將軍府的保護，黑道殺手鬼失驚竟然還為他與一神秘的武功極高的老人狂追大半個京師，對這孩子更起好奇。此刻與小弦見面，看他模樣雖然並不俊秀，但那一股活潑可愛的頑皮卻時刻現於臉上，不由心中親近，加上剛才聽到小弦一心撮合自己與林青的言語，既傷懷林青的有情若無情，又疼愛小弦這天真無邪又極懂事的孩子，破天荒地主動伸手示好，那份不可言說的心思、人與人之間微妙的緣份，確不足為外人道了。

機關王白石聽到林青與何其狂的對話，忽道：「林兄不必考慮太多，蒙泊既設下此局，其心意已明。該來的總歸要來，避也無益，至少不能讓蒙泊瞧扁了中原武林。」

林青聞言一震。他之所以不願解開宮滌塵之題，乃是明知在京師幾派爭權奪利的形勢，蒙泊大國師若真的入京，必會引出更多不可預知的變數。然而被白石一語點醒，這一場比試雖不聞刀光劍火，卻已是中原武林與吐蕃國師的一場武功上的較量。何況蒙泊大國師既出此題，又讓弟子宮滌塵如此大張旗鼓請來京師所有高手，當然早就有入京之心，自己一意避戰，反是折了中原武林的威勢。

林青緩緩點頭：「當局者迷，旁觀者清。白兄提醒得極是。」

小弦正茫然間，忽聽到林青「當局者迷，旁觀者清」八個字，立刻想到愚大師在鳴佩峰後山中、力求解開那局薔薇棋譜時曾說的一番話：「世間萬理原是類同，盛極而必衰，正若月有陰晴盈缺，花有綻放凋謝，長堤毀於蟻穴，莽林焚於星火。如此完美之局必留有一處隱著，當局者迷難以洞悉，但若能置身棋外，以局外者的眼光來重新審時度勢，再以抽繭剝絲般的耐心，引出對方那一絲間若細髮的破綻，便可以電掣雷轟之勢一舉直搗黃龍……」

小弦轉頭看著那「試門天下」的四個大字，努力在心中忘卻書法與武功……假若把這四個龍飛鳳舞的大字看成一幅畫，那麼畫之留白在何處？畫之餘韻又在何處？驀然間福至心靈：「這四個字就如一個完美無缺的整體，多一筆少一筆似乎都會成為敗筆……」此語一出，眾人皆訝然望來，顯然想不到一個十二歲的孩子能有這份見識。

管平與簡公子互望一眼，同聲長歎。管平悵然道：「此言可謂一語中的，這四個字隱含天機，小弟與簡兄皆是甘拜下風。」妙手王關明月、牢獄王黑山與追捕王梁辰亦是面露沮喪，卻不肯直承無力解題。唯有亂雲公子郭暮寒仍是一語不發，緊皺眉頭目不轉睛地望著那四個大字，拚力一試。

林青大笑：「許少俠見識不凡，只不過這四個字中雖然飽含玄機，卻還遠遠不到完美無缺的境界！」他早望見駱清幽與小弦兩手互牽，故意把「許少俠」三字個說得特別大聲，小弦與林青對視，眼中都露出一份彼此會心的笑意。

宮滌塵訝然道：「林兄可有把握解題？」

林青朗然道：「此四個字渾圓天成，飽含書法、武功、佛理等等，可謂是蒙泊大國師一生所學之大成，欲解開談何容易？」

以宮滌塵的聰明，一時也把握不住林青的語意：「林兄打算如何？」

林青胸有成竹一笑：「既然解不開題，便不如另出一題。」宮滌塵幾不可察地渾身一震，陷入思索中。

此語可謂石破天驚，亂雲公子終於移開呆呆注視白絹的目光，愕然望向林青：「難道林兄要……」語音突然中斷，他本以為林青會拋下此題不管，另行給蒙泊大師出題，但試想以暗器王的為人，豈會效此無賴行徑？必是另有什麼出其不意的解答。

宮滌塵忽然緩緩上前，來到林青桌邊，慢慢伸手打開硯台，露出硯中濃墨，又拿起那一管精緻的毛筆，一寸一寸地擰開筆套。他的動作是如此小心翼翼，就像是生怕那墨汁沾到了純淨的白衣上一般。

林青靜靜望著宮滌塵天衣無縫的動作，直到此刻，他才第一次體會到面前這個深藏不露的年輕人有著何等驚人的智慧與武功。

宮滌塵對林青長身一揖，遞筆於前，語氣中是前所未有的鄭重，又似有一分渴求已久的盼待：「蒙泊弟子宮滌塵，恭請暗器王試筆。」

看到自己深深敬愛的宮滌塵與林青正面相對的這一刻，小弦忽有一種膽戰心驚的感覺。

林青微笑搖頭：「我不用筆。」

宮滌塵疑惑地抬眼望著林青。如果說師父蒙泊大國師給他的感覺是無所不知，天下第一高手明將軍給他的感覺是無從把握，而面前的暗器王就是一種高深莫測。這塵世間唯一讓他感到迷惑的三個人，是否就是他精心籌謀多年計畫中的最大變數?!

說時遲、那時快，林青長吸一口氣，驀然伸出左掌一拍身前方桌，硯中濃墨乍然跳起，在空中微微一滯，林青右手疾伸，迅快無比地在空中劃了一個方形，口中吐氣輕喝，猛然彈指。

浮於空中的濃墨剎時彈出一塊，直朝掛於堂中的那方白絹飛去。眾人只覺眼前一花，再看白絹上，赫然出現的四個大字正是：試問天下！

濃墨中飛出的那一塊不偏不倚地正擊在「門」字正中，寫下了那一筆誰也不敢貿然補上的「口」字！

白絹飄豎於空中，墨塊發力撞上，白絹卻不見絲毫晃動，墨汁亦絕無飛濺，況且墨蹟被絹面滲透得稍慢一些，必會流下，然而那「門」中的「口」字周圍卻連一絲多餘的墨滴也沒有，縱是用筆細心所寫，只怕也不可能寫下如此平滑如刀刻的字跡。

好一個暗器王林青，竟然用如此匪夷所思的方式解答了蒙泊大國師這一道難題！

梅蘭堂中靜聞針落，所有人的目光都盯在「試問天下」四個字上。那一個「口」字是如此突兀，雖然同是黑墨所書，但乍望去彷彿白絹上只有一個「口」字，其餘筆劃都不過是這個「口」字的點綴。這突兀的一筆非但不是點睛之筆，反而將起初的筆意破壞無遺，更是反客為主，熠熠生輝，就似是一位統領重兵的元帥，被四方將士所簇擁，只需他拔劍一揮，就可號令所有的士卒奮勇爭先、殺入敵陣！

這是集合了林青全身武功精華的一筆，手法運用之巧妙、內力收放之自如皆可謂是前無古人，至於那精準的眼力與高明的見識，則是仁者見仁、智者見智了。

零落的掌聲從門口傳來，打破了梅蘭堂中的寂靜。

眾人彷彿才從這具有魔力的一筆中驚醒，轉頭看去，明將軍面呈微笑，輕輕撫掌，當先踏入梅蘭堂，他身後則是望著堂中白絹、滿臉驚異的水知寒與鬼失驚。

諸人此刻被林青那一筆所驚，全然忘了禮數，顧不得與明將軍寒暄。明將軍看來亦不以為意，炯然目光掃視全場，最後落在林青身上：「六年一別，林兄果然沒有讓我失望。」

林青慨然道：「若是令將軍失望，林某又何必入京！」

明將軍一哂，巡視全場的目光忽停在駱清幽嘴角邊的水泡上，略顯愕然，似笑非笑地道：「駱掌門還能撫蕭麼？」

駱清幽臉上微微一紅，反問道：「難道明兄現在想聽？」

明將軍豪然大笑：「明某向來有自知之明，從不打無把握之仗，所以絕不會開口求駱姑娘撫簫，以免自討無趣。」大家見到將軍府三大高手突然出現本都是有些不由自主的緊張，聽到明將軍這一句似調侃似自嘲的話，方才一起哄笑起來。

明將軍彷彿此刻才注意到泰親王與太子，客氣地上前見禮。泰親王被冷落半天，早就憋了一肚子氣，勉強一笑，太子倒是寵辱不驚的模樣，依然談笑如故。小弦瞧在眼裡，倒是對太子更有些好感。

小弦仍有些怕明將軍，勉強打個招呼，又看到將軍府大總管水知寒面容清俊，三縷長髯無風自動，靜靜地站在明將軍側後方，絕不多言。若是不知其身分，絕不會想到這渾似名秀才的中年人就是以一雙「寒浸掌」名動天下的六大邪派宗師之一。

小弦剛剛聽過宮滌塵說到「知寒之忍」，總覺得在水知寒那如同飽學多才教書先生的模樣後似有什麼不可告人的目的，不敢與他多說話，只是瞅空對其後面色漠然的鬼失驚偷偷做個鬼臉。

管平忽然嘿嘿一笑：「既然將軍從不打無把握之仗，卻不知看到林兄這驚天一筆，當年的戰約還算不算數？」眾人才笑了半聲，齊齊收住。

林青驚訝地望向管平，挑戰明將軍雖然是他的平生夙願，但今日之局既是來清秋院中赴宴，縱然明知會見到明將軍，卻也未必有機會撕破臉面當眾搦戰。本以為泰親王一系會唆使自己與明將軍決戰，卻萬萬想不到先代自己挑破此事的人竟會是管平，回想管平剛才暗中傳音之語，方明白他所提到的「悔過之心」是什麼緣故。

京師勢力關係錯綜複雜，太子、泰親王、將軍府三大派系明爭暗鬥不休，而逍遙一派中則既有置身事外之人，亦有左右逢源之士。若非宮滌塵這個來自吐蕃的中間人從中周旋，在清秋院中大擺宴席，只怕絕無今日京師諸人齊聚一堂的局面。

而宮滌塵此舉到底有何用意，是否果真如他所說僅為了完成蒙泊大國師的一樁心願，亦是一道隱含的謎題！

三派之中將軍府勢力最強，泰親王次之，太子府最弱。泰親王自然巴不得有人能擊敗明將軍，若能從武功上打擊明將軍，天下第一高手的聲望一去，明將軍畢竟不是皇親國戚，從此便不足畏。但對於林青挑戰明將軍之事，泰親王卻一直猶豫不決，萬一暗器王林青落敗，明將軍聲勢將增至頂峰，所以才會想到借助吐蕃大國師蒙泊的力量。

直到泰親王驚聞林青在君山棧道兵不血刃擊敗六大宗師中的鬼王厲輕笙，這才確信暗器王足有與明將軍一戰的資格，所以泰親王對林青是抱著竭力拉攏的心態，至少也可讓暗器王牽扯將軍府的注意力。

而對於太子一方面來說，自然深明泰親王的用意，林青入京挑戰明將軍變數太多，極難掌控，畢竟太子尚未登基，絕不會願意朝中先生巨變，寧可先絕後患，這亦是當初管平一意設計伏殺林青的最大原因。

然而林青既然已逃出管平伏擊，以他桀驁不羈、極重恩怨的個性，無疑將會成為太子府的一大勁敵。在這樣的情況下，太子一系當然寧可向林青示好。世人皆知暗器王別無所求，唯希望與明將軍一戰，所以管平才會出言暗助林青完成心願……

只是，太子府因此開罪將軍府，這個代價是否也太大了？以管平的智謀，也絕不會犯下這種得小失大的錯誤，他是否另有什麼陰謀？

林青剎時已想通一切原委，迎上明將軍的目光，看他聽到管平公然的挑唆會有何說法。

明將軍的話卻更令所有人吃驚：「林兄重傷初癒，不宜動武，此事權且放在一邊吧。」

管平一歎，手指堂中白絹上「試問天下」的四個大字：「暗器王重傷之餘都有如此能耐，小弟當真是佩服得五體投地。」

駱清幽實不願林青與明將軍做生死難料的決戰，忍不住開口道：「管兄先不必五體投地，林……兄這一筆雖是石破天驚，但能否算是解開了蒙泊大國師的難題，還要請宮先生解答才知道。」她倒是極少對林青以「林兄」相稱，一時頗不習慣。

宮滌塵卻是眼望白絹，靜立良久，渾如不聞。

明將軍微一皺眉，凝神細看白絹上墨蹟未乾的大字，沉吟發問：「這是蒙泊大國師的難題？」他剛才只恰好看到林青那驚天一筆，卻不知林青出手寫字的原委。

機關王白石與明將軍頗有交情，低聲將這「試問天下」四個字的來歷解釋一番，明將軍目中精光一閃，嘿嘿冷笑：「好一個蒙泊，好一個暗器王！」也不知是在譏諷蒙泊大國師的用心，還是在誇讚林青的機智與武功。

宮滌塵終於重又恢復成那萬物不縈於心的模樣，先見過明將軍、水知寒與鬼失驚。最後又對林青躬身長揖：「滌塵今日離京趕回吐蕃，必將在第一時間把林兄的解答呈交家師。」

小弦既是心癢難耐，又不願駱清幽剛才的提問被冷落：「宮大哥，林叔叔寫下的這一筆到底算不算正解？」他也不管宮滌塵對林青稱兄道弟，仍是堅持對兩人分別以「大哥」與「叔叔」相稱，反正這當兒也無人與他較真這筆糊塗帳。

宮滌塵一歎，緩緩吐出一句話：「實不相瞞諸位，家師本來就只是有意寫下『試門天下』四字，所以連他自己也不知道應該如何在這四個字中再添上那一個『口』，小弟只有把林兄的解答交給家師，再由他自行判斷。」

宮滌塵此言一出，就連林青與明將軍都不為人所覺地暗暗舒了一口氣。要知那缺了個「口」的「試門天下」四個字實已近於完美，但正因蒙泊大國師本就抱著寫下「試門天下」之心，所以那一個「口」字才會令人覺得難以下筆添加，林青方迫不得已別出機杼。若是蒙泊大國師有意留白，甚至可以在這看似無解的局中另有答案，其武學上的造詣已必在所有人之上！

白石喃喃歎道：「幸有林兄驚世之才，方不令我等失望。」

簡公子接口笑道：「無論蒙泊大師做何判斷，小弟心目中，林兄這一筆已是最佳答案。」

宮滌塵對諸人團團一揖，言辭懇切：「小弟急於解開家師之題，所以方請諸位來清秋院一聚。此刻心願已了，若有得罪處，千萬莫怪。」提步行至堂中，欲要取下那幅白絹。

「且慢。」明將軍忽沉聲道：「還要請宮先生多轉告令師一句話。」

宮滌塵緩緩回過頭來，接觸到泰親王閃爍的目光，不由想到他在凝秀峰前讓自己轉告明將軍如何殺人的那些話，淡淡一笑：「將軍有何吩咐，滌塵自當盡力辦到。」

明將軍驀然深吸一口氣，冷笑：「我又改變主意了，這句話由本將軍親自對令師說。」

眾人迷惑地望著明將軍，不知他何出此言？縱然明將軍有意去吐蕃見蒙泊大國師，但朝中政事諸多，他這個大將軍又豈能擅自離京？

明將軍的右掌十分隨意地凌空一揮，旋即淡然道：「既然宮先生今日離京，我也不必多打擾，就此告別。」

所有人皆是一呆，隨即才各自醒悟過來，紛紛把目光轉移到那幅白絹上。

在林青寫下的那個「口」字正中，又多出了一道裂縫，就如同多出了一橫，那正是明將軍剛才的右掌一揮之功。

幾乎沒有人能看清楚明將軍這乍放即收的一掌，但那白絹上多出的一道裂縫卻是不多不少恰恰嵌在「口」字中，即沒有留出一毫縫隙，亦沒有碰到半分墨蹟。

——試「間」天下！

這一掌凌空發勁、擊碎柔絹的內力固然驚世駭俗，但更令人心潮狂湧的卻是這原本看似完美無缺的難題，在暗器王林青給出天馬行空般的第一個答案後，再度出現了新解！

那驀然的一橫不但筆力縱橫，更彷彿在那突兀的「口」字與「試門天下」之間搭起了一座橋樑，如果說林青的「口」字是一位統領士卒的元帥，原本的「試門天下」是那些簇擁在旁的將士，這一橫就如同通報元帥將令的傳令官，頓時讓本如一盤散沙的全軍將帥同仇敵愾，士氣沖天。

所有的筆劃皆因這一橫而生動活泛，聯合為一個整體，再不可分！

凌霄公子何其狂號稱「一覽眾山小」，武功霸道凜烈無匹，所以才能在京城外以一人之力阻包括管平、葛公公、顧思空在內的太子府精兵，當年英雄塚傳人物由心曾提及他武功排名英雄塚第四，僅在明將軍、北雪雪紛飛、蟲大師之下，由此可見他的武功亦僅差明將軍與林青一線。剛才初見蒙泊大國師的留字時，何其狂雖自認不能解，卻隱隱察覺有破綻可尋，但此刻，面對蒙泊大國師、暗器王林青、明將軍各自全力出手方成的「作品」，卻唯有張目結舌，再也無從下手！

在場數位高手心裡都暗暗叫了一聲「好！」並非僅僅為了明將軍的絕世武功，而是他對吐蕃大國師蒙泊的強橫態度！

吐蕃畢竟是遠域外藩，無論做為是朝中大將軍，或是江湖人眼中的中原武林第一高手，明將軍略顯蠻橫的做法都無庸置疑，令人倍覺痛快。

或許，這一個「間」字，便足以道破蒙泊大國師、抑或是宮滌塵的心思。

宮滌塵心神震憾，一語不發，緩緩捲收起白絹。直到此刻，他的動作依然從容不迫，只是當把那白絹捲起收入懷中的一刻，方稍稍怔了一下，幾不可聞地歎息了一聲。

管平咳了一聲：「將軍神功蓋世……」卻見林青凜寒若電的目光射來，竟將餘下的半句話重新吞入肚中。

林青昂起頭顱，銳利如箭的目光似乎已穿越了梅蘭堂，落在那遠山浮雲之上，淡然道：「是否依然如六年前的約定，只要小弟準備好了，將軍便隨時可應戰？」

眾人齊齊一震，神色各異。

當明將軍的流轉神功乍現眼前時，已激起了暗器王蟄伏許久的雄志。這是他一生期盼的目標，縱然六年前一戰遇挫，自此暗器王足跡踏遍天下，彷彿怡情於山水之中，再不提與明將軍的戰約。但在他的心底深處，從未放棄過這個念頭，臥薪嚐膽只為那即將到來的驚天一戰。

此時此刻，京師混亂的形勢也罷、何其狂的兄弟情深也罷、駱清幽的款款柔情也罷、小弦的欽佩敬重也罷……任何事情也不能阻止林青向武道極峰的攀越！

明將軍靜默，沉吟良久，方才一字一句道：「畢竟朝中政事繁忙，林兄最好還是約個具體的時間、地點，也好讓我有所準備！」只憑明將軍這並無把握的回答，已足以讓「暗器王林青」這五個字成為京師冬日裡最燦亮的名字！

林青與明將軍目光交接，心意彼此相通，激昂澎湃的相惜之情潮卷而來。記起自己曾於塞外笑望山莊引兵閣中、在偷天神弓煉製之前所說的一句話：「我與明將軍之間，要麼是最真誠的朋友，要麼是最仇視的敵人。沒有第三條路！」

但這一刻林青突然就知道了，朋友與敵人原來是可以合而為一的！

那，就是第三條路！

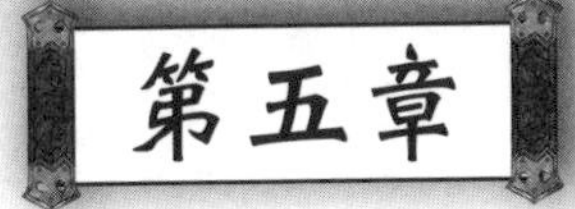

戰約雙雄

林青剛才一直沉默著。

不知怎麼，他竟有一種被管平玩弄於股掌間的感覺。

管平與明將軍雖然處於不同陣營，

但此次對於自己挑戰明將軍之事竟然會出奇地熱心，這到底是為什麼？

若是僅僅為了對自己示好，似乎也不必用如此極端的方法。

以管平的謀略，所圖之事絕對非同小可，

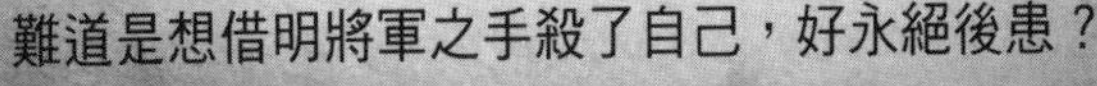
難道是想借明將軍之手殺了自己，好永絕後患？

清秋院梅蘭堂中，氣氛忽變得極其凝重。

暗器王林青與明將軍毫不退讓地對視，神情複雜。其餘人則是各懷心事。有人巴不得兩人早做決戰看場熱鬧，有人卻想伺機從中漁利，亦有人深明在當前京師的形勢下，此戰必會牽一髮而動全身，欲要出言制止卻是找不到開口的機會……

一時雖是滿堂皆靜，但每個人的心中都有無數話兒欲吐還休。

一直不發一言的水知寒終於開口了：「此事事關將軍與暗器王的聲望，還需從長計議，最好找個時間單獨商量一下吧。」

管平擺手笑道：「小弟雖然一向敬重水總管，但對水總管這番言語卻大大不以為然。」

水知寒緩緩抬頭望向管平，那目光中雖無殺機，卻驀然有一種極度冰寒的味道，令人望之不免打個冷戰。

管平稍稍避開水知寒的目光，兀自續道：「大家都為習武之人，如此盛會豈肯錯過。水總管雖是一番好意，但在場之人卻無疑都要怪水總管多事了。」駱清幽嘴唇微動，瞅到林青那堅毅的側面，知他心意已決，終於沒有出言反駁管平的挑唆。

水知寒道：「我並非制止這一場決戰，而是勸將軍與林兄從容訂下計畫。難道兩大高手的對決是給諸位提供茶餘飯後的談資麼？」這一刻，他的眼神如電，漠然掃視全場，再不復乍見的壓抑，忽就有一種凜傲天下的氣度，冷笑一聲：「至少，我可保證在場大多數人都無法親眼看到這一場決戰。」

諸人心頭都是一顫，水知寒雖然僅是將軍府的總管，行事亦一向不張揚，但寒浸掌之威名滿天下，縱是明將軍亦對他客客氣氣，不會稍有不尊重。此刻原本一意隱忍隨和的將軍府大總管忽現煞氣，更令人膽戰心驚。

水知寒說得確有道理，明將軍與林青縱是有一場驚天動地的生死決戰，亦絕不會輕易讓人看到。試想若是人人都能親眼目睹這一場決戰的盛況，豈不如街頭戲耍一般，哪還有半分絕頂高手相較的氣勢？

明將軍忽一擺手：「總管不必多言，此事我自有打算。」

水知寒一怔，垂頭不語。心頭隱有所悟：上次明將軍接到宮滌塵請柬時曾令他佈置一隱秘處所會見某人，卻不知是與誰人相見？如今看來，只怕與今日之局不無關係。

管平大笑：「水總管言之有理。但今日京中諸位齊聚一堂，若讓我等連一絲半點的消息都探聽不到，實是心神不定，食寢難安啊。」

宮滌塵意外地接口道：「此戰天下皆知，小弟亦曾向家師問及此事。諸位可想知道他對此有何說法？」眾人都想到以蒙泊大國師識人之能，再加上虛空大法有什麼「識因辨果」的效用，莫非能提前預知這一戰的勝負，面上皆露出急欲知道詳情的神色。

宮滌塵續道：「家師卻沒有直接回答我，而是長長一歎，說了一句耐人尋味的話。唉，我與家師相處十餘年，卻從未聽過他的歎息聲，可見在他心目中，此事的份量亦算極重了。」

眾人實在被宮滌塵的話引得欲罷不能，關明月忍不住搶先道：「宮兄不要再賣關子了，快說吧。」

宮滌塵微微一笑，目光盯住林青與明將軍，淡然道：「家師說：只希望在將軍與暗器王相遇之前，能先一睹兩位的風範。」

諸人皆在心底思索這句話的含意。剛才宮滌塵說蒙泊大國師二十年中只單獨見了七個人，無一不是擁有超凡智慧之士，想必是個惜才的人，明將軍與暗器王自然皆有與之一見的資格，難道是因此緣故？不過這句話中似乎不無憾意，莫非以蒙泊大師預測吉凶之能，料定明將軍與林青一旦決戰，便只能有一個生還者？抑或兩敗俱傷，所以才急於一見？亦有人想或許蒙泊大國師亦有爭強好勝之心，希望能先與明將軍或暗器王一戰？

一時眾人皆陷入思考中，對於蒙泊大國師雖未謀其面，但觀其弟子宮滌塵縝密的言行，更有剛才那驚心動魄近於完美的四個大字，再無人有輕視之心，料想蒙泊大國師的言語必有自己無法解讀的深意。

明將軍與林青同時發話，卻又都在剎那間驚覺對方欲要開口，齊齊收聲等對方先說以示尊重，結果誰也沒有說出來。彼此對望，眼中都浮了一絲淡淡的笑意。

諸人見到此微妙的局面，想笑卻笑不出。每個人的心裡都湧上一種奇怪的感覺：或許，這才是真正的棋逢對手吧！

太子沉穩的聲音打破僵局：「看來聽到蒙泊大國師這段話後，林兄與明將軍都有些意見。林兄畢竟遠來，便由他先說吧。」

林青眉梢一挑，眼望宮滌塵懷中那尚露出半截的白綃：「宮兄把此字轉交令師，亦如同親見林某與明兄了。」此言無疑是挑明蒙泊大國師想要見他與明將軍的目的亦不過是與武學有關。

不過在林青的心中，遠在天邊的蒙泊大國師既然精研佛法，武技高絕，被藏民視為天人，恐怕縱有爭強鬥勝之心，亦只是如自己一樣，不惜與天下武功最高之人做一次超越自身極限的較量……

宮滌塵微垂下頭：「小弟必不負林兄所托。」轉眼望向明將軍：「明將軍又有何話說？」

明將軍乾脆一笑：「將軍府不比國師宮，蒙泊大國師隨時可來見我。」話鋒一轉：「只不過本將軍政事繁忙，只怕怠慢了貴客。呵呵，若是半年之後我還不死，再請他來京師相聚吧。」

諸人心中又打了個突，明將軍雖然說得客氣，但分明是不想在接受林青挑戰之前見蒙泊大國師，以免徒生事端。何況他竟然說什麼「半年之後若不死」之類的話，難道是對林青的武功亦沒有必勝的信心，甚至擔心自己一戰身死？這可確是前所未有的奇聞。

不過以明將軍的心智，誰也猜不出這番話到底是看重林青或僅是迷惑對方，或許亦有對蒙泊大國師不屑一見的成份。

宮滌塵面色不變：「小弟必會把將軍這番話轉告家師，至於他會否聽從將軍之言，那就非我所能臆度了。」瞅到泰親王隱有得色、暗中下懷的模樣，心中隱隱一歎。

宮滌塵知道泰親王必然揣測到蒙泊大國師在吐蕃一向受人尊崇，何曾聽過如此不敬之言？若沒有聽到明將軍這番話或許還未必會來京師，而自己轉告明將軍言語後則會適得其反，勢必會激起蒙泊大國師入京之念……

只是，連宮滌塵自己也不知道蒙泊大國師會不會把明將軍這略含挑釁的話放在心上。京師重地、天下第一高手對於蒙泊大國師這樣的人來說，要來就要、要走就走，只怕世間萬物都不會對他有什麼影響，既不會因某人一言而成行，亦不會因此裹足打亂已訂好的計畫。

明將軍大笑：「宮兄盡可放心，我與林兄這一戰勢在必行，但無論是何結果，令師入京之時，都不會讓他失望。」看來在明將軍的心目中，無論是自己還是暗器王，至少在武學的修為上都絕不在蒙泊大國師之下。

宮滌塵並不因明將軍的話而稍氣餒，毫無芥蒂地道：「既然明將軍與暗器王此戰無可避免，滌塵亦很想聽到些消息，也好順便告之家師。」

明將軍忽然轉眼望向管平：「管兄一向精於算計，又通曆法。最近可有什麼黃道吉日麼？」眾人又緊張起來，聽明將軍此言，竟是要訂下與林青決戰的日期。

管平胸有成竹地一笑：「再過兩個多月就是新春佳節，自不應該擅動刀兵。不如再拖後幾日吧。」掐指細算，沉吟道：「正月十九，相曰：龍戰於野，其血玄黃。這一天應該正合將軍的心意。」

小弦聽到「龍戰於野，其血玄黃」八個字，不知怎麼又想到那「勳業可成、破碎山河」的天命讖語來，心頭一寒。難道林叔叔與明將軍這一場決戰當真要以某方的敗亡而收場麼？他本是對林青有強大的信心，但看到明將軍在京師諸人面前毫不藏拙的霸氣，連宮滌塵都被他冷嘲熱諷不休，竟也對林青擔心起來。

明將軍轉眼望向林青：「林兄以為如何？」

林青剛才一直沉默著。不知怎麼，他竟有一種被管平玩弄於股掌間的感覺。管平與明將軍雖然處於不同陣營，但此次對於自己挑戰明將軍之事竟然會出奇地熱心，這到底是為什麼？若是僅僅為了對自己示好，似乎也不必用如此極端的方法。以管平的謀略，所圖之事絕對非同小可，難道是想借明將軍之手殺了自己，好永絕後患，至少不必擔心以後暗器王再尋管平報京師外中計受傷之仇……

要知管平身為太子御師，他的表態可謂就是太子的意見，而太子的本意絕不應該促成林青與明將軍的決戰，因為一旦京師局勢驟變，他這個尚未坐穩皇位的太子亦難咎其責。

林青身旁的駱清幽亦對林青直打眼色，顯然也瞧出了蹊蹺。

剎那間林青心念電轉，諸多想法紛遝而至。但他縱然明知其中似乎有詐，卻無法放棄這樣一個誘人的機會，對駱清幽的目光視若不見，昂然答道：「能與明兄一戰，林青於願已足，時間地點但憑君而定。」

明將軍頷首而笑：「時間既定，地點也不能馬虎。在我的心目中，與林兄之戰並無幾個人有資格親眼目睹，倒需好好考慮一下。」這話分明不把堂中諸人放在眼裡，但卻無人敢反駁。嗜武之人誰不想親見這一戰，卻生怕明將軍說一聲：「你不夠資格！」

唯有何其狂按捺不住，冷冷吐出幾個字：「如果何某要看這一戰，將軍會不會反對？」普天之下，恐怕也只有狂傲如凌霄公子，才會當面詢問明將軍這個問題。

明將軍尚未答話，鬼失驚接口道：「如果何兄要去，我亦只好與將軍同行。」

何其狂大笑：「小弟只求在旁替林兄掠陣，將軍府來多少人亦無妨。」

凌霄公子與暗器王的交情誰人不知，鬼失驚自然是怕萬一林青不敵明將軍何其狂幫手，所以才執意要出頭。這些打算本是雙方各自心知肚明，誰知何其狂直言「掠陣」，分明是挑破這層關係，更有「縱是將軍府眾人齊上，亦敵不過凌霄公子」的言外之意。

聽何其狂這一句話，不但心高氣傲如鬼失驚目中兇焰迸出，就連一向沉穩識局的水知寒亦不由動氣：「水某深知何兄關切暗器王的心意，但又何需如此鋒芒畢露？」

何其狂眉梢一揚，正要答話，駱清幽卻在桌下拉他一把。何其狂一向尊重駱清幽，不便違逆她，加上剛才關心林青，那一句話確是有些過份，逍遙一派從不沾染京師爭鬥，又何苦與將軍府結怨？想到這裡，何其狂深深吸一口氣，壓住聲音慢慢道：「小弟隨口失言，水總管若是不忿，便來割下小弟的舌頭吧。」

凌霄公子此言與其說是道歉，倒不如更像挑釁。不過水知寒亦是極穩重的人，知道以何其狂的性子，能如此說亦大不易，呵呵一笑：「真要割下何兄的舌頭，只怕水某的寒浸掌先要毀在瘦柳鉤上了。」大家本見雙方一觸即發，聽水知寒如此說，方稍稍鬆了口氣。

凌霄公子的兵器正是「瘦柳鉤」。

明將軍對梅蘭堂中小小的爭執置若罔聞，頗含敬意的目光望向林青：「何公子亦算我看重的人物，他是否可以觀戰，全由林兄自行決定吧。」

「我自然相信將軍。」林青轉頭看著何其狂，苦笑一聲：「小何，你就不必去了吧。」與明將軍的決戰是他一生中最期盼的事情，自然不希望何其狂來攪局。

何其狂一愣，縱是不甘心，也不便公然與林青爭辯，喃喃道：「除非你們能找個荒無人煙的地方，不然又豈能瞞過江湖人的眼目？」這話確有道理，莫說江湖上的習武之人，就是手無縛雞之力的文弱書生，也無不以親眼目睹明將軍與林青一戰為榮。

管平忽然嘿嘿一笑：「本來小弟還想不出什麼合適的地點以供明將軍與林兄切磋，但何兄的綽號卻讓我想到一個好地方。」凌霄公子何其狂自號「一覽眾山小」，眾人聞言眼睛皆是一亮。

「會當凌絕頂，一覽眾山小。兩大絕頂高手之戰麼，自當在……」說至一半，管平微微清咳一聲，等全場的目光皆停在他身上，方才加重語氣一字一句緩緩道：「絕頂之上！」

除了不欲林青匆匆決戰的駱清幽、置身事外的宮滌塵與聽得目瞪口呆的小弦之外，其餘人等一致大聲為管平的提議叫好。但這連成一片的叫好聲中無疑卻懷著各自不同的目的。

「好！」明將軍撫掌哈哈大笑：「正月十九，泰山絕頂，明某恭候林兄。」

林青鄭重點頭，伸出右掌與明將軍虛擊三下，以示承諾。

這一刻，林青感應到駱清幽複雜的目光直盯在自己的側臉上，卻強自抑制，堅持不回頭望她一眼，似乎只要接觸到那雙沉靜如水的眸子，就會令自己改變主意！

明將軍游目四顧，把眾人各種驚訝震憾的表情盡收眼底，不再多言，僅是朝泰親王與太子微微頷首，帶著水知寒與鬼失驚離開梅蘭堂，竟不給諸人勸說的機會。

宮滌塵一聲長笑：「滌塵急於回吐蕃面見家師，亦就此告辭了。」對眾人微微抱拳，難以覺察地向泰親王點點頭，目光又在小弦身上停留片刻，轉身出門，竟就此回吐蕃而去！

小弦本想叫住宮滌塵再多說幾句話，見他去得匆忙，也只好一歎作罷。

等明將軍去得遠了，泰親王才冷冷哼了一聲：「這算什麼？將軍府本是亂雲公子的貴客，但如今看來，竟只為定下與暗器王交手的日期地點？也太不將清秋院放在眼裡了吧？」

明將軍一向如此，眾人本倒是覺得他走得理所當然，聽了泰親王這番不乏挑唆之意的話，亦不敢隨便接口。亂雲公子身為主人，本應打個圓場，奈何他不擅交際，宮滌塵又已離開，知道只要稍稍說錯半句話就可能引起將軍府的敵視，亦只得苦笑不語。

林青緩緩道：「八千歲言重了，既然宮先生的難題已解，大家也沒必要在此地多做停留。難道真要讓亂雲公子大擺宴席麼，想吃山珍海味，還不如讓八千歲相請。」

泰親王噎了一下，萬萬料不到林青不但替明將軍開解，還隱隱譏諷自己這個堂堂親王。他早知暗器王不畏權勢的性子，六年不見依然故我，暗忖此人多半無法收為己用，倒不如由得他與明將軍拚個你死我活。泰親王城府極深，不慍不火地一笑：「林兄說得有理，既然如此，大家便散了吧，日後本王也尋個黃道吉日，請諸位來親王府一聚。」這不過是句場面話，若是京師三派中人真能毫無芥蒂地同聚泰親王府，那才是天下奇聞。

眾人亦一哄而散，暗中都覺得不虛此行。唯有簡公子留在梅蘭堂中，他與亂雲公子向來交好，大概是另有些話說。

林青拉住小弦，朝亂雲公子道謝。亂雲公子連忙謙遜幾句，又囑咐小弦若是想看書盡可來清秋院，小弦心中惱他，連客氣話也不願意多說，只是漠然將磨性齋的鑰匙交還給亂雲公子。反是駱清幽瞧出些不對，連忙與亂雲公子說些詩文之類的話兒，才算免去那一份尷尬。

彼此告辭，小弦正要與林青等人一同離開，卻聽平惑在旁邊低聲叫他名字。便讓林青稍等，笑嘻嘻地來到平惑身邊：「蘋果姐姐。」

平惑見到小弦要走，心中大覺不捨，卻知道自己下人的身分，不敢多言，只是把手中的兩樣東西交給小弦：「拿去吧，用了我半夜的工夫總算大功告成。」一個是一卷絲線般的物事，卻是那《天命寶典》殘留的封面被她巧手穿針，解成了一根長長的、足有十餘丈長的絲線；另一個卻是書面大小、呈十字形、似木非木的架子，原來這架子乃是用來定型，那卷絲線在其上纏繞，方形成了《天命寶典》封面內那一層網狀物。

小弦把那卷絲線拿在手上，用力一掙絲線稍稍變長，一鬆手又恢復原形，彷彿極有彈力，而且必須用很大的力量方能拉開。再看那架子色澤淡黃，十分堅固，卻又輕飄飄地毫無份量，亦是嘖嘖稱奇。在手中把玩了一會，重又交給平惑：「送給你吧。」

平惑急得搖頭：「不行不行，這一定是個寶貝，我可不能要。」

「就算是個寶貝，我既然說給你，難道還反悔不成？」小弦頗豪氣地一笑：「嗯，那我留著這架子，這卷絲線就給你，若是能織成什麼帛繡，那才真成個寶貝了。」

平惑只是推脫不肯收，小弦急了：「你要是不收，就把我叫過你幾聲『姐姐』都還回來。」

平惑一呆，知道小弦真是看重雙方的友誼，也就不再推辭。小弦又低聲道：「對了，你可要囑託樹葉、屍體她們，今天梅蘭堂中說的話千萬不要傳出去，不然……」他本想說些利害關係警告一下平惑，奈何似乎也想不出更好的理由，又怕真嚇壞了平惑：「哼哼，你自己想想後果吧。」

「小弦不要嚇我。你放心，姐姐知道好歹，一定不讓她們說出去。」平惑裝模作樣地拍拍胸口，又嫣然一笑：「要是她倆要知道你起的外號，一定會氣死了。」

小弦想到這幾日平惑對自己精心服侍，又與她打打鬧鬧，有些捨不得她，喃喃道：「平惑姐姐，我走了。若是有空，你來白露院看我吧。」

平惑望著小弦，眼眶亦微微泛紅：「我哪有什麼機會出門，小弦，你會不會來清秋院看我？」

小弦想了想，放低聲音道：「乾脆你不要留在清秋院了，和我一起走吧。」心想亂雲公子竟是青霜令使，平惑跟著他也不是好辦法，索性趁機離開清秋院，反正駱清幽那麼溫柔的一個人，一定不會拒絕自己的「小小要求」。

平惑嚇了一跳：「這可不行。我，我……萬一公子以為我嫌棄清秋院，那可不妙。」

「有什麼不妙？反正你說他從不打人，最多罵你幾句罷了。」小弦眼珠一轉，嘻嘻一笑：「或者你故意做錯些事情，讓他辭退你好了，然後就可以來白露院了……」也虧他異想天開，竟然出這樣的餿主意。

平惑啼笑皆非，雖然有些意動，但她自幼入清秋院，待了近十年，實在有些怕去不熟悉的環境，只是不肯。

小弦也不好勉強，把那卷絲線放入平惑的手心，一本正經道：「好吧，以後只要你有難就來找我。這卷絲線便是我們相認的信物。」這本是戲台上經常上演的橋段，經他照搬過來，卻也似模似樣。

「呸呸呸！」平惑笑啐幾聲：「什麼叫有難？你咒我呀？」

小弦正把自己投入角色中，彷彿果真在上演一齣離別大戲，被平惑這樣一打岔，不由啞然失笑：「你記住我的話吧，如果有什麼需要，一定別忘了我這個弟弟。」

平惑望著小弦清澈的目光，忽也覺得這孩子日後必會是一個大有出息的人物，不再嘲笑他，只是重重點頭。

小弦揮揮手，回到林青身邊：「林叔叔，我們走吧。」

剛才兩個孩子說話時，林青便與亂雲公子在一旁閒聊幾句，雖無意聽小弦的對話，但目光卻瞅見了那團絲線，隱隱覺得似曾相識，卻一時想不起來何時見過。

當下拜別亂雲公子，林青、駱清幽、何其狂帶著小弦往白露院而去，機關王白石回流星堂，而簡公子則留在清秋院中與亂雲公子不知說些什麼。

小弦一路上左手拉著林青，右手拉著駱清幽，十分開心，朝林青問東問西說個不停。方得知那日在京師城外之戰險死還生的情景，若非何其狂恰好出手救下了林青，只怕暗器王當真要戰死當場，不由心有餘悸。他本見何其狂一副愛理不理、拒人千里之外的樣子，隱隱有些害怕，得知此事後也主動朝何其狂說些笑話，何其狂面冷心熱，見小弦這孩子頑皮有趣，亦是童心大起，甚至要抱小弦騎在自己頭上，說什麼要讓小弦也嘗嘗在京城中「一覽眾山小」的感覺……

何其狂一向我行我素，堂堂凌霄公子被小孩子當馬騎竟也絲毫不覺得窘迫，縱然是被路上熟人看見亦全不當回事，反是自得其樂。瞧得林青與駱清幽大笑不止。

林青問起小弦這些日子的境遇，小弦便把在汶河小城與黑二的相識，後來又被追捕王擄走等事細細講述一遍。聽得林青等人咋舌不已，何曾想牢獄王黑山竟有一個做仵作的兄弟，而小弦在殮房中因禍得福，反學會了可判識高手動作的醫道奇學「陰陽推骨術」，更是始料不及。

小弦又口沫橫飛地說起自己如何捉弄追捕王、在樹洞中留下穢物任其自取之事。此乃追捕王天大的糗事，自然不會對人多言，唯一聽小弦提及的宮滌塵亦不會主動朝人說起，林青等人這才知道小弦竟古怪精靈到如此地步，想像追捕王當時尷尬的情景，皆是忍俊不住。

等小弦講到追捕王喝下「巴豆茶」時臉上那愕然的神情，駱清幽實在苦忍不住，終於放下淑女之態，在半路上笑得前仰後合，惹得路人皆側目，連忙又把面紗戴起……

四人說說笑笑，不多時就來到了京城南郊的白露院。

從白露院搶先迎出來的是一個滿臉虬鬚，面若重棗的大漢，先對林青等人略略打個招呼，然後一把抱住小弦：「小弦，可想死我了。」

小弦被嚇了一跳，記得在清秋院中看到的家丁、婢女等都是彬彬有禮，果不愧是京師豪門。知道了亂雲公子的真正身分後，心生鄙薄，不由厭主怨僕，只覺得平惑是唯一好人，料想白露院中的下人定是勝過百倍，誰知卻先被這蠻橫的大鬍子抱在懷裡。

只見此人四十出頭的年紀，眉長目清，臉若刀削，顴骨高聳，鼻端豐隆，加上面如重棗與那一副十分威武的大鬍子，分明是個異族人。只是他說漢語的口音純正，不沾絲毫羌音，身穿青衫長袍，倒也像個文士。可那一抱實在是氣勢洶洶，小弦的臉被他鬍鬚扎得生疼，一時說不出話來，駭然望向林青，不知此人是何來路。

「容兄莫嚇壞了小孩子……」林青微笑著更正道：「哦，不對，是許驚弦許少俠。」駱清幽聞言掩唇而笑。

小弦聽到「容兄」兩字，靈光一閃：「你是容笑風容伯伯。」

來人大笑：「好乖巧的小娃娃，許兄在天之靈必也欣慰。」

聽他提起父親許漠洋的名字，小弦眼眶一紅，強自忍住。駱清幽細心，瞧出小弦的心意，把他的小手緊緊握住。

此人正是當年在塞外與林青、許漠洋、楊霜兒、物由心等人共抗明將軍大兵的笑望山莊莊主容笑風。在幽冥谷明將軍與林青初次交手，偷天弓一箭無功，巧拙大師在笑望山莊山腹中留下的「換日箭」被當場震碎，明將軍卻只將容笑風帶回京師，而放過了林青等人。

或許因為暗器王的緣故，明將軍對容笑風頗為尊重，不但不加禁制，還允許他在京師中隨意行動。但容笑風乃是塞外龜茲人，雖然漢語說得精熟，這一張無法隱瞞身分的相貌卻在京師中備受岐視，加之舉目無親，亦只好留在將軍府中，這一待就是六年時光。直到林青受傷入京後，明將軍才讓水知寒親自把容笑風帶至白露院。

容笑風看到小弦，想到當年並肩的戰友中杜四與許漠洋都已身死，物由心與楊霜兒遠在關中無雙城，如今只有林青與自己在京師相會，大生嗟歎之意，對小弦更是加倍愛憐，有意說些天南海北的笑話逗小弦開心。他雖是胡人，口才卻好，加上見多識廣，妙語如珠，小弦傷感漸去，也不再害怕容笑風這一把大鬍子，反覺有趣。

幾人寒喧一陣，容笑風問道：「林兄今日去清秋院可有什麼收穫？」

「不過是解了一道題而已。」林青淡然道：「順便訂下了與明將軍交手的時間與地點。」

容笑風微吃了一驚，卻聽到駱清幽幾不可聞地低歎一聲。

何其狂拉一把小弦：「叔叔帶你去白露院中逛逛，可好？」

小弦聰明，知道林青與駱清幽、容笑風之間定是有許多話要說，雖是很想在旁傾聽，轉念想林青晚上定會告訴自己，何必惹人生厭？笑嘻嘻地拉住何其狂的手：「好啊，我們走。」蹦蹦跳跳地跟著何其狂走了。

容笑風望著小弦的背影，低聲猶豫發問：「這孩子真是明將軍的剋星？」林青被管平等人圍攻時說的那句話早已傳入他耳中，卻一直未及問個究竟，只知道小弦是許漠洋的義子，此刻看來雖然聰明機靈，卻似乎也沒有什麼特別的地方，所以發問。

林青微微一歎：「其實我也不能肯定，當時的情景下，唯有如此說以免管平殺小弦滅口。」其實林青在鳴佩峰上雖聽愚大師說起過天后來歷與明將軍身懷奪取江山重任等事，但愚大師卻堅決不肯透露苦慧大師臨死前留下的天命讖語，他根本不知小弦是明將軍「命中宿敵」之事。只是因為小弦的生日與偷天弓出世的時間暗合，恰好是巧拙大師所說明將軍一生最不利的時辰，所以才說出那番話，希望管平不致下手害了小弦。

林青自然萬萬想不到，他誤打誤撞的隨口之言卻與真相極其接近，反而引起了一場更大的風波。

忽聽駱清幽道：「你要與明將軍做生死決戰我管不著，但我絕不會再讓這孩子也陷入這些爭鬥中。」

林青心頭暗歎，如何不明白駱清幽的心理，本想安慰她幾句，卻知道以駱清幽的蘭心慧質，早已看破自己的心思，任何解釋都是蒼白無力。仰望頭頂那一方湛藍無雲的天空，喃喃默念：「正月十九，泰山絕頂。希望那時可以了結一切！」

如果絕頂一戰暗器王能擊敗明將軍，小弦是否就真的不用再面對他的「命中宿敵」？而林青，是否真有把握擊敗名震天下近三十年的流轉神功？縱是苦慧大師復生，只怕也不會有一個準確的答案！

小弦與何其狂在白露院中隨意閒逛，小弦本以為駱清幽的住所必是雅致之極，不料看白露院占地雖不大，卻是朱戶丹窗，飛簷列瓦，密林道寬，闊池高亭，極有氣派，隱露奢華。

小弦忍不住把自己的想法說出來，聽了何其狂的解釋，才知白露院已有數百年的歷史，乃是京師三大門派之一蒹葭門的重地，所以才是這般華貴與肅穆亦有的建築風格。雖與才女的身分不符，但駱清幽身為蒹葭門主，儘管不習慣，亦不便輕易改動前輩的佈置，只得忍耐。唯有在閨房住處周圍種些爬藤植物，方有些返樸歸真的味道，稍減富貴豪門的華麗之氣。

大致將白露院走了一圈，左右都是些尋常的建築，竟然還比不上清秋院的精緻素淨，小弦不由微有些失望：「這裡為什麼叫白露院啊？嗯，『關睢』、『黍離』、『蒹葭』的名字都是出於詩經，難道就是因為那一句……」搖頭晃腦地吟道：「蒹葭蒼蒼，白露為霜。所謂伊人，在水一方。所以才起名叫白露院嗎？」他在磨性齋裡才讀了《詩經》，因為涉及到駱清幽門派的名字，所以這首詩記得格外清楚，倒也不是故意賣弄。

何其狂笑道：「也不盡然。等到了春天，後花園中百花齊放，晨露凝葉時，你就知道為何要叫這名字了。」

小弦奇道：「難道那露水竟然會是白色的？」

何其狂眨眨眼睛：「這可是清幽的秘密，我可不能隨便告訴你。」

「哼，才不要你告訴，我到時候自己問駱姑姑。」小弦略賭氣道：「那我們先去後花園看看吧。」何其狂也不以為意，含笑領路。

兩人來到後花園中，卻是好大一片花林，只是如今寒冬臘月，園中僅有幾束臘梅開放，但隱隱的花香襲來，亦令人神智一爽。除了那滿園尚未盛放的花樹外，竟連普通大戶人家的小亭子也未設一個，僅有一張方方正正的石桌，旁邊有幾個石凳。

但最特別的卻是那園中小路的每一方青石板下都有細水流過，每股水流僅是三四寸寬，涓涓細流，潺潺微響，整個園中恐怕有數百道水流縱橫，也不知水源在何處，卻令小弦感覺每走一步都如同跨過了一道小橋……

小弦總算看到一處頗有「駱氏風格」的地方，大喜道：「這園子好漂亮。」想像著到了春天百花齊放，蜂繞蝶舞的時光，更是心癢難耐：「何叔叔，到時候我們來這裡捉迷藏……」話音未落，何其狂出手如電，一把按在小弦的嘴唇上。

小弦嚇了一跳，說不出話來，滴溜溜亂轉的眼珠望著何其狂，不知他何故如此。

何其狂緩緩放開手，正色道：「我今年才二十八，尚未娶親，你可不要叫我叔叔，彷彿一下子老了數十歲一般。」

「原來就為這事啊，可被你嚇死了。」小弦拍拍胸口，嘻嘻一笑：「那我叫你什麼好，何兄？只怕別人聽到了要笑話。」

何其狂傲然道：「男子漢大丈夫就要灑脫點，何需顧忌別人的眼色，要麼以後你就直接叫我何公子好了……」

「怎麼看你也不像個『公子』嘛……」小弦老實不客氣地打斷何其狂的話：「反正無需顧忌，叫你一聲叔叔也不會真的把你叫老了，嘻嘻，我看你根本就算不上瀟脫。」

何其狂一愣，想想自己確是太過著相，口中兀自強硬：「看那宮滌塵與我年齡亦相差不遠，你為何要叫他大哥？」

小弦心想宮大哥其實才十七歲，只是他一再囑咐自己要保密，還是不要告訴凌霄公子何其狂知道吧。巧妙地避開話題：「可是我要叫你大哥，那豈不是比林叔叔矮了一輩？」

何其狂大笑：「你不怕我也喜歡駱姑娘麼？」

小弦赧然，才知道自己那些小心思可謂是司馬昭之心──路人皆知。卻見何其狂面容一整：「這一點你儘可放心，就算沒有你林叔叔的緣故，我也不會喜歡駱姑娘。」

這下小弦反是有些替駱清幽抱不平了：「駱姑姑有什麼不好？你為什麼不喜歡她？」

何其狂歎道：「我與她實在是太熟悉了。」

小弦撓撓頭，實在不明白為何「太熟悉」反而不會喜歡？以此算來，林青與駱清幽豈不是更熟悉，難道林青也不喜歡她麼？他雖對何其狂這個觀點十分懷疑，卻不敢多問幾句，唯恐問出什麼難以接受的「真相」……

「你是如何結識那位宮滌塵的？」何其狂似乎對宮滌塵十分好奇。

小弦答應了宮滌塵不說出潭底相遇之事，又不願意欺騙何其狂，只好避重就輕，含混幾句。何其狂瞧出小弦有所隱瞞，目光閃動，也不揭破。

小弦忍不住想打聽一下當年林青的「英雄事蹟」：「何叔叔，不不，何公子，你與林叔叔認識許多年了吧，給我講一講。」說到「何公子」三字時，不由吐了一下舌頭。比起外表儒雅謙和的亂雲公子郭暮寒、相貌俊美的簡公子，霸氣凌人的何其狂確是沒有一點「公子」的模樣。

何其狂哈哈一笑，帶著小弦找個石桌前坐下：「第一次認識他的時候，我還是一個八九歲的孩子，就如你一樣……」

小弦急忙挺胸昂首，大聲抗議：「我馬上就十三歲了。」

「是是，那時我比你現在還小。你林叔叔大我五歲，才恰好是你這年紀。」何其狂對小弦無可奈何地搖搖頭，眼神也漸漸有些迷茫，陷入了二十年前的回憶中：「我父母早亡，只有個舅舅帶著我。誰知舅母故去後，他新娶了個妻子，動不動就挑我的錯處，趁著舅舅不在的時候就打我罵我，有一天我實在忍受不了，一賭氣就離家出走，來到了京師。唉，那時的我身無所長，別說有什麼武功，連一日三餐也沒有著落，說得好聽些是京師的小混混，難聽些其實就是個乞丐。但我早下定了決心，就算死在外面，也絕不再回家受那個壞女人的欺辱……」

小弦目瞪口呆，本以為京師三大公子都是出身名門世家，萬萬想不到凌霄公子何其狂竟有如此落泊的童年。

何其狂似是瞧出了小弦的心思，微微一笑，傲然道：「吃得苦中苦，方為人上人。如今想來，若沒有當初的那段日子，也不會有今日的我，所以無論對於過去、現在與未來的經歷，我都絕不後悔！縱是提及當年行乞之事，亦絕無羞愧之意。」

小弦暗忖凌霄公子能有今日的名聲地位，也不知吃了多少苦頭。一念至此，暗下決心：只要自己奮發圖強，日後也定會有所作為。繼續問道：「後來你怎麼認識林叔叔的？」

何其狂眼落空曠處，略有些出神：「那時小林的境況比我稍好些，但也只不過跟著一個走江湖的雜耍班子混口飯吃。嘿嘿，你知道他那一身暗器功夫是如何練成的麼？那是因為他自小就做飛刀的活靶，所以才發誓絕不會再讓任何暗器沾上自己的身體……」

小弦一震，想到以前常常見到那些跑江湖的雜耍班子中，一個小孩子頭頂一隻蘋果，任由數十步外的飛刀射來……有時為了招攬觀眾，投飛刀者還故意用黑布蒙上眼睛。當時還十分佩服那小孩子的勇氣，如今想來，那亦是被生活迫於無奈……他雖知道林青出身寒門，卻從不知他童年的成長經歷，只道他少年成名，從此威震江湖，何曾想到名動天下的暗器王林青竟然就是從這樣的環境中成長起來的，念及林青那寬厚的肩膀、英武的神態，一時心中百感交集，不知是什麼滋味。

何其狂停頓了一會，方才繼續道：「我們一個在城東行乞，一個在城西賣藝，總算有一天意外碰見了。也不知怎麼，兩個孩子雖然差了五六歲的年齡，偏偏就是一見投緣……」小弦不由想到自己與宮滌塵也相差五歲，亦在溫泉潭邊一見投緣，忍不住會心一笑。

「那時我們都很窮，別說吃飽飯，連完好的衣服都沒有一件，卻偏偏想像大人一樣喝酒，於是就約好半夜三更一齊去北京師有名的酒樓天鳳樓中偷酒喝……」

何其狂望著小弦奇道：「你臉上為何這般古怪的神情，莫非也是個小酒鬼？」

原來小弦聽到何其狂說與林青一齊去偷酒，不由大樂，三香閣中第一杯酒入喉時火辣辣的滋味至今難忘。聽何其狂問起，喃喃道：「我倒是覺得酒似乎也不算什麼好東西，不但嗆人，醉了還難受得要命。」

何其狂哈哈大笑：「不過對於孩子來說，狂飲痛醉一番，彷彿才有一些長大成人、行走江湖的豪氣吧。」

小弦大有同感，連連點頭。他雖然從小跟隨父親許漠洋在清水小鎮，好歹衣食不缺，比起林青與何其狂兩人來說倒似是幸福多了。掛念何其狂的講述，催問道：「你們最後偷到酒了麼？」

何其狂搖頭：「不但未偷到酒，反而在酒窖中被值夜的大廚子捉個正著。那時我與小林都只是個孩子，他還算有些武功底子，雖拚命護著我，但勉強抵擋幾下，終是氣力不濟，被那守夜的廚師捆成了兩個粽子……」這些本是極不光彩的事情，但聽何其狂不急不徐地道來，面上也不見絲毫動容，渾如在說別人的故事。

「那廚子是個大胖子，未習過武功，力氣卻是不小，醋缽大的拳頭打在身上著實疼痛，將我們打倒在地後又找繩子綁起，絲毫動彈不得。但我兩人都是一聲不哼，而且明知理虧，也不求饒，只盼他打夠了消了氣便放我們走。誰知他大概當日不知受了客人的閒氣還是掌櫃的教訓，把我們綁起來打罵竟不算完，還要拉我們去報官。這下我可先慌了神，我倒是不打緊，就怕小林被雜耍班子掃地出門，豈不是連累了他？於是我咬著牙道：『你砍我一根手指吧，只是不要報官。』那廚子嘿嘿冷笑：『要你手指有何用處，不報官也行，但須得給老子尋點樂子……』那天鳳樓是京師最大的酒樓，酒窖中全是酒罈，足有上千罈。他便拿來整整兩大罈酒，道：『你們不是想偷酒喝麼？嘿嘿，這酒名叫佛跳牆，算不得什麼好酒，卻是足夠勁道，只要你們一人一罈喝下去，便放你們走。』……」想必何其狂對此事印象極深，縱然過了二十年，那廚子說的話竟然記得清清楚楚，連冷笑聲都模仿個十足。

「你們喝了麼？」小弦神情緊張，彷彿在場的是自己一般。

「能不喝麼？何況我們都被綁得如粽子一般，根本無法掙扎。我酒量比小林大些，只盼自己多喝些他就可以少受些罪。」何其狂淡淡一笑：「好一個佛跳牆，才喝了五六口，肚子裡便翻江倒海起來，這時候才知道酒確實不是一個好東西。那廚子哈哈大笑，抓著我的頭髮硬往喉中灌，我雙手被綁，無法掙扎，縱是緊閉嘴巴，那酒卻從鼻子裡直沖進來，嗆得我幾乎吐出血來……」說到這裡，何其狂怔了一怔，似在回想當時的情形，良久後才緩緩道：「那一天，我立下了平生第一個誓言：絕不會再讓人迫我喝酒！」

小弦見何其狂雙目炯炯如星，聲音猶如一個字一個字地從牙縫中蹙出，想他以驕狂之態名動天下，或許正是因為少年時曾有如此不堪回首的經歷，所以才絕不容任何人輕辱。

何其狂續道：「小林見狀也急忙來搶酒喝，兩個孩子勉強飲了大半罈烈酒，直喝得面色鐵青，肚內翻江倒海，小林忽對我道：『不要喝了。』停下不飲，定定望著那胖廚子道：『這樣喝會死人的，你想吃官司麼？』他鎮靜的態度更激怒了那胖廚子，他大吼一聲：『好，不喝酒也行，喝老子的尿！』竟然當真脫下褲子撒了一碗尿遞過來……」

小弦大驚：「難道你們真的喝了？」

何其狂漠然道：「人在屋簷下，不得不低頭。若真有那麼一刻，你會不會喝？」

小弦拚命搖頭：「我絕不喝，讓他打死我好了。」

何其狂歎道：「我亦是如此想，士可殺不可辱，但若是只有自己一人，定然寧死不從。可為了不讓小林受委屈，我也搶著要喝那碗臭尿，兩個孩子被綁成一團，口中爭來搶去，竟然為了那一碗尿！可惡的胖廚子還大笑：『不要搶，老子等會再屙一泡……』一面說著，一面抓住我的頭髮，就要硬灌那碗臭尿，我本就被酒激得難受，立刻就吐了出來。只聽小林大叫一聲：『你先把他放了，我就喝！』廚子冷笑：『誰會信你這偷酒的小鬼，先喝一口我再放人。』小林憤聲道：『偷酒的事全是我的主意，與他無關，我喝就是，不要逼他，若不然，便與你拚個魚死網破……』言罷以牙咬舌，看來只要那胖廚子強迫，便會咬舌自盡。

「胖廚子被他懾住，亦怕吃官司，不敢將我們迫急了，當即給我鬆了綁。我大叫一聲，就要上去和他拚命，小林卻道：『小何，你要我死在你面前麼？』我現在還清楚地記得他說話時的神情，面上血跡淋漓，神色卻是十分冷靜，竟還有些微的笑容，彷彿面前不是那碗尿，而是什麼山珍海味一般，哈哈哈哈，小林啊小林，我永遠會記得那一幕，終生不會忘記！」何其狂驀然狂笑起來，神態似悒鬱似狂放，眼中卻隱隱泛起了一層漾動的光芒。

小弦張口結舌，半句話也說不出來。想到敬愛的林青竟受到如此奇恥大辱，實是感同身受。更為林青與何其狂之間的友情所憾動，或許這種「淒慘的友誼」並不值得炫耀，甚至會被人恥笑，但在孩子的心目中，卻比江湖人口中的「赴湯蹈火、兩脅插刀」彌足珍貴十倍百倍。

何其狂笑了良久方歇：「我聽了小林的話，一語不發往外走。我要去尋把刀子，哪怕殺了那胖廚子給他償命，也不願意看著自己的兄弟受這樣的侮辱……誰知那酒勁被門外冷風一吹，盡數湧了上來，迷迷糊糊走了不遠，再也支持不住，昏了過去。第二日醒來，我才知道小林等我走遠後，趁那胖廚子不注意，便拚力一頭撞在那碗臭尿上，灑了兩人一身。胖廚子惱羞成怒，發狂一般拳打腳踢，小林當即被打斷了幾根脅骨，扔到大街上，差點就此送了一條小命！」

小弦雙拳緊握，眼中噴火。雖然明知林青如今安然無恙，心中那股怒氣卻是無法抑止。

何其狂吐出一口長氣：「好不容易等小林養好了傷，已是一個多月後的事情了。他容身的那家雜耍戲班亦早已去了外地，兩個孩子都成了無家可歸的流浪漢……」小弦敏感，聽何其狂說得輕鬆，卻想像得出一個八九歲的孩子哪來銀錢替林青治傷，自不免又去偷搶，其中所受的諸多委屈卻僅是輕描淡寫地一筆帶過，上前緊緊握住何其狂的手。

何其狂亦是心懷激蕩，握著小弦的小手渾如握住了當年的林青，良久後方才繼續道：「等小林身體復原，我便打算要找那胖廚子報仇！誰知卻被小林拉住，他只說了一句話：『小何，我們要做有本事的人，就不會去做人人痛恨的小偷，也不會受人欺負！』這一句話，改變了我們的一生。從那一刻起，我們約定離開京師，他往西，我往南，學好本事，十年後再來天鳳樓中重聚。

「那些四處拜師學藝、辛苦習武的日子也不必提了。僅僅過了幾年，我便聽說了小林在洞庭湖寧芷宮以一人之力破了江湖十七名暗器高手，被江湖人尊稱為暗器之王，既替他高興，更是加緊練功，至少不能輸給他……到了第十個年頭，我的武功總算已有小成，再度回到了京師。」

小弦舒了口氣：「可找到了林叔叔？」

何其狂哈哈大笑：「那時小林已是京師中八方名動之一的暗器王，我卻並沒有先去找他，你不妨猜猜我先要做什麼？」

小弦歎道：「自然是找那胖廚子報仇。」

「不錯，正可謂是君子報仇，十年不晚。」何其狂目露殺氣：「我先來到天鳳樓，第一件事就是打聽那個胖廚子的下落，才知道他已換了主顧，去了另一家酒樓，我又按地址找到那家酒樓，指名道姓讓他出來見我……」

小弦連忙問道：「你殺了他麼？」

何其狂一歎：「我萬萬想不到的是，他見我的面卻搶先問我一句：『公子可是姓何麼？』我好生奇怪，按理說這十年來我面目大變，他無論如何也不會把當年的小乞丐認得清楚，勉強答應一聲，他卻是喜笑顏開：『我總算等到公子了。』我暗忖難道他自曉當年做法太過份，早知道我要來尋仇？這也太不合情理了吧。便不動聲色問他等我何事？他道：『一年前暗器王林大俠托我一件事情，今日才算有個交代。』我聽到小林的名字大吃一驚，難道他已先教訓過了這胖廚子？但看情形卻不似，按著性子問他小林所托何事。胖廚子道：『暗器王給了我十兩銀子，托我請一位姓何的兄弟喝一罈酒，帶兩句話，再替他做一件事。』我聽到『一罈酒』三個字，舊恨湧上，幾乎立刻要發作，實在料不到小林為何還要給他銀子？便問帶什麼話？胖廚子說第一句話是七個字：『得饒人處且饒人！』

「我拍桌大怒，小林能忘了當年舊恨，我卻忘不了，虧他還猜出我不肯干休，特意讓這胖廚子給我留話。正要發作，誰知胖廚師又說出了第二句話，仍是七個字：『仔細看看眼前人。』我定睛看去，這才發現十年的時光足以把一個人改變許多，不但當年偷酒的孩子已變成了風度翩翩的武功高手，那胖廚子竟也蒼老了許多，鬢角都已斑白，再不復當初那蠻橫霸道的模樣。我一時愣住了，只聽那廚子絮叨不停，原來他年事漸高，終於被天鳳樓辭退，反是小林替他找了這家酒樓，所以對小林感激不已，竟是當做恩人一般，交托之事更是盡心盡力，每一個找他的客人都來問一句：『公子可是姓何？』……」

小弦心中湧上無數念頭，卻不知應該如何表達。林青以德報怨雖是無可厚非，卻實在令他猶如骨鯁在喉，極不暢快。

何其狂冷笑：「我可不似小林那麼好心，就算不殺他，至少也要出一口當年的惡氣。當下拿出一百兩銀子拍在桌上，指著那一大罈『佛跳牆』道：『我也不要你做什麼難事，這一罈酒當場喝下去，銀子就是你的。』那一罈酒足有二十斤，胖廚子面露難色，但只稍稍猶豫了一下，立刻端起一大罈酒喝下肚去，其間幾度嗆咳，卻仍是拚力灌酒不休……然後我就看見了小林，微笑著來到我面前，彷彿我們並非十年後重遇，而是昨天才見面。他對我說的第一句話是：『我替他喝好不好？』

「我心中實是不願意，卻仍是點點頭。誰知那胖廚子卻不依地大叫：『林大俠不要管我，我能喝……』我剎那間怔住，然後與小林一齊大笑起來，你一口我一口搶著把那罈酒喝完，並肩離開了酒樓。從此，我再也沒有見過那個胖廚子。」

「為什麼會這樣？」小弦呆呆地問。

何其狂泰然一笑：「因為那一刻，我竟然發現心底並不是報仇後的痛快，而是一份突如其來的頓悟。能夠讓曾經痛恨的仇人如此感激自己，才是最高境界！」

小弦似是無可奈何，又似是懷疑地搖搖頭：「那樣真的會很快樂麼？」

何其狂不答反問：「你覺得我與小林習武是為了什麼？僅僅是為了報當年之仇麼？」

小弦一震，隱隱捕捉到了何其狂話中的含意。

何其狂仰望藍天，悠悠一歎：「當你登上一座山峰時，眼中只會有另一座更高的山峰，而不是曾經令你失足陷落的泥沼！」

小弦恍然大悟，脫口問道：「如果林叔叔擊敗了明將軍，他還會去攀登什麼高峰？」

何其狂不答，心底卻因小弦這隨口的問題浮出一個從來沒有想過的念頭：我所追求的山峰是什麼？

「如果你真的擊敗了明將軍，你還會做什麼？」駱清幽坐在椅上，輕輕問道。

駱清幽的閨房名叫「無想小築」，卻給了京師絕大多數男人無窮無盡的想像。能來到這個地方的男子，不過寥寥數人而已。但此刻坐在駱清幽對面的那個英俊男子卻是盤膝打坐、閉目凝神，看他一臉悠閒的樣子，渾若把這裡當做了自己的家。

能在「無想小築」中瀟脫行跡至此的，普天之下大概也只有暗器王林青一人而已！

林青睜開眼睛微微一笑：「明將軍並不容易擊敗。」

「我是問你『如果』。」駱清幽不依不饒，神情似乎有些撒嬌，又似乎是非要問個水落石出的固執。

林青神態悠然，目光停在房內梳妝銅鏡上掛著的數枚「叮噹」作響的風鈴上，似乎根本沒有將駱清幽的話放在心上，聳聳肩膀，微笑道：「我也不知道，或許是找個好姑娘成家生子吧。」

駱清幽一跺腳：「你總是這樣沒個正經的時候。」

林青故作驚奇：「小弟此言完全出於真心，為何姑娘偏偏不信？不孝有三，無後為大，難道你希望我做和尚？要真是那樣的話，不知要讓多少女子流盡委屈的淚水啊……」

駱清幽雖是提醒自己不要在林青面前露出什麼破綻，臉上仍是不由泛起一絲紅潮，連忙借起身澆花去掩飾，口中淡淡道：「看來我真是不能對你太好了，免得你想到什麼話都敢隨口亂說。」

林青哈哈大笑：「那我以後對你不說心裡話可好？要知道京師這麼大，卻唯有在你這裡才最可令我安心，若你都要嫌棄，那我可真是無處可去了。」

駱清幽頓時語塞。只覺臉頰如有兩把火騰騰燒起，真想把手中的水壺當頭澆下。半天才幽幽道：「誰嫌棄你了？說得堂堂暗器王似是無家可歸的流浪漢一般，哼，有人會信麼？」

林青歎道：「這六年來漂泊江湖，實與流浪漢無異。」

駱清幽漸漸恢復常態，輕笑一聲：「莫非那些志在四方的好男兒都是可憐人了？」

林青一本正經道：「駱姑娘你不知餐風飲露的滋味，『可憐』兩字豈能形容其萬一？」

駱清幽哼道：「若是在『餐風飲露』前面加上『遊山玩水』四個字，不知是否會稍解林大俠胸中塊壘？」

這一下輪到林青答不上話來，喃喃道：「每日能與才女鬥嘴一番，縱是輸得一敗塗地，亦是人生一大快事。」

「小女子愧不敢當。」駱清幽掩嘴而笑：「豈不聞『溫柔鄉處是英雄塚。』怎敢消磨林大俠的壯志雄心？」

林青苦笑道：「小弟已經告饒，姑娘何苦仍不肯收兵，非要趕盡殺絕？」

駱清幽嘻嘻一笑：「敵人陰險狡猾，若不斬草除根，必有後患。」

林青眨眨眼睛：「你就只會在我面前侃侃而談，為何清秋院中卻不見你多說話？」

「懂不懂什麼叫矜持啊？」駱清幽白了林青一眼。

林青奇道：「難道在小弟面前就不用矜持麼？看來駱掌門果然是對我……嘿

嘿。」

駱清幽瞪眼大喝：「不許亂嚼舌頭。」兩人裝腔作勢地彼此怒視，又一齊笑了起來。

「不開玩笑了。」駱清幽收住笑容：「今日清秋院中你可覺出有什麼不對頭的地方麼？」

林青沉思：「至少有三處不合情理。」

駱清幽似是得意地一挑眉稍：「我卻想到了四處，你先說說你的觀點。」

林青沉吟道：「第一，宮滌塵此人神秘莫測，身為吐蕃使者，卻偏偏請來京師各派人物，名義上是回答蒙泊國師的問題，暗中定然另有圖謀，最可疑的是他提前派人按時迎接我們，似乎每個人到達的時間都掐算好了，小何聽到『京師六絕』之言語還可以說是湊巧，但明將軍正好在我出手的剎那間出現，絕對是他的有意安排……」

駱清幽頗驚訝：「你為何如此肯定？」

林青道：「他給我打開硯台時起初動作極其緩慢，後來突又加快，節奏不一，分明是聽到了明將軍等人的腳步聲。此人談吐不俗，武功極高，又有這份深藏不露的心機，如果是敵非友，將會令人頭疼不已。」

駱清幽亦是面帶憂色：「這個人給我的感覺十分奇怪……」

林青呵呵一笑：「他從吐蕃特意給你帶來那『煮香雪』，只怕頗有傾慕之意。連小弦都看出來了。」

「不要胡說八道。」駱清幽瞪了林青一眼：「我覺得他對我的態度才最是令人費解，按理說他既然有意與京師各方面交好，更是不應該招惹我，何況如此公開示好，徒然引起他人妒忌，又有什麼好處？除非他此次來就僅是為了蒙泊國師那道難題，並沒有其餘目的。」一旦說起正事，駱清幽再沒有小女兒的作態，也不介意客觀評說自己的「魅力」了。

林青倒沒有想到這一點，以宮滌塵的才智也不應該犯如此錯誤，一時猜想不透，打趣道：『或許他真是對你情難自禁也未可知。」

駱清幽不理林青的調侃：「宮滌塵有心與小弦結交，也不知是何用意？有機會好好問問小弦。嗯，他既已回吐蕃，暫時先不去管他。雖然，十有八九會隨蒙泊大國師再度入京。你再說你的第二個疑點。」

林青道：「第二個令我生疑的人是管平。按理說他絕不應該竭力促成我與明將軍的決戰，而看太子的態度，分明亦默許此事。這其間到底有何用意，我至今仍捉摸不透，難道管平欲借明將軍之手除了我？若真是如此，他的做法豈不是太張揚了？」

駱清幽歎道：「以我的判斷，只怕管平正是此意。」

林青一怔。駱清幽解釋道：「管平向以謀略稱道，正是因為如此明目張膽的挑唆你與明將軍，所有人才會以為他定然是另有目的，絕非表面上想借刀殺人，而其實呢……」說到此處有意住口不語，一雙透著靈氣的漆黑眼瞳盯在林青面上。

林青恍然大悟：「兵法之道，虛虛實實。管平故布迷陣，讓人以為他別有居心，卻不知他的真正目的已擺在眼前。」

駱清幽緩緩點頭：「所以你更要小心，不要中了他的計。可是……」搖頭輕歎，縱然料定管平借刀殺人，又怎能打消林青與明將軍一戰的念頭？

林青不願駱清幽為自己傷神，跳開話題：「第三個疑點是簡歌簡公子，我無意間發現他看宮滌塵的眼神很古怪，似乎是突然發現了什麼事情？簡公子與亂雲公子一向交好，宮滌塵既然這段時間都住在清秋院中，自當見過簡公子，簡公子為何會突然有這般神情，令人費解。」

駱清幽點點頭：「我也注意到這一點，而且感覺簡公子的眼神有些迷惑，彷彿是遇見了知交故友，又似乎並不能肯定，所以暗中又朝宮滌塵多望了好幾眼。」她身為女子，對這些細微處尤其敏感。

林青沉吟道：「他兩人一個足不出京師，一個遠在吐蕃，以往應該沒有機會相識，確是有些蹊蹺。」

駱清幽笑道：「不過簡公子心思靈巧，向來讓人捉摸不透，雖與太子交好，卻一向並不為其所重用，僅僅掛個清客之名罷了。或許只是他一時興動多望了宮滌塵幾眼，我們倒也不必太過多疑，彷彿京師中處處都是敵人一般。」

林青緩緩頷首：「清幽此言有理，像他這樣一個公子哥式的人物，原也不值得多費心。」

聽到林青如此說，駱清幽眉頭不易覺察地一皺，心裡卻突然一動：京師三大公子中，凌霄公子何其狂武功驚人，亂雲公子郭暮寒博學強知，一文一武相得益彰，相較之下，簡公子除了有一張漂亮的面孔、涉獵許多雜學外，似乎並無太過特別的地方。他相貌俊雅，談吐風趣，又縱情歡場，聲色犬馬無一不精，乃是京師權貴最願意結交的花花公子，也正因如此，京師四派中人人素聞其風流倜儻之名，暗中卻總有些不屑之意。這會不會反而令人輕視了簡公子？在那張俊秀得近於「妖異」的面容下，是否有一些並不為人所知的地方呢？

不過駱清幽向來不願在背後論人詬病，縱有些疑慮，亦僅僅放在心裡，並沒有說出口來。

林青一攤手：「我的三個疑點都如實招供了，不知目光如炬的駱掌門還瞧出了什麼名堂？」這當兒他竟然還有閒心開玩笑。

駱清幽輕撫長髮：「當宮滌塵擊落布幕，露出蒙泊大國師那『試門天下』四個字時，在場幾乎所有人的注意力都在其上，卻有一個人不為所動，反而趁此機會觀察眾人的反應……」

林青失笑：「難道你在說自己？不然你怎麼會注意到？」事實上在那一刻，暗器王的全部心神確實都放在那四個字上，絕無餘暇顧及他人。

駱清幽微笑搖頭：「我不像你們這些大男人那麼爭強好勝，所以看了幾眼後便放棄了，而那個人卻是一直注意觀察每個人的反應，從頭至尾。」駱清幽之所以沒有被「試門天下」四個字吸引，其實還有另一層緣故，那是因為她亦只有在那一刻才能好好觀察身邊所珍愛的男子而不被他發覺，但這原由卻是萬萬不能告訴林青的。

林青沉聲問道：「你說的人是誰？」

「追捕王梁辰！」駱清幽吐出這個名字，輕輕一歎：「他那一雙名為『斷思量』的利眼可謂是不放過任何蛛絲馬跡，多半是奉了泰親王的命令觀察京師諸人。幸好有帽沿與額髮遮擋我的視線，追捕王應該沒有發現我已然注意到了他的行為。」

林青陷入深思中。

「清秋院之宴」乃是京師四派多年來第一次正面相對，無論是將軍府還是太子與泰親王的勢力，都會利用暗器王林青挑戰明將軍這千載難逢的機會，大做一番文章。

或許，京師權利的爭鬥從這一刻起，才真正拉開了大幕！

敵友難辨

容笑風飛快地在一張碎布上寫下幾個字，裝在一支小木管中，
縛在小鷂腿上，藏在羽毛下，再將小鷂托於掌中，走出門外，放飛於空中。
小弦拉著林青的手在門外等候容笑風，
望著空中展翅的小鷂，自作聰明地解釋道：
「這一定是讓小鷂經常有機會練習飛翔，免得沒了野性。
容大叔我說得對不對？」
林青望著小鷂不一會便化做小黑點，漸漸不見，眼中神色複雜至極。

小弦與何其狂在後花園中說了一會兒話，眼看已近傍晚，天色驀然陰暗下來，濃厚的烏雲沉沉地壓在頭頂上，遮住了西邊一輪欲沉的落日，似將有一場風雪。

兩人來到「無想小築」，隔了十餘步，已可從窗口隱隱看到室內林青與駱清幽的影子。

小弦正要大叫一聲：「我回來了。」何其狂卻忽然一把拉住他，手指放於唇邊，做了一個噤聲的姿勢。

小弦知機，偷眼瞧去，只見林青端坐在桌邊，左手按桌，右手起落不休，傳來一聲聲的悶響，也不知在做什麼，而駱清幽則是斜依在床邊，手中抱著一本書，唇邊掛著一絲若有若無的笑意，不時抬眼望一下林青。

小弦低聲問何其狂：「林叔叔在做什麼？」

何其狂神秘一笑，附在小弦耳邊道：「清幽最喜歡吃核桃，小林在用木錘敲去核桃的硬殼。」

小弦這才明白那一聲聲的悶響竟是因此，奇道：「林叔叔指力何等厲害，輕輕一捏就行了，為什麼還要用什麼木錘，豈不是多此一舉？」

「你不懂！」一向驕狂的凌霄公子臉上居然露出一絲俏皮之色：「用木錘去殼

後的核桃特別香。」

小弦半信半疑：「我怎麼從未聽說過？」

何其狂眨眨眼睛：「你若不信，有機會不妨去問問清幽。」

小弦看何其狂神情古怪：「騙人。哼，你當我是傻子啊？」聲音不免大了一些，林青與駱清幽同時望了過來。

林青笑道：「小何鬼鬼祟祟地做什麼？」

何其狂指著小弦道：「你問小弦吧。」

小弦一本正經地發問：「林叔叔，用木錘砸出核桃真的特別好吃麼？」

林青一怔，駱清幽已明其意，微紅著臉瞪一眼何其狂：「小何可不要誤人子弟。」

「好好好，就算是我誤人子弟。」何其狂似是無辜地一聳肩膀：「反正現在除了容兄外還有小弦陪著你倆，總該放我這個閒人回家睡個好覺了吧。」朝三人揮揮手，大笑離去。

原來林青到京師這些日子都留在白露院中，駱清幽倒不覺得什麼，林青卻知京師中不知有多少權貴的眼睛都盯著待嫁的蒹葭掌門，生怕引起什麼閒言碎語，所以特地讓何其狂搬來同住。

小弦向何其狂揮揮手作別，心裡卻仍是滿腹疑惑，進了屋後望著林青手中的木錘問個不停，林青怕駱清幽尷尬，連忙用剝好的核桃仁堵住小弦的嘴：「你自己嘗嘗味道吧……」

小弦嚼了滿嘴的核桃，卻也不覺得有什麼特別。茫然地瞅瞅林青，又望望駱清幽，忽恍然有悟，做個鬼臉，連連點頭：「果然味道大不一樣，特別好吃呢，哈哈。」

看著小弦裝腔作勢、一副早已看破究竟的模樣，林青只得連聲苦笑，駱清幽卻是輕輕歎了口氣。

林青不用武功、像個尋常百姓一樣替駱清幽敲核桃之舉本是兩人早年相識的默契，其中雖不無玩鬧笑謔之意，但時日隔得久了，也漸成習慣。只不過彼此似乎早忘記了那份不經意間流露的款款柔情，此刻被小弦無意撞破，不由令駱清幽心生漣漪。

一別六年，光景依然如昨，人亦會如從前麼？

房內剎時寂靜下來。小弦瞧出林青與駱清幽之間微妙，故意打個哈欠，懂事地道：「我剛才和何叔叔在院子裡轉了半天，有些累了，先回去休息。」又連忙補充一句：「林叔叔晚上可要來陪我哦。」

小弦本是有意留兩人相處，但這最後一句無心之言當真是畫蛇添足，害得駱清幽臉上浮起紅霞：「林叔叔晚上當然要陪你。」一語出口，又覺太著痕跡：「容叔叔在西院，我帶你去找他，要麼先吃些點心吧……」

「不用不用，我自己去找容叔叔好了。」小弦醒悟自己說錯了話，嘻嘻一笑，逃也似地離開「無想小築」。

小弦問了幾名僕傭，來到容笑風的房間，敲門而入。

容笑風暫住白露院，並不寬敞的房間中除了一張臥床外，蹊蹺地擺了幾隻木籠子。木籠都以黑布遮光，裡面隱隱發出響動，似乎養著什麼活物。

容笑風正在給一隻鳥兒餵食。那鳥兒外型不過鴿子大小，卻是臉削喙尖，模樣倒似是一隻鷹。見到小弦進屋，不但不怕，反而豎起渾身羽毛，昂首咕咕怪叫。

小弦大奇：「哇，這是什麼怪鳥？小鷹兒麼？」

容笑風輕撫著那鳥兒的頭顱，令牠安靜下來，笑道：「這是塞外所產的獵鶻。別看牠個頭不大，卻比普通的鷹更厲害些，不但有一雙可視千步的利眼，這兩隻利爪更是鋒利無比，連獅狼虎豹都不是牠的對手。」

小弦咋舌：「我可不信牠能敵得過老虎。」話音未落，那隻鳥兒一爪抓下，容笑風遞給牠的一大塊血淋淋的牛肉已連皮帶肉被撕成兩半，張嘴吃下肚去。抬起一對射著藍光的眸子，揚威似地望著小弦。

小弦一愣，哈哈大笑：「有趣有趣。牠叫什麼名字？」

容笑風答道：「牠叫小鵲。」

小弦搖搖頭：「這名字不好，聽起來倒像是『逍遙』，不如改一個……」

容笑風大笑：「一個扁毛畜生而已，何用那麼多講究。何況牠已記住了自己的名字，若是另起個名字，只怕便不認了。」

小弦一想也是道理，對著小鵲一笑：「嘻嘻，我叫小弦，你叫小鵲，看來倒是同門兄弟……」伸手欲摸，小鵲一聲淒嘯，利喙如刀，電啄而下。其餘幾個木籠中亦隨之同時發出鳥兒的嘯聲。

容笑風右手疾伸，欲要拉開小弦，卻哪還來得及。只聽小弦一聲驚叫，手背上已結結實實挨了一口，正驚愕這小鳥兒會有如此敏捷的動作，巨痛已傳來，捂著手跳腳大叫。

容笑風跺足道：『你這小子怎麼如此莽撞？」卻見小弦手背上鮮血淋漓，被這一爪撕開三四寸長的口子，幸好只是皮肉外傷，不致傷及筋骨。這還是見到容笑風阻止，小鷂及時收口的緣故。

「小畜生。」容笑風連點小弦手上幾處穴道，止住血流，罵了一聲，抬掌欲打小鷂。小鷂不聲不響地靈巧避開容笑風的手掌，雖然仍高昂著頭，卻似是知道自己做錯了事情，目光裡再無凶氣。

小弦歉聲道：「容叔叔不要打牠，是我不好惹牠生氣。」

容笑風找塊白布給小弦包紮起傷口：「你莫要怪小鷂，除了熟悉的人外，任何陌生人接近牠都會受到攻擊。」

小弦忍著痛道：「怎麼才能讓牠熟悉我？」

容笑風歎道：「談何容易？這類猛禽天性好鬥，自從領養牠以來，我足足花了兩年多的時間才令牠認我做新主人。」

小弦奇道：「牠以前的主人是誰？兩年多？難道牠都好幾歲了？」

容笑風神情微愕，笑道：「小鷂已經三歲了，是我這一群寶貝中的老大哥。」他有意無意地避開小弦第一個問題，但小弦手背疼痛，臉上倒是笑嘻嘻地對小鷂擠眼弄眼，倒也未曾追問。

小弦又轉頭看看四周木籠：「難道這裡面都是獵鷂？」

容笑風揭開幾隻木籠的黑布，傲然道：「如今我一共有三隻獵鷂，兩隻鷹兒，每隻都是百裡挑一的精選……」

每個木籠中都有一隻鷹鷂類的禽鳥，或大或小，或體型雄健或敏捷靈活，不一而足。望著小弦的目光中似乎都頗含敵意。

小弦吃了小鷂的虧，不敢靠近，遠遠指著道：「這兩隻和小鷂長得差不多，應該是鷂師弟，那兩隻模樣大一些，大概就是鷹師兄了吧……」

容笑風聽小弦竟然按鳥兒的大小分起了師兄弟，不禁失笑：「你說得不錯。不過鷹與鷂卻不是這樣分的，你看，鷹兒的羽毛都是純黑色，獵鷂則有白有黃；鷹兒喙尖有倒鉤，獵鷂則是鋒利筆直；鷹兒爪硬勝鐵，獵鷂則稍遜一分……」

小弦聽得津津有味，暗暗記下。忽想起一事，指著剛才啄傷自己的獵鷂道：「容大叔偏心，牠既然叫小鷂，豈不是把其他師弟的名字都搶了？」

容笑風哈哈大笑：「兩年前我便只有牠一個寶貝，便胡亂起個名字，哪會想到日後又會收養這許多……」原來容笑風昔日在塞外笑望山莊乃是養鷹的高手，這六年在京師中軟禁於將軍府中，原本無所事事，直到兩年前有人送給他小鷂後，這才動念重操舊業，豢養了許多鷹鷂等猛禽，中意的自己留下，其餘的則送與他人當做玩物，反倒因此結交了不少京師權貴。

小弦望著小鷂那利喙，有心親近卻仍有餘悸，羡慕地道：「有什麼辦法可以讓牠認我做新主人？」

容笑風道：「你可以常來陪牠，餵牠食物，久而久之，雖然未必會認你做主人，但至少會當你是朋友，不會對你主動攻擊。」

小弦大喜：「好啊好啊，我以後天天來看牠，不知道牠吃不吃燕窩粥？」這已是他能想到最好的食物了。

容笑風莞爾：「可不能亂餵人吃的食物，最好都用活雞活鴨等新鮮的血肉餵養，好不致去了野性……」

小弦奇道：「為什麼不去野性，難道就由著牠咬人麼？」

容笑風歎道：「獵鷂天性善鬥，若當真被馴服，也便無用了。塞外牧者多以獵鷂守衛羊群，看護家園。」

小弦不解：「不是有牧羊犬嗎，豈不是比這小傢伙好養多了？」

容笑風笑道：「塞外都是一望無際的大草原，獵鷂飛得高看得遠，可以發現遠處的狼群提前示警，狗兒就無此效用了。」

容笑風雖然說得平淡，小弦卻是心生波瀾。他從小聽許漠洋說了許多塞外的奇聞趣事，茫茫戈壁，遼遼草原，青天白雲，天高眼闊，與那些吃人狼群，陷足流沙等種種危險一齊構成了非同一般的吸引。不由大是嚮往：「等林叔叔打敗了明將軍後，我們就去塞外玩。」

容笑風面生惆悵：「我早就盼著那一天了。這些年來在京師可真是悶煞人，抬頭望去就是一片窄窄的天空，哪及得上塞外千里平川的豪情？」

小弦望著朝自己冷視的小鷂，怯怯地道：「容叔叔，我現在能不能就和小鷂交朋友？」想像有一天在塞外揚鞭馳馬，暗器王、宮滌塵等人左右陪伴，若是再有小鷂在頭頂上飛舞盤旋，真可謂是完美無缺……

容笑風大笑：「獵鷂可不像人類有那麼多心機，只要你對牠好，牠就當你是朋友。」遞來一塊牛肉：「你來餵餵牠。」

小弦手背猶隱隱生痛，小心翼翼地把牛肉送到小鷂的口邊，小鷂卻不伸口來吃，只是利爪微微一動，小弦心有餘悸，連忙退開半步：「牠是不是吃得太飽了？」

容笑風解釋道：「你與牠僅是初識，縱然餓得厲害，也不會輕易吃你餵的東西。」口中發出古怪的呼哨聲，小鷂慢慢走近，撲閃著眼睛望著小弦，彷彿在研究他的意圖。

小弦豎起拇指讚道：「真有骨氣。像那些叫花子都是饑不擇食……」

容笑風笑道：「禽類不但有自己的原則，而且極其堅持，比起這世上許多人來說，確要更勝一籌。」又對小弦道：「我已給牠打了招呼，不會再咬你。只要你陪牠多說說話兒，牠就會對你有好感了。」

小弦眨眨眼睛，懷疑道：「我說話牠能聽得懂？」

容笑風嘿嘿一笑：「你我不是小鷂，豈知牠懂或不懂？不過牠只要看你的態度和善，便會慢慢放下戒心。」

小弦一時不知對著這隻可愛的鳥兒說些什麼好，脫口道：「嗯，小鷂，你可知道什麼叫『五美四惡』？」容笑風亦是熟讀中原典籍，卻萬萬想不到小弦問出《論語》中的句子，啼笑皆非。

小鷂低低鳴了幾聲，顯然不知小弦話中的意思，但目光中已是敵意大減。小弦哈哈一笑：「你不知道吧，我來告訴你……」想到當日被亂雲公子問得抓耳撓腮，此刻才體會到先生問學生問題的樂趣。

容笑風囑咐小弦道：「你這幾日多陪陪牠，自然就會相熟。不過切要記住一件事，未得牠的允許千萬不要隨便摸牠的頭。」

小弦點點頭：「我明白。就像平日打我罵我也還罷了，但絕不能脫了褲子打屁股。」

容笑風聽小弦說得一本正經，煞有其事，哈哈大笑。

小弦陪小鷂玩了一會後，人禽漸漸熟悉，等小鷂凶相漸斂，小弦大著膽子摸摸牠羽毛，手感極佳，十分開心。忍不住央求容笑風：「容叔叔，以後若有機會，能不能送我一隻？」

「這有何不可？」容笑風慈愛地撫著小弦的頭，滿口答應：「你想要鷹兒還是獵鷂？」

小弦問道：「鷹兒與獵鷂好像沒有什麼區別，嗯，哪個更厲害些？」

容笑風正色道：「若論凶猛兩者相差無多，但鷹兒性子更烈，一旦認主終身不叛，不像獵鷂，只要對牠好一些，時日久了便可認新主人。」

小弦想了想：「那我當然要隻鷹兒。」聽了容笑風的話，一時竟覺得小鷂也不及先前可愛了。

「好孩子！」容笑風激贊大笑：「不過鷹兒極難馴服，你可要做好心理準備。」

小弦對其餘幾隻木籠一努嘴：「那兩隻鷹兒還不是都給容大叔馴服了。」

容笑風淡然道：「也沒有什麼了不起，這兩隻皆非鷹帝之質。」

「鷹帝？」小弦大感好奇：「是鷹中的絕頂高手麼？」

容笑風解釋道：「鷹兒亦如人類，姿質有高有低。在塞外極北冰寒之地有一種雷鷹，不但性情凶猛，行動如閃電，連普通的武功高手亦拿之無可奈何。更可貴的是雷鷹只要認定主人後，必與主人共存亡，主人若不幸身死，雷鷹則復仇後自盡，可謂是鷹中的極品神物，若能將其馴服，足可傲視天下，所以才有『鷹帝』之名。」又低聲沉沉一歎：「去年底我曾托人以重金購得一隻小雷鷹，可惜……」

小弦聽得意動，看容笑風神情古怪：「可惜什麼？難道是那隻小雷鷹不肯認你做主人？」

容笑風長吁一口氣，悻然道：「非但不認，反而絕食而死。」

「啊！」小弦萬萬未料到一隻鷹兒竟會性烈至此，一時說不出話來。

容笑風語氣中頗有悔意：「想要練成鷹帝，最好是用出生半年之內的雷鷹幼雛，但我得到的那隻小雷鷹已然有一歲多，性格剛毅至極，不吃不喝苦撐十餘日與我對峙，仍是不肯馴服。也都怪我那時執迷不悟，明知牠已是奄奄一息，卻總希望牠有一刻能回心轉意，不肯放歸山林，最終導致……唉，確可謂是我平生憾事。」

小弦聽得目瞪口呆。容笑風續道：「因為雷鷹巢多在雲荒峭壁，本就難以尋到，半歲的雛鷹更是難得，訓練時不但需要無與倫比的耐心，更需要一份機緣。據我所知，近百十年來也無人能馴服一隻真正的鷹帝……」

小弦搖搖容笑風的手，安慰道：「既然機緣難定，容大叔也不必多想，日後我們去了塞外，再一起去尋找雷鷹。」

容笑風有些茫然地點點頭，口唇無聲翕動，神情鬱鬱寡歡，看來猶不能釋懷。也不知是因為不能練成一隻「鷹帝」而遺憾，還是替那隻寧死不屈的小雷鷹惋惜。

小弦看容笑風一副大鬍子十分威武，料不到他竟會有這般無奈的神態。有意逗容笑風舒懷，自嘲一笑：「我也不要什麼鷹帝，有小鷂這樣可愛的小傢伙就行了。小鷂，來來來，我再問你一個問題……」

小弦在磨性齋中著實看了不少書，此刻又有意引開容笑風的注意力，引經據典，一口氣朝小鷂問了許多問題，自問自答，其樂融融。

容笑風情緒漸漸恢復過來，聽在耳中，對小弦大加讚賞：「想不到你竟然讀過這麼多書，可見許兄調教有方，唉，可惜許兄英年早逝，誰料到幽冥谷一別，竟成永訣。」

小弦聽容笑風提到父親，眼眶不由一熱，勉強忍住，不願在容笑風面前流露出傷心，轉開話題道：「這些都是我這幾天在清秋院中讀的書，對了，容大叔你可知道御泠堂麼？」

容笑風愣了一會，良久後才緩緩道：「御泠堂行事隱秘，一向不為人知，你卻是從何聽來的？」林青並未告訴容笑風小弦在四大家族中的奇遇，所以他乍聽到小弦說起「御泠堂」三字，神情十分驚訝。

小弦恨聲道：「我不但知道御泠堂，還知道那個青霜令使是誰。哼，我定要把這件事告訴林叔叔，好替莫大叔報仇。」

容笑風面色略變，正要追問。卻聽林青的聲音在門外響起：「容兄、小弦，快出來吃飯吧。」

小弦答應一聲，容笑風卻道：「小弦先去吃飯吧，叔叔安頓好小鷂，隨後就來。」

小弦臨走時還不忘對小鷂道：「小鷂小鷂，你吃飽了我可餓壞了，明天再來陪你玩。」先出門而去。

容笑風飛快地在一張碎布上寫下幾個字，裝在一支小木管中，縛在小鷂腿上，藏在羽毛下，再將小鷂托於掌中，走出門外，放飛於空中。

小弦拉著林青的手在門外等候容笑風，望著空中展翅的小鷂，自作聰明地解釋道：「這一定是讓小鷂經常有機會練習飛翔，免得沒了野性。容大叔我說得對不對？」

容笑風一笑，拍拍小弦的頭：「小弦真聰明。」

林青望著小鷂不一會便化做小黑點，漸漸不見，眼中神色複雜至極。

吃罷晚飯，容笑風自回房內，而駱清幽早派人在林青房內多安了一張小床，兩人陪著小弦到屋內說話。

小弦問道：「容大叔為何不和我們住在一起？我想和小鷂一起睡覺。」

林青笑道：「容兄豈會受得了你大吵大叫？」

「我才沒有大吵大叫呢。」小弦分辯一句：「對了，容大叔答應要送我一隻鷹兒，以後我們一齊去塞外放鷹，哈哈……」當下又滔滔不絕地賣弄起鷹兒與獵鷂的區別。

林青與駱清幽面面相覷，駱清幽歎道：「容兄一向愛清靜，能如此對待小弦殊為不易。」

「容大叔喜歡清靜？」小弦心中奇怪：「看容大叔那一把大鬍子，我還以為他定是愛熱鬧的人。對了，以往父親提到容大叔時，總說到他在笑望山莊力抗明將軍數萬大軍的豪氣，難道現在變得喜歡清靜了，真是想不到……」

林青苦笑：「一別六年，或許都會有所改變吧。」事實上這一次重遇容笑風，他亦覺得他不再似是當年面對數萬大軍談笑自若的笑望山莊莊主，大概這些年困守京師方導致他心性大改。

駱清幽對林青低聲道：「席間我看他言語不多，好像有什麼心事。」

林青歎了一聲，對小弦道：「你可不要像對我一樣什麼話都亂說一氣，免得惹容大叔厭煩。」

小弦何等聰明，立刻聽出林青語中的含意，疑惑發問：「容大叔有什麼問題嗎？……」

「小聲點。」駱清幽按住小弦的嘴巴：「或許只是我們多疑。但，他畢竟在將軍府待了六年……」抬頭望一眼林青，並沒有繼續說下去，似是擔心對容笑風的懷疑會引起林青的不快，畢竟容笑風六年前曾是與暗器王並肩抗敵的戰友。

林青面色陰沉，一語不發，默認了駱清幽的懷疑。

小弦吃驚地張大嘴巴：「難道容大叔是明將軍派來監視林叔叔的？」

林青搖搖頭：「事情沒有你想像得那麼簡單。我相信明將軍不會如此做，但別的人就難說了。」

原來容笑風來到白露院時，林青尚在養傷。細心的駱清幽首先注意到容笑風種種可疑的形跡，但她做事慎重，並沒有及時通知林青，而是讓凌霄公子何其狂暗中留意容笑風的行動，又派人打探容笑風這六年來在京師所結交的人物。

大唐開國初期，唐太祖李淵三子爭權，神留門因分別支持李世民、李元吉與李建成而分化為關睢、黍離、蒹葭三派，這便是京師三大門派的來歷。蒹葭門歷史悠久，雖極少參與京師爭鬥，卻在各方勢力中都布有眼線，所以這六年中容笑風儘管大多待在將軍府內，但所做的事情亦隱瞞不過身為蒹葭門主的駱清幽。

駱清幽打探到容笑風那隻名為小鷂的獵鷂竟是牢獄王黑山兩年前所贈，再與何其狂商量一番，不免懷疑容笑風已被泰親王所收買。不過容笑風來到白露院中深居簡出，每日除了逗弄鷹鷂，似乎也沒有特別的行動，駱清幽一時猜不透他的用意，僅是提醒林青切莫太過相信他。

林青絕非迂腐，起初根本不存對容笑風的疑心，經駱清幽一點破，亦從容笑風平日的行動中瞧出些破綻。不過林青曾與容笑風並肩作戰，並未因此而怪責他。畢竟容笑風來自塞外，在京師舉目無親，與同為異族胡人的黑山交好本無可厚非，何況笑望山莊數百名子弟死在明將軍的大兵下，容笑風暗中與泰親王合謀扳倒明將軍亦是情理之中。

逍遙一派不喜權謀，林青一意憑武功擊敗明將軍，所以雖然明知容笑風可疑，亦不會採取什麼行動，僅是暗中略略疏遠罷了。

駱清幽知道一時無法把京師複雜的形勢給小弦解釋清楚：「總之，有些話你不必多說，告訴林叔叔知道就行了。」

「不過……」小弦喃喃道：「我剛才對容大……對他提到過我認出青霜令使一事。」乍聽到這個驚人的消息，幾乎不願再叫容笑風一聲「大叔」。

林青愕然：「你說的是御泠堂的那位青霜令使麼？」他未曾親臨離望崖前一戰，僅從事後小弦的描述中知道有青霜令使這樣一號人物的存在。

小弦點頭，咬牙道：「青霜令使就是亂雲公子。」

林青一震：「郭暮寒會是御泠堂的人？你怎麼知道的？」這個驚人的消息實是難以相信。不過林青轉念想到以寧徊風的詭計多端、陰險狡詐，亦只不過是御泠堂的火雲旗紅塵使，青霜令使在御泠堂的地位僅次於堂主之下，恐怕確也只有亂雲公子這樣的身分才配得上。

小弦便把自己在清秋院中這幾日見聞一一道出。當聽到亂雲公子先在燕窩粥中下藥迷倒小弦，再借發問之機探聽《天命寶典》的秘密時，駱清幽歎了一口氣：「想不到對於一個小孩子，郭兄都如此工於心計，實是愧對了他父親的教誨。」她雖有些不齒亂雲公子的為人，對其稱呼依然不改，顯然素有教養，不願出口傷人。

再聽到小弦無意看見那本《當朝棋錄》，發現了離望崖前的驚天一局，林青已確信無疑。那一場棋局乃是四大家族與御泠堂六十年一度的大對決，不但導致了數十位高手之死，甚至連溫柔鄉劍關關主、水柔清的父親莫斂鋒，點睛閣主景成像之愛子景慕道都因此被迫自盡，若非親臨現場，絕不可能知道棋譜，憑這一點已可肯定亂雲公子必是御泠堂中人。

況且即使親臨現場，除了那枰中對奕的青霜令使，陷身於棋戰中「棋子」一人人自危，也絕無心思去記下棋譜。亂雲公子即是青霜令使的可能性，至少應在八成以上。

或許，這一場棋戰亦是亂雲公子郭暮寒終身難忘的一局，所以才特意記錄下來，以作教訓。

林青神情微凜：「剛才我在門外，聽到容笑風似乎在小鷂身上做了什麼手腳，莫非是在給泰親王通風報信……」林青在門外雖看不到容笑風的動作，但他身為暗器之王，耳力極好，已聽出了一絲蹊蹺。

御泠堂行事詭秘，駱清幽僅是隱有所聞，並不知其利害，看小弦一臉不忿，只道他後悔失言，安慰道：「不要緊，就算你容大叔把這個消息洩露給泰親王，也沒有多大關係。」

「他才不是我大叔。」小弦豈能容忍有人在林青眼皮底下玩弄手段：「駱姑姑為什麼不把他趕出白露院啊？」

駱清幽苦笑。林青斥道：「小弦不要胡說八道，容大叔對你父親也算有救命之恩，豈能對長輩不敬？」

小弦氣鼓鼓地道：「他勾結壞人，我才不認這個大叔。」

林青正色道：「就算容兄與泰親王府有勾結，卻也是為了替六年前死在明將軍手下的弟子報仇，只要沒有傷害我們，便不可失了禮數。」

「可是，若等到他傷害到你和駱姑姑，豈不晚了？」小弦猶不服氣，看林青瞪眼微怒，終住口不言。

駱清幽柔聲道：「所以，你不要什麼話都告訴他，有所保留就是了。」

小弦道：「剛才正好林叔叔叫我吃飯，還來不及告訴他亂雲公子就是青霜令使之事，下次他再問我就故意給他個假消息。比如，說追捕王是青霜令使，讓他們鬼打鬼……」覺得這個想法大妙，手舞足蹈。

「小弦也懂得用心計了。」駱清幽笑道：「對朋友自當誠信，對敵人就應該用些計謀……」

林青神色複雜，以他的為人，雖明知容笑風可疑，在沒有真憑實據的情況下，也不願認當年共患難的戰友為敵。但京師中情勢複雜，各派皆有打算，自己稍有不慎還可能連累到駱清幽、何其狂等人，駱清幽謹慎從事亦是合情合理，只得輕歎一口氣。

小弦受到駱清幽誇獎，心中歡喜，又思索道：「不過追捕王也是泰親王的手下，一對質就露餡了，我們不如冤枉太子一系的人。」皺皺眉頭，心想「妙手王」關明月在擒龍堡有一面之緣，還幫他偷了水柔清的金鎖，不便冤枉他；而宮滌塵頗推崇管平之策，加上平山小鎮中伏之事心有餘悸，不敢隨便招惹，眼睛一亮：「嗯，我就說青霜令使是簡公子好了，何況看他那個樣子就十分妖氣……」

林青看小弦一副興致勃勃「暗算敵人」的樣子，忍不住一笑：「無緣無故何必去害簡公子？正如清幽所說，就算泰親王知道了亂雲公子的身分也無妨，至少不會影響我們。何況以御泠堂一慣的詭秘行事，如果知道你瞧破了亂雲公子的身分，恐怕會對你不利，所以，你不妨把真相告訴容兄，並且讓他知道我也知道了此事，若是亂雲公子想要殺人滅口，還得除了我才行。」

小弦一挺胸膛：「我才不要怕他呢。我們不如先發制人，今晚就去清秋院找他算帳。」

林青一怔，搖頭不語。

小弦奇道：「難道林叔叔不願意和亂雲公子翻臉？」

林青歎道：「此事先放在一邊吧，日後再說。」

小弦眼露不可置信的神色：「林叔叔，你，你不會怕了御泠堂吧？」

林青沉吟道：「如果是害你父親的寧徊風，我絕不會放過他。但對於青霜令使來說，我們何必替四大家族出面？難道你忘了景成像廢你武功之事？」

小弦急道：「這不一樣。莫大叔都死在青霜令使手中……」

林青肅容道：「我聽你說過那一場以人做棋的大戰。事實上御泠堂與四大家族公平對戰，雙方都是死傷慘重，我身為局外人，何必插手？」

小弦道：「可是，御泠堂那些壞蛋……」

林青拍拍小弦的頭，打斷他的話：「先不論寧徊風害你父親之事。如果與你相識的不是四大家族，而是御泠堂中的人物，你是否會覺得四大家族中人都是壞蛋？」

小弦一愣。林青續道：「四大家族與御泠堂之間的爭鬥由來以久，正邪難辨。

至少那一場賭戰莫斂鋒並非因青霜令使的暗算身亡，死得光明磊落，我們有何藉口與之為難？」

要知四大家族與御泠堂雖然所處觀點不同，但都是奉天后遺命輔佐明將軍重奪江山。雙方皆是行事詭秘，局外人無從分辨正邪。林青自然不會像小弦一樣僅憑愚大師的一面之詞劃分立場，依然保持著客觀的態度。

更何況林青與明將軍定下了戰約，在泰山絕頂一戰之前，實不願意多生事端。

駱清幽曾聽林青提及過四大家族的百年世仇御泠堂，卻知之不詳。當下小弦如實把從愚大師那裡聽來的御泠堂來歷一一說出，林青又說起天后遺命以及明將軍身負奪取天下的重任，這才明白了大概。

這些年京師幾派權利爭鬥愈演愈烈，駱清幽蘭心慧質，雖是置身事外卻通觀全域。她對將軍府竭力維持京師勢力平衡之舉不無好感，萬萬想不到明將軍竟然有如此難言的身世，不但是武則天的後人，更秘密懷著奪取天下的重任，大覺驚愕，陷入沉思中。

小弦直到此刻才知道四大家族的「少主」明將軍真正身世，回想與明將軍的兩次見面，果然有些帝王宗主的氣派。不過他自幼從義父許漠洋口中得知明將軍窮兵黷武，攻城掠地，塞外諸族無不痛恨之，心目中一直對其人無甚好感，接口道：「管他有什麼使命，下個月在泰山絕頂上必然難逃一敗，也算完成我爹爹的心願，給天下人出一口氣……」

林青長歎不語。事實上林青行事僅憑己心，回想在笑望山莊給明將軍下戰書的心情，絕無任何了結江湖恩怨的意圖，明將軍是朝中重臣也罷，天下第一高手也罷，都只不過是暗器王攀登武道巔峰、超越自身極限的一個挑戰，一個契機！

然而經過這六年來的潛心修煉武功，林青心態上也已成熟了許多，再經過這些日子與駱清幽默的交談，深知以如今京師幾大勢力糾結難解，牽一髮動全身的形勢，只要他與明將軍一旦交手，無論孰勝孰敗，都會給天下氣運惹來無窮變數，已遠非兩大武學高手決戰那麼簡單。

這一戰影響之大、牽扯之廣都是暗器王始料未及的。

只不過，這萬眾矚目的泰山絕頂一戰，已如弦上之箭，不得不發。

林青不願在小弦面前說出自己的想法，又問起小弦結識宮滌塵的過程，小弦猶豫良久：「我答應過宮大哥對任何人也不說與他見面的情況，林叔叔不要罵我。」他本可以編個謊話搪塞過去，卻實在不願意對林青隱瞞，看林青稍有不快之色，又連忙道：「不過我可以保證，宮大哥絕不會與林叔叔作對，他答應過我的。

嗯，如果他要反悔，我也就不認這個大哥了。」

林青知道小弦的性子：「朋友不必多交，但只要看準了就一定託付真心，重諾守信。你自有你的原則，我不會勉強你。」

小弦鬆了口氣：「林叔叔放心吧，宮大哥對我很好的。」當下把宮滌塵帶他入將軍府見明將軍，又得到鬼失驚保護之事一一道來，再說到吳戲言的「二十年契約」，神秘老人在賭場暗中相幫等事，林青與駱清幽這才知道鬼失驚那日為了小弦狂追那神秘老人的原委，說起這心狠手辣卻亦頗重承諾的黑道殺手，亦是歎息不已。

駱清幽聽到那神秘老人對小弦的態度，大為驚訝：「此人武功超凡脫俗，連強橫如鬼失驚都對之無可奈何，其身分可謂呼之欲出，想不到他竟會對小弦如此看重，不知是何緣故？」又想到吳戲言外表瘋瘋顛顛，亦算是京師中極有智慧的隱士，他既然能瞧出小弦二十年後的成就，或許這個孩子當真有什麼不同尋常的地方，記得林青無意中說起小弦是明將軍剋星之事，雖僅是林青當時的隨口一言，但天機難測，焉知其言不實？何況小弦的生日恰好是巧拙大師所說明將軍最不利那一天，種種情由加在一起，不由生出對未知命運的一分慨歎之念來。

林青本以為小弦必會問那神秘老人的來歷，誰知小弦卻只是欲言又止。原來小弦隱隱覺得那老人與自己大有關聯，既然答應不問他的身分，便當信守諾言，故雖是心癢亦強自忍耐。

小弦又說到焚燒《天命寶典》時所看到的幾句零星片語，連從不信鬼神之說的暗器王林青都感到一種無所適從的茫然，彷彿由此隱隱想到了什麼事情，卻不願開口打破微妙的氣氛。

小弦亦越說越覺心虛，漸漸住口不語。室內一時靜了下來，只有三人此起彼伏的呼吸聲。

淒迷的月光從窗外投入房間，猶如灑下一層淡霧，映照著口中呼出的白氣，像是無數飄浮的塵埃在空中漫蕩，更令那份對命運的惶惑在每個人的心頭逐漸鈍重起來。

林青打破沉默：「在清秋院中我看到你給那個小女孩一卷絲線，似乎十分眼熟，原來竟是《天命寶典》中所藏的事物。現在想來，竟與偷天弓弦的材質十分相似……」

小弦一呆：「很重要麼？那我改日找平惑要回來。」

林青笑道：「給了別人的東西豈能索回？我僅是隨便說說罷了。」

小弦又從懷中拿出那色澤淡黃、似木非木的架子，林青瞧了許久也不得要領，重新交給小弦：「你可算是除明將軍外昊空門的唯一弟子，這個東西留給你亦算得其所。既然與《天命寶典》有關，可要好好收藏，或許日後有什麼用處。」

駱清幽良久沒有說話，忽輕輕一歎：「下雪了！」

窗外的天空中悠然飄下一朵朵雪花，越來越大，朦朧中的月色更加淒迷，似要把整個京師都罩在那份純白與清冷之中。

小弦一躍而起：「林叔叔、駱姑姑，我們去打雪仗……」他從小生活在滇北，還是第一次見到雪景，心頭極是興奮。

林青心頭一動。過去時光的種種片段回歸腦海，似乎多年前也曾有這樣一個雪天，一對少年男女並肩賞雪，少男忽起童心，偷偷拈起一個雪團不輕不重地打在少女身上，彷彿生怕惹她生氣，又彷彿希望她會應和自己的頑皮之舉；少女先是吃驚，然後左右四顧無人，這才猶猶豫豫地拾起一個雪團反擊……打鬧一會，風雪更大，吹得人幾乎站立不穩，少男卻哈哈大笑，裸胸逆風而奔，少女不假思索地隨他同行，那迎風飛舞的粉色絲巾拂在少男的面龐上，酥酥癢癢，那一刻他忍不住牽起少女的手，霸道不容她拒絕，溫柔又怕捏痛了她的柔荑……

林青忽然覺得很恍惚，或許是記憶太久的緣故，他不知那似夢似幻的情節是否真的發生過？不確定少男是否真的牽過少女的手？那粉色絲巾是否真的曾拂過少男的面龐？那忐忑難測、既快活又不安的心情是否真的存在於少男的胸懷中……

想到這裡，林青不由望向駱清幽，不知她是否也曾想到這些片段？是否會應小弦之邀去雪中玩鬧？如今的駱清幽早已不是當年無拘無束的少女，若是有人看見清雅寧定、矜持如菊的蒹葭掌門打雪仗，只怕半日內就會傳遍京師，成為每一個男人津津樂道的話題。

駱清幽只是素定一笑，垂頭避開林青異樣的目光，忽對小弦道：「小弦，姑姑交給你一個任務好不好？」

小弦誇張地挺胸：「刀山火海，在所不辭。」

駱清幽望著滿臉好奇的林青，嘴角含笑，面色卻是一本正經：「我與小弦有要事相商，林兄可否迴避一下？」

林青愕然，他猜不出駱清幽的心中所想，哈哈大笑：「好，我去賞雪。」轉身出屋。

雪舞漫天，冰冷的雪粉輕輕擊打在林青略略發燙的臉上，想起剛才那一剎間莫名的意亂情迷，數年未經歷過的異樣情懷在胸口時隱時現。

暗器王林青這幾年遊歷江湖，縱對駱清幽偶有掛牽，卻自知相隔千里，徒惹相思無益。前些日子雖已入京師，與佳人時時相見，唯覺心頭平安，不生綺念，加上明將軍大敵在前，亦不得不強按下一腔兒女情思。

然而此刻與明將軍戰約已定，兩個月後泰山絕頂上成敗未知，雖曾於半夢半醒間有一戰功成再來迎娶之意，卻又隱隱覺得自己並無必勝之把握，何況明將軍流轉神功已趨大成，稍有閃失，只怕就是當場戰死之局，更不願意在這個時候與駱清幽訂下什麼山盟海誓……

但也正因為前途不明、生死難料，林青亦更珍惜與駱清幽相處的每一分時光，強自壓抑的情懷被小弦的無心之言揭開，幾乎遮掩不住。此刻看似在雪中信步而行，欲吐還休的感情卻已在心海中翻湧起滔天之浪。

以林青桀驁不羈的性格，心有所想立刻便會付諸於行動，何曾會猶豫難決？何況駱清幽與他之間的感情早就彼此心知肚明，所欠的無非是那一句挑破微妙情愫的一句話兒罷了……但是，駱清幽卻是這世上最令林青在意的幾人之一，絕不忍讓她為自己受到一絲半點的傷害，寧可強壓情懷，等到泰山之戰後再給她一份驚喜！

而對於駱清幽來說，亦知道林青與明將軍之戰無可更改，唯恐自己的言行會影響林青的情緒，方才故示坦蕩。事實上兩人之間雖然並無兒女情長的話語，彼此心意卻皆是了然於胸，只是顧忌對方，誰也不願意先訴之於口，這份心態，僅有當局者自知。

林青心意難平，茫然行走，直到了後花園中，方漸漸穩定情緒，忽生警覺，驀然抬頭望向高牆。

雪花在牆上集結，透過月光，恍惚間令人覺得在那青石堆壘的牆壁上鋪起了一層薄薄的白色布幕……而在那潔淨的布幕上，卻有一道若有若無、淡淡的人影。

林青立刻回頭望去，卻看不到任何人，而眼角餘光瞅見牆壁上的那道人影已然消失不見。

這一剎，林青心頭極度震驚。並非是因為對方行動迅疾，而是因為自己完全相反的判斷。

像暗器王這樣的絕頂高手，剛才雖因重重心事而略微有所鬆懈，但既然察覺到了一絲動靜，潛意識中就已經把握住對方的形跡，出於習武者的本能反應，第一眼應該是朝對方出現的方向望去。但剛才令林青心生警惕的卻不是對方的身形，而是那道投射在牆上的影子，反而將背後的空門完全暴露在對方眼中。如果來者是敵，在此刻趁機出手，雖然未必會令林青受創，卻無疑可搶得先機。

這並非林青的判斷錯誤，而是對方的行動實在太快，身法實在太輕，塵埃不驚，所以才會讓林青覺得那道影子更具威脅。

林青遇敵無數，如此高手卻是平生僅見。驚訝之念尚未逝去，那道人影再度出現在牆上。最奇特的是那道人影看似靜止，卻又給人晃動的感覺，彷彿是因為對方在不停移形換位，只因身法太快，才給眼睛造成了靜止不動的印象。

林青不再回頭，而是專注地盯著影子。像這樣的變幻不定的身影，六年前曾在幽冥谷中出現過，立刻已認出來者是何人。

影子微微點頭，先對林青打個招呼，手掌輕勾，似乎示意林青隨之而去。然後影子往牆外移去，如同淡煙。

林青毫不猶豫地隨影子飛身出牆，有意放緩腳步，並不急於與來人正面相對，心念電轉，猜不出對方誘自己出來的用意。

白露院後牆外是一條短而窄的小巷，或許因為下雪的緣故，京城的夜晚顯得寂靜，巷道中並無行人。來人停在巷道轉角處，身形不現，仍是只有投在地上的影子，隨著林青踏足前行，影子朝右邊攸然移開。

林青來到短巷盡頭，右邊依然是一條巷道，依然並無行人，那道影子出現在前方不遠的轉角處。

林青笑了，自從把來人當做平生勁敵開始，他從未有過這份輕鬆的感覺。但此時此刻，卻忽有一種少年時捉迷藏時的感覺。

果然，隨著林青前行，影子再度消失，卻又出現在下一個轉角處，如此幾度反覆。

雙方雖是亦步亦趨，卻偏偏保持著十餘丈的距離，彷彿有意不讓來人的身體出現在林青的視線中。起初尚是緩緩行步，漸漸越走越快，幾不停頓。更為玄妙的是：每當林青來到轉角時，對方則恰好轉過下一個彎道，只能看到那一道影子與衣衫帶起的幾片雪花，卻無法目睹來人的身形。

隨著巷道的長短不同，兩人間的距離亦隨之改變。若是遇見行人在旁，雙方則都放慢腳步，渾如普通路人，縱使有人認得兩人，也絕不會想到相隔整整一條巷道的他們其實是朝著同一個目的地。

這絕非湊巧，而是擁有絕世武功的兩位高手間的相互配合。林青與來人皆是運足耳力，留神對方腳步的移動，一面計算著下一個巷道的長度與彼此間的距離，一面調整自己腳步的頻率……

如果這種方式也算是兩人武學上的較量，真可謂是天底下最耗費心神的一場比拚！

京師巷道極多，兩人左轉右穿，繞了大半個京城後，來人避開守衛的巡視，從東城某處城牆跳下。

林青猶豫了一下，京師城外再無巷道，如此一來勢必會望見對方的身形，他似乎一時還不想結束這場既有趣又極耗精神的「跟蹤」。

林青耳中及時飄來對方的傳音：「城外左邊山丘下有一間破舊的小木屋，我在那裡等候林兄。」為了避開城上守衛的視線，對方顯然正運足輕功迅疾離去，但這語音卻並未因距離的改變而稍弱半分。

林青亦遙遙傳聲道：「有勞相候，林某必不爽約。」雖然他並不知來人誘自己出城的目的，但卻絕對信任對方不會有什麼陰謀詭計，儘管，他是自己的「敵人」！

一柱香後，林青踏入了那間小木屋。

明將軍立於木屋中央，手中竟然還端著兩杯酒，含笑遞給林青。

林青毫無顧忌地接下酒杯：「此酒為我終於見到明兄而飲！」

「不然。」明將軍肅容道：「此酒應該為林兄終於見不到我而飲！」

兩人相視大笑，同飲杯中美酒。回想剛才的情景，若是兩人中有一人武功稍遜半分，只怕早早就是相見之局。經過這一路上「刻意迴避」的鬥智鬥勇，皆生出一份相惜之情。

林青游目四顧。小木屋中十分簡陋，空無家俱，連一張臥床都沒有，僅在屋角鋪著一堆枯草，就像是某位流浪漢為了避寒臨時而建。林青卻知道這些表面上的破舊都是出於精心的佈置，這間木屋乃是明將軍為了與自己相見，才特意令人搭建而成。若不然，何以解釋明將軍手中的美酒？

林青忍不住嘖嘖而歎：「想不到今日午後才在清秋院中相見，晚上卻又與將軍會面於此，嘿嘿，這間木屋倒是修得好快。」

明將軍的回答卻大大出乎林青的意外：「林兄錯了，此屋並非因你而建。你已是第二位客人了。」

林青一挑眉：「卻不知第一位客人是誰？」

明將軍緩緩吐出一個名字：「管平。」

若是水知寒在場，必會大感驚訝。縱是以將軍府大總管的智謀，也絕不會想到十天前明將軍令他暗中佈置的隱秘處所，要會見的人竟然會是太子御師管平。

林青一震，在清秋院中的種種疑惑剎時迎刃而解：管平之所以敢冒著得罪將軍府的危險挑唆暗器王與明將軍兩個月後泰山絕頂決戰，竟是得到了明將軍的授意！

明將軍誠聲道：「事先並未徵求林兄的同意，還望林兄見諒。」

林青沉思，如此看來，與明將軍決戰的時間、地點，只怕也是明將軍早就計畫已定。將軍府既然與太子暗中聯合，目的自然是針對泰親王。

縱是快馬加鞭，泰山離京師也有三日的路程，為了準備決戰，明將軍與林青恐怕都會提前幾日動身，加上回程，算來明將軍至少將有十日左右不會留在京師中，而天下武林聞風而動，雖然難以親眼目睹到這一場驚世之戰，恐怕大多數都會趕赴泰山腳下，以便在第一時間瞭解戰況。

而在這十日裡，不但所有京師高手的注意力都集中在泰山絕頂的決戰上，京師守衛只怕也大多會抽調泰山一帶以防江湖群豪聚眾生事，固若金湯的城防出現了前所未有的空虛，那恐怕也就是京師中最易生變的時刻！

京師三派若想有所為，必會在這十日裡行動。而決戰的時間定在正月十九，這近三個月的時間，任何計畫都會準備得天衣無縫……

林青想通了原委，心頭暗驚，沉聲道：「將軍對我並無隱瞞，不怕節外生枝麼？」若是林青把這消息暗中通報泰親王，只怕會令將軍府吃個大虧。

「不錯，以林兄的聰明才智，縱然並不知道我的具體計畫，亦能猜出大概，把此事告訴林兄確是冒險。」明將軍輕輕一歎：「不過我知道林兄絕不肯被人利用，若是事後得知此事，不免看輕了我，實非我所願！」

林青冷笑：「將軍如此直言相告，不怕我不願被你『利用』麼？」他等待數年的決戰，竟然只是京師權利爭鬥的一個引線，自是不甘。

明將軍輕聲道：「其實我知道無論利用與否，林兄都不會放棄此次與我的戰約。之所以要解釋一番，只是不願讓林兄誤會而已。」

林青反問：「明兄所說的誤會是何意？」

明將軍喟然一歎：「林兄既然去過鳴佩峰，想必已得知我的身世。」

林青點點頭，悠然道：「不妨提醒一下將軍，林某六年前雖敗於你手，六年後可未必會重蹈覆轍！」明將軍身懷奪取天下的重任，這次泰山之戰無疑是他最好的機會，若是將軍府暗中集結實力，趁京師佈防空虛之際，確有八九成的把握一舉攻陷紫禁城。

只不過，若是明將軍志在奪取天下，一旦敗在林青手中，他還能令手下心服麼？恐怕隱忍多年的將軍府大總管水知寒便會第一個發難？萬一明將軍戰死於泰山絕頂，這皇位又會落在誰的手裡呢？

明將軍微微一笑：「林兄無需妄自菲薄，六年前一戰，我們亦僅是平手而已。」

林青不卑不亢：「六年前確是技不如人，但今時的林青已非昔日吳下阿蒙。」

「好好好！」明將軍哈哈大笑，連道三個好字。面色一整：「我怕的就是林兄如此誤會我。」復傲然道：「天下不是一個人可以得到的，而皇位對我來說卻是唾手可得，我要取早可以取，也不必如此工於心計。」

林青知道明將軍說的確是實情。自從六年前明將軍塞外功成，在朝中幾可一手撐天，縱有泰親王、魏公子等政敵，但明將軍兵權在握，若要謀反，也不必借助與自己一戰的時機。明將軍到底拿的什麼主意，誰也無法猜測出來。不過他這句話中大有深意：皇位易得，天下難取！

林青沉吟良久：「將軍想要的東西到底是什麼？」

明將軍望定林青，一字一句道：「我希望在泰山絕頂上，林兄能告訴我！」

林青一震，心頭湧起複雜的情緒，既有相知、亦有感激。

明將軍續道：「京師局勢雖亂，水知寒已足夠應付。所以我故意借與林兄的決戰離開京師數日，只不過各自是給京師三派一個機會。對於泰親王來說，是一個謀反的機會，而對於太子來說，則是一個徹底擊潰泰親王、穩固皇位的機會……以管平的謀略，只要我稍一點醒，就能看出其中的關鍵，所以，他必須與我合作！」

聽著明將軍不動聲色地說出泰親王「謀反」之事，林青心頭大生感歎。這是他第一次體會到明將軍做為朝中重臣的手段與魄力，這一切當然早就在明將軍的算計中，相形之下，林青寧可面對天下第一高手在泰山之頂生死決戰，也不願意在朝中被其權謀玩弄於掌股間！

表面上明將軍與皇室爭鬥無關，將軍府亦僅在京師中維持著勢力的平衡，可事實上明將軍才是真正操縱一切的人，若是這一次明與管平合謀，暗中卻聯合泰親王，保準令太子一系一敗塗地；反之，泰親王此次恐怕亦難逃一劫！

想到這裡，林青不由長歎一聲：「將軍府的機會又是什麼呢？」

明將軍冷冷道：「我雖是朝臣，但看多了各種明爭暗鬥，最恨的就是那些幕後挑唆者。」說到這，明將軍眼中閃過一絲殺氣：「林兄曾大敗寧徊風於擒龍堡，想必也可猜出我想做什麼了吧。」

林青恍然大悟：原來明將軍想要對付的，是御泠堂！

事實上就算泰親王意圖謀反也必是秘密進行，將軍府絕難掌握到具體計畫。而明將軍既然能如此肯定地認定泰親王必會在泰山之戰時謀反，不問可知泰親王府中有一個關鍵人物是將軍府的內應。而這個人，極有可能就是御泠堂的人，以御泠堂「枕戈乾坤」的宗旨，唯恐天下不亂，必會極力挑唆泰親王謀反。只可惜泰親王並不知御泠堂亦是要暗助明將軍登基的天后遺臣，與明將軍自然早有聯繫，泰親王的一舉一動，皆逃不過明將軍的觀察。

但是，明將軍又為何要對御泠堂開刀？難道就因為他不想奪取皇位，所以才反施辣手麼？這似乎有些太過不合情理，抑或是御泠堂行事囂張，終於惹起天下第一高手的反感？另外，在困龍山莊外曾懷疑鬼失驚是御泠堂的人，若果真如此，明將軍莫非也要對他下殺手麼，豈不是自毀將軍府一臂？

對於這諸多疑問，林青無從猜測，亦不想捲入這一場是非中。

如果小弦對亂雲公子的身分懷疑屬實，那麼這一次清秋院之宴極有可能是御泠堂的精心佈置，目的就是挑起明將軍與暗器王的決戰，借機唆使泰親王謀反。不過回想清秋院中的所見，似乎主事者並非亂雲公子，而是那身為吐蕃國師的嫡傳大弟子——宮滌塵，這個神秘的人物在其中到底扮演著什麼角色呢？

明將軍冷冷的語聲打斷了林青的思路：「以將軍府的實力，鬥垮泰親王之餘再想對付強敵亦有些力不從心，所以四大家族的人也會陸續潛入京師中相助，在這等一觸即發的局面下，我實不願再多生枝節，所以特意將實情告知林兄，尚請逍遙一派坐觀虎鬥，至少不要幫錯了人。」他似乎稍有忌諱，話語中並未直接指出「御泠堂」的名字。

林青頷首：「這一點將軍大可放心，清……駱掌門絕不會沾染其中，凌霄公子我亦會暗中相勸。」加重語氣補充道：「只要，將軍所言無虛！」當林青幾乎隨口說出駱清幽的名字時，明將軍眼中閃過一絲似揶揄、似感歎、似無奈的複雜神情。

「林兄盡可信任我。」明將軍正色道：「我今日特意引林兄來此，不但要告訴林兄將軍府與太子府的計畫，還另有一句話相告。」

林青望向明將軍坦然的目光：「將軍請講。」

明將軍吸一口氣，緩緩道：「對於泰山絕頂之戰，明宗越的期望之情絕不在林兄之下！」

林青瞬間動容，手掌微動，幾乎想一把握住明將軍的手，終於強忍住。只是凝目望著明將軍剛毅的面容，良久，才長長地吐出一口氣：「能聽到明兄此言，林青縱然戰死泰山絕頂之上，亦無憾！」林青今晚被明將軍誘來此處，雖是相信明將軍不會有什麼陰謀，但始終沒有放下戒心，亦一直以「將軍」相稱，直到聽到明將軍這一句話，才真正感應到明將軍對自己的敬重之情，所以改口「明兄」。

兩人四目交接，似撞耀出一團看不見的光華。

相比朋友之間，敵人的敬重更令人心懷跌宕！那是棋逢對手的快意、將遇良材的欣賞。人生一世，會有許多朋友，但真正的敵人，能夠激起全身潛能、超越奮進的敵人，或許終身不遇！

明將軍一向波平如鏡的面容上亦有些許憾動，忽然解嘲般呵呵一笑：「你我此刻心神紊亂，何有半分高手的模樣。若是厲輕笙之流趁機搦戰，只怕皆難逃一敗。」

林青傲然大笑：「若是厲輕笙此刻來，管教他當場敗亡！」

「我果是說錯了。」明將軍拍額長歎：「流轉神功出於道教，極重精神，心亂則力弱。而偷天弓卻正適合林兄這等性情中人，愈狂愈強。」這一語確是道破了他二人武功的特點。

林青長歎：「明兄不必多言，再說下去我可真想解除戰約了。」

明將軍亦是一歎不語。

正如明將軍適才所言，兩位絕世高手的武功特點決定了他們攀越武道極峰的方式。

對於林青而言，一個真正的敵手或真正的朋友都可以激發他的潛能；而對於明將軍來說，他只能有敵人！

雖然玄妙難言，卻是無可更改的事實。

所以，在這兩人相知相得的一刻，林青感覺到自己的強大，縱是六大宗師中武功最為神秘莫測的厲輕笙親至，亦有把握令其潰敗而亡。

而明將軍，忽然，他就覺得自己很寂寞！

命運抗爭

這一刻，小弦望著頑強不屈、依然高昂的鷹首，
忽生出對容笑風的一絲恨意，又想到昨日自己還不時挑逗小雷鷹，
心中大是歉疚。他的心理是如此矛盾。
既希望小雷鷹能堅持得久一些，絕不屈服，
又希望牠早早認主人，不至於多受罪。
或許，人生也是一樣，縱然明知結果，亦必須做一次命運的抗爭！

「駱姑姑，你想讓我做什麼？」等林青離開房間後，小弦忙不迭朝駱清幽追問。

駱清幽微微一笑：「我正想找人做一件事，可是卻一時找不到合適的人選，恰好小弦來了，可算幫了我一個大忙。」

聽著駱清幽平平淡淡的說話，小弦胸口一熱。瞧駱清幽的模樣頗為神秘，這一定是一項極重要的「任務」，白露院中蒹葭門弟子高手無數，可駱清幽卻偏偏只看重自己，不由大生知遇之感……把小胸膛高高挺起，大聲道：「只要駱姑姑吩咐下來，我就一定能做到。」

「不過……」駱清幽有意停頓一下，緩緩加重語氣：「想要完成這件任務很容易，但要做到最好就十分困難了……」

小弦毫不猶豫：「放心吧，我一定能做到最好。」

看著小弦信心百倍的樣子，駱清幽掩唇一笑，卻並不立刻說出想讓小弦做何事，而是略皺著眉，似在斟酌如何用詞，忽問道：「你可喜歡看戲？」

「喜歡啊。」小弦隨口答應，又好奇地道：「聽林叔叔說駱姑姑是天下詩曲藝人最欣賞的人物，不過這和我的任務有什麼關係呢？」

駱清幽展眉道：「我想讓你演一齣戲。」

「啊！」小弦驚訝地大張著嘴，回想從小看過的幾齣戲，若要像那些戲子一樣在台上輕歌曼舞可真是千難萬難，但剛剛才滿口應承下來駱清幽的「任務」，自然不能說自己沒那本事，囁嚅道：「我，我看過不少戲，可還從來沒有上台演過……」

「豈不聞世事如棋，人生如戲。」駱清幽悠然道：「所以這齣戲並不用你上台演，而是在生活中做另外一個小弦。」

小弦一頭霧水：「我就是我啊，怎麼做另外一個小弦？」不由想到宮滌塵教給自己的易容術，恍然道：「莫非是要我易容改裝，嘻嘻，這個我會一點。」

駱清幽搖搖頭：「不用更改相貌，而是改一改你的性格。」

小弦更糊塗了：「我是什麼性格？」

駱清幽正容道：「你這孩子雖然年紀小，卻是個疾惡如仇的性子，眼裡揉不得半點沙子，對看不慣的人與事情皆不假於顏色。」

小弦搶著道：「這有什麼不好？我寧可一輩子這樣……」

駱清幽道：「這種性格本身沒有什麼不好，但人生在世，總免不了虛圓應付一下。試想今日在清秋院的宴會中，若是人人都把自己的喜惡流露出來，豈不是天下大亂？所以有時儘管明知對方是敵非友，表面上卻要虛與委蛇，等到時機成熟再反戈一擊……」

小弦漸漸明白了：「原來駱姑姑是想讓我故意裝出另一個樣子去迷惑敵人。」想到自己騙追捕王之事，拍手道：「這個我拿手。」

駱清幽道：「不過這一次未必是對付敵人，而是……」壓低聲音續道：「我要你悄悄監視容大叔。」

小弦一怔，旋即興致勃勃地接受了「任務」：「駱姑姑放心，這幾天我可以藉口找小鷂玩，容……容大叔有任何舉動都不會逃過我的眼睛。」

駱清幽聽小弦勉勉強強地叫一聲「容大叔」，忍不住笑道：「好聰明的小弦，這麼快就入戲了。」小弦嘻嘻一笑，大是得意。

原來駱清幽雖對容笑風起疑，但林青重視當年情誼，在沒有真憑實據的情況下，寧可對容笑風的種種可疑處視而不見，亦不願意與之公然反目。駱清幽數次提醒他，林青卻一再強調容笑風最多只是借機對付明將軍，絕不會害自己。駱清幽唯恐惹林青不快，也就聽而任之。

但現在小弦既然已知此事，以小孩子極強的是非善惡之念，只怕會流露出對容笑風的不滿，所以駱清幽才鄭重其事地給小弦這個「任務」，又揣摹到小弦的心理，故意提到「演戲」之語，無非是藉此讓小弦不至於在言語中露出破綻，倒不是真有讓小弦去「監視」之意。

這些話若是當著林青說不免尷尬，所以才有意支開林青，蒹葭門主駱清幽蘭心慧質，思慮謹慎而周全，由此事已可見一斑。

小弦連連搖手：「這算什麼？我能為駱姑姑做事就已經是最好的感謝了，可不能要禮物……」

駱清幽又對小弦笑道：「你幫了姑姑一個大忙，我就送你一件禮物吧。」

這句話駱清幽不知從多少男人口中聽到過，但此刻聽這樣一個小孩子這樣講，反是令駱清幽啼笑皆非：「這個禮物可不是一般的禮物，而是一種心法。」

小弦小臉一沉：「可是我，我已經無法修習武功了。」

駱清幽早從林青那兒得知此事，拍拍小弦的頭：「你不用擔心，這份禮物與武功無關，而是一種控制呼吸的方法，可令你耳聰目明，監視起來也更方便些。」說到「監視」兩字，不由輕柔一笑。

當下駱清幽傳給小弦數句口訣，小弦應言而試，果然覺得聽力大為增強，眼目亦清晰了許多，而且依法果然嘗試，果然呼吸漸輕幾不可聞，卻並無胸悶之感。

小弦並不知道，駱清幽傳給他的正是蒹葭門中的不傳之秘：「華音遝遝」。

當日在飛瓊大橋前看到明將軍遇刺時，駱清幽便以此「華音遝遝」的心法撫簫以解眾人胸中戾氣。愛樂之人大多心情開朗，而對於吹簫者來說，掌握呼吸更是入門的第一步，「華音遝遝」並非武功，而是從音律中演化出的一種奇妙心法，講究暫時拋卻俗世塵念，精神至靜，忘形忘我，化身於自然，與那些鳥鳴蟲唧、風吹草揚的微妙音符暗合，重於節奏的引導，從而達到令人忘憂的效果。

駱清幽從林青的口中得知小弦自幼親身父母雙亡，養父許漠洋亦被寧徊風所害，又被四大家族盟主景成像廢去武功，本以為這孩子必會怨天尤人、感歎蒼天不公。誰知小弦雖然經歷了許多磨難，卻依然活潑樂觀，善良淳樸，似乎那些多舛的命運並不能影響他半分，不由暗暗稱奇，再加上小弦生辰與明將軍相剋，這些日子的一些奇遇也似乎預示著他日後必有一番作為。所以駱清幽特意傳給小弦蒹葭派的獨門心法，只盼小弦能始終保持這份善良樂觀的天性，其中深意，卻不便直接告訴小弦了。

教完「華音遝遝」，兩人又說了一會兒話，不覺已過了初更。

小弦奇道：「林叔叔到什麼地方去了，怎麼還不回來？嘻嘻，難道在後花園堆雪人？我們要不要去找他？」

駱清幽道：「我聽到他剛才出了白露院，或許另有什麼事情，你不必等他，早些休息吧。」

小弦擔心道：「林叔叔會不會出什麼事？」

駱清幽一笑：「放心吧，以他的武功，絕不會有什麼危險。」明將軍輕身功夫極高，以駱清幽的耳目也未聽到響動。若是她知道竟然是明將軍親自深夜探訪引走了林青，恐怕無論如何也不會這般篤定。

當下駱清幽逼著小弦睡覺，小弦如何肯睡，直到駱清幽佯怒，這才不情不願地上了床。脫衣時不免特意提醒駱清幽「迴避」，惹得駱清幽臉色微微泛起了紅潮。

小弦躺在被窩中，又拉著駱清幽的手央她講故事，駱清幽只好講了一個紅線夜盜的故事，反而令小弦聽得興奮不已，更無睡意，又向駱清幽討來手帕蒙在臉上裝蒙面大盜……

駱清幽平日哪見過小弦這樣有趣的孩子，又好氣又好笑，好不容易哄得蓋著手帕的小弦漸生睡意，忽見小弦迷迷糊糊地深吸一口氣，恍恍惚惚自言自語般道：「啊，我明白了。」

駱清幽不解：「你明白什麼了？」

小弦斷斷續續地道：「那天，在平山小鎮，我和林叔叔去朱員外家裡劫富濟貧，他也給我蒙上一塊手帕，香味與這個一樣……」聲音越說越含糊，終於沉沉睡去。

駱清幽微微錯愕，猛然一震：是否，那個貌似不羈、看似無情的男子，心中亦放著她！

第二日，小弦一早就去找容笑風。

聽了駱清幽的話，小弦在容笑風面前竭力裝作若無其事。起初還有些不自然，逗了一會小鷂，興致大生，渾忘了自己是來行「監視」之責的，與容笑風有說有笑起來。

容笑風雖是胡人，卻極慕中原風物，飽讀詩書，本就胸藏玄機。他這六年在京師少言寡語，遇到故人之子大覺欣慰，加上小弦惹人喜愛，不由引經據典、口若懸河一番，又挑些塞外奇趣講給小弦聽，兩人相處得十分和睦。

剛剛到了午時，忽聽得門外鷹唳之聲隱隱傳來，容笑風面色微動，開窗查看，一隻大鷹俯衝而至，不偏不倚地停在窗櫺上。

小弦奇道：「這一隻鷹兒也是容大叔養的麼？」

容笑風神色不變：「這隻鷹兒是我送給朋友的，可有傳信之效。」輕撫鷹羽，又從鷹腿上摘下一隻小木管，從中取出一紙字條，匆匆看罷，正要隨手放於懷中，看到小弦狐疑的目光，哈哈一笑，將字條遞到小弦眼前：「你瞧，容大叔有些事情要出去，你先陪小鷂玩一會吧。」

小弦看到那字條上只有歪歪扭扭、不文不白的幾個字：秦兄遠歸，飛鴻宴客，且有大禮相贈。落款的名字是——黑山。

容笑風對小弦解釋道：「想必是那位名叫秦楓的商人，他一向往來於塞外與京師之間，與黑山和我都是舊相識。嘿嘿，也不知他這次回京要送我什麼禮物……」言罷推門而去。

小弦登時想起駱清幽交給自己的「任務」，本欲叫住容笑風帶自己同行。不過聽容笑風提及「牢獄王」黑山的名字並無刻意隱瞞，又毫無芥蒂地給自己看黑山的字條，全無避忌之處，恐怕這次出門訪友未必是有什麼陰謀詭計，自己倒不必多生事端，惹他生疑。或許對於容笑風來說，與泰親王愛將結識乃是私人的事情，根本無需隱瞞。

小弦腦筋急轉，暗忖趁容笑風不在，豈不正好可以看看他屋中是不是藏著什麼秘密？於是隨口答應一句，任由容笑風匆匆離開。

陪小鷂玩了一會後，小弦估計容笑風已去得遠了，這才一跳而起，在房間裡左顧右盼起來。

小弦自小被許漠洋管教頗嚴，此刻雖有「任務」在身，卻也不敢隨便亂翻東西。在屋中四顧一番，反而有些心虛，萬一自己東張西望、渾如小偷的模樣落在別人眼裡，豈不是無地自容。

目光瞥見牆角邊的廢紙簍，小弦靈機一動：剛才容笑風收到的字條雖然並無蹊蹺處，但聽他言語這些日子雖是在白露院中足不出戶，卻可通過飛鷹傳書與外界保持聯繫，林青亦懷疑容笑風利用小鴿給泰親王通風報信，恐怕這廢紙簍中就有殘餘的「罪證」？

想到這裡，小弦在廢紙簍中一陣亂翻，希望能從中瞧出些蛛絲馬跡。奈何簍中皆是撕成碎片的紙屑，縱然可以看到些零亂的字詞，卻連不成句。看到容笑風如此謹慎，小弦更是認定其中有鬼，索性將簍中的碎紙片盡數包起，打算回房後拼湊。盤算著若是容笑風問起，就說自己替他將雜物拋棄，應該不會令他生疑……

又瞅到籠中小鴿似乎十分疑惑的目光，幾隻鷹鴿又嘰嘰咕咕不休，小弦心中怦怦亂跳，渾如被人當場捉贓，更覺得牠們像是在議論自己，連忙找到黑布罩將幾隻籠子都罩了起來。又對小鴿討饒般道：「小鴿小鴿，我對你最好，今天的事情可千萬不要告訴容大叔……」這才逃也似的離開。

小弦回到自己房中，將廢紙攤了一地，這才發現那些碎紙屑中亦各有不同。有的紙屑極是精美，透光而視可隱見花紋，那些紋路彎彎曲曲，就像是什麼畫面般；而另一些紙屑卻並無此考究。小弦先按紙的質地分做兩堆，再逐個拼湊起來……

容笑風將紙撕得極碎，這項工程甚是繁瑣，需要極大的耐心，無論從正面的字詞還是背面的花紋入手，皆不得要領。小弦擺弄得頭昏腦漲，近兩個時辰也未有什麼成效，大是氣餒，只得放棄，將碎紙重新包好，思索是否應該去問問林青與駱清幽？

房門突然一響，容笑風一個箭步竄了進來，一把抱住小弦大笑道：「天意啊天意，你這小傢伙真是我的福星。」

小弦大吃一驚，還道自己的「監視行動」被容笑風發現了，幸好剛剛將碎紙收好，不至於被他撞個人贓並獲，腦中電閃，一時還未想到對策，容笑風已不由分說抱著小弦出門而去，口中猶道：「來來，容大叔給你看個好東西，哈哈哈哈，哈哈哈哈。」

小弦聽許漠洋說到過容笑風的四笑神功，據說對敵運氣時每次都只笑四聲，此刻聽他連笑八聲，神情極為激動，瞧來卻不像要對自己有何不利，滿腹疑惑，不敢言語。

容笑風帶著小弦出了白露院，徑直往城外行去。小弦始覺不妥：「容大叔，我們去什麼地方？」

容笑風笑聲不停：「大叔先不告訴你，好給你一個驚喜。」

小弦越想越不對頭，掙扎起來：「你若不說我就不去，快放我下來，不然我就大喊大叫……」

容笑風一愣，腳步慢了下來：「叔叔難道會害你不成？」

小弦幾乎衝口說出對容笑風的懷疑，幸好忍住，勉強問道：「有何話就直接說好了，去城外做什麼？」

容笑風眨眨眼睛：「等一會兒你就明白了。」不由小弦分辯，加快腳步出了東城，不多時來到郊外一片山丘下的荒林中，遠遠望見一間破舊的小木屋，木屋外還包裹了許多黑布，顯得十分古怪。

踏入木屋，漆黑一片。小木屋本就無窗，此刻更用黑布將接縫處嚴嚴實實地封起，一絲光線都不透。

小弦一路上忐忑不安，思慮萬千：容笑風行動如此蹊蹺，但又不像對自己意圖不軌，實是猜不透他的用意。想到駱清幽的吩咐，也不便與他翻臉，強忍不作聲。等來到這黑沉沉的小木屋中，小弦再也忍不住，大聲道：「你到底要做什麼？」

容笑風似乎並未察覺小弦語意不善，放下小弦，擦著火石，在屋中點起了一堆火，小弦這才注意到屋中央放著一個四四方方的大木箱，木箱上亦用黑布遮蓋，不知裡面放著什麼東西。但隨著火光一起，木箱陡然一晃，裡面發出了一記詭異的鳥鳴聲。那鳥鳴聲悽楚尖唳，彷彿是垂泣的嗚咽，又彷彿是傲然的威脅。

「這是什麼？」小弦心中大奇。

容笑風臉上笑容不再，反是十分肅穆，以帶著一絲虔誠般的神情緩緩揭開黑布，連指尖都在微微顫抖。

木箱裡是一隻小小的鷹兒，看起來是才出生不久的雛鷹，僅如鴿子般大小。

小弦這才明白過來，大覺興奮，拍手叫道：「容大叔果然沒有騙我，這麼快就送我隻小鷹兒。」

容笑風一愣：「這，這隻鷹兒可不能給你。」

小弦扁扁嘴：「難道容大叔說話不算？」

「小弦不要生氣，容大叔豈會騙你。」容笑風神情略顯尷尬：「不過這等神物極有靈性，認人做主皆需要一份機緣，或許牠看你合意，認你做主人也說不定。」

小弦聽到「神物」兩字，恍然大悟：「難道這一隻就是……小雷鷹？」

容笑風點點頭，目光直直盯在鷹兒身上，神情興奮，語氣卻是一種強自壓抑的鎮定：「昨日才對你說起鷹帝之事，想不到今天就得到了這寶貝。」容笑風深悉雷鷹性烈異常，動輒以死相逼，極難馴服，他前番令那隻小雷鷹不屈而亡，心頭極是抱憾，這次說什麼也不能重蹈覆轍，卻沒有一絲把握。所以才特意叫上小弦，倒未必捨得把雷鷹送給小弦，唯希望他能在關鍵時刻提醒自己一聲，不要又害得小雷鷹送命。

小弦這才知道為何容笑風說自己是他的「福星」，放下滿腔的心事，走上幾步細細察看。卻見這小雷鷹雖亦是尖喙利爪，卻實在太小，羽毛稀疏，腳軟無力，半臥在箱中簌簌發抖。遠不似印象中的鷹兒個大體雄、爪勁嘴利，實在是看不出半點「帝王」之相。

小弦從容笑風口中知道「雷鷹」的名字，既有鷹中帝王之稱，想必極是威武，誰知卻是這個窩囊樣子，大失所望，不由搖頭苦笑。心想對於漢人來說，帝王象徵著極度尊貴，若非至頂禮膜拜的程度，絕不敢輕用「帝」字命名，但容笑風來自塞外，自然沒有漢人那麼多講究，隨隨便便就把「鷹帝」的稱呼給了這小鷹兒。

唯一不同的是那小鷹兒雖然十分虛弱，好像站都站不起來，小小的頭顱卻始終高昂起，鷹眼中反映著火光，顯得血紅而淒厲。

容笑風瞧出了小弦的不屑之意，正色道：「你可不要看不起牠。世間任何一位大英雄才出生時亦不過是懦弱可欺的模樣，良材美質若無雕鑿皆不成器，只要經我一兩年的訓練，必可成為鷹中神品。」

小弦一想也是道理，自己最佩服的暗器王林青小時候不也流浪江湖，做馬戲班中的學徒？又記起容笑風說過上一隻小雷鷹不屈而死的故事，連忙問道：「牠已經認容大叔做主人了麼？」

容笑風答道：「我今日才得到牠，哪會立刻認主人。我本還怕帶牠回白露院吵了駱門主的清靜，恰好找到了這得天獨厚的小木屋，這幾日便專心在此伺弄牠。」

事實上連容笑風都不知道，他無意找到的這間看似破舊的木屋，正是昨晚林青與明將軍相約之所。

小弦看著那隻瘦弱堪憐的小鷹兒，不知容笑風要如何令牠認主，莫非是用什麼法子折磨牠，有些好奇有些不忍。想去撫摸牠的羽翼，想起昨日被小鵲攻擊之事，又不敢輕易亂動，隨口問道：「原來這就是黑山送給你的大禮，他與你很有交情麼？」

容笑風不自然地一笑：「這是那名叫秦楓的商人所贈，只因他有求於我，所以才送上這份大禮。」

原來這秦楓本是塞外往來京師行商的胡人，通過黑山與容笑風相識。礙於面子，黑山並未提容笑風被將軍府軟禁之事，反令秦楓以為容笑風是將軍府的要人，不免巴結一番，以便在京中行事。聽容笑風說及養鷹之事，便特意留了心，終於高價購得這隻才出生半月的小雷鷹送給他。這才出生的小雷鷹可謂是百年難遇的重禮，容笑風雖不願借將軍府的名頭，卻耐不住誘惑收下。所以此刻聽小弦問起，不免有些不自然。

小弦倒沒有想那麼多，興致勃勃地望著小雷鷹。小鷹兒似乎十分疲乏，臥在木箱中不動不鬧，只是用一副拒人千里的神態冷冷地望著他。

小弦被一雙鷹眼瞧得心頭發毛，悻悻收手，嘲然一笑：「瞧起來，這雷鷹也不見得有多厲害嘛。」他本以為雷鷹定是神武勇壯，所以才讓擅於馴鷹的容笑風亦棘手不已。可如今左看右看也不覺得這小小的鷹兒有何帝王之相，而且體弱瘦小，全無與人對抗之能，還只當容笑風誇大其詞，也不放在心上，只是好奇地瞧著容笑風在小屋中佈置。

容笑風顯然早將一切準備委妥當，先在小屋中央離火堆五步遠的地方釘下一根鐵柱，上面拴著一條尺餘長的鐵鍊，又取來清水、鮮肉等物分別放在兩隻大碗裡，再給火堆添些柴禾，令火勢更旺。這才從木箱中取出小雷鷹，用鐵環縛牢，綁在那鐵鍊上。

小雷鷹大概是經過由塞外至京師的長途運送，精神萎靡半臥在木箱中，直到容笑風抓起牠方才淒聲低嘯，又以尖喙相啄，奈何容笑風武功高強，手勁又大，根本掙扎不得。

小弦呆呆望著容笑風把拴著小雷鷹的鐵鍊在鐵柱上綁牢，渾如問犯人一般，尋思難道是精通拷問術的牢獄王黑山教的法子？忍不住插言道：「容大叔不是要讓牠認你做主人嗎？這般折磨，只怕牠只當你仇人。」

容笑風淡然一笑：「吃得苦中苦，方為人上人。要想成器，必得磨難。你不必多說，我自有道理。」想必他的心情亦十分緊張，對小弦說話時的語氣頗為嚴厲。

小弦只道這是訓練鷹兒必經的步驟，雖是看得於心不忍，也不阻止容笑風。他拿起裝滿鮮肉的大碗走近小雷鷹，正要給牠餵食，手中一空，碗已被容笑風劈手奪去。

只聽容笑風冷冷道：「小弦不要胡來，這般才出生不久的雷鷹十分難得，可萬萬不能功虧一簣。」

小弦不服，反駁道：「難道你要餓死牠啊？」

容笑風緩緩道：「餓是餓不死，卻不能讓牠輕易吃到口。」又用手指從碗中挑起一塊血淋淋的肉，就著火光細看，口中還喃喃自語：「這肉還不夠鮮嫩，須得找些小雞小雀來……」

火光映照下，小弦忽覺容笑風那一張滿是鬍鬚的臉孔十分獰惡，不由打個寒戰。想起容笑風說起上一隻雷鷹不飲不食、絕食而死的事情，現在看來，說不定並非雷鷹絕食，而是容笑風故意所為。

容笑風將指尖湊近小雷鷹嘴邊，將鮮血塗在小雷鷹的喙邊，小雷鷹聞到血腥味，振羽直立而起，周圍火光雄雄，熱浪襲來，漸漸躁動不已，抬首咕咕低叫了幾聲，一雙鷹眼盯著容笑風手中的鮮肉，閃過一絲鋒芒。

容笑風將手中裝肉的碗放於地上，又從懷中取出一壺酒，冷笑一聲，就著酒壺飲下一大口酒，眼神亦如鷹目般銳利。驀然容笑風喉中用勁，一口酒朝著火堆噴去，火光刹時大盛，激起三尺高。

小雷鷹受驚，驀然一聲厲嘯，縱身而起，朝那碗鮮肉撲去。撲至中途，鐵鍊勢盡，將牠從空中拽扯下來……

容笑風連聲大笑，神情卻又是冰冷，彷佛那笑聲根本不是從他口中傳出來的。或許在小雷鷹看來，這樣的笑無疑是對牠的譏諷，眼中野性更熾，再度朝那碗肉撲去……只見鐵柱微微一晃，鐵鍊「咣噹噹」一陣急響，小雷鷹的尖喙幾乎已碰上了那只碗，終於還是無可奈何，差了一分。

容笑風發狂般大笑起來：「好好好，果然有鷹帝的姿質。」他一面飲酒，一面不斷用清水與血肉挑逗小雷鷹。小雷鷹被刺激得長嘯怪叫不休，賭著氣般不斷朝那碗鮮肉撲擊。

一時只聽小屋中大笑聲、鷹唳聲、柴火的爆裂聲、鐵環相扣聲等等不絕入耳，間中還夾雜著小弦的驚呼，混合成一種奇異至極的聲響。

小弦看到小雷鷹暴躁不安，凶相畢露，再無起初軟弱可憐的模樣，不由略有些驚悸，轉眼瞅見鷹腿已被鐵鍊劃出幾道血痕，又泛起一絲同情，忍不住對容笑風道：「牠可能餓了好久了，先給牠吃一點吧，要麼先餵些水……」

容笑風不答，依舊故我，目光炯炯鎖緊小雷鷹。似乎專注於與之對峙，對小弦的話聽而不聞。

聽到小弦的話，小雷鷹轉頭朝小弦冷冷望來，怒目環睜，眼中流露出一份怨毒。小弦不由退了半步：「我可是幫你啊，莫要不知好歹。」回答他的是小雷鷹再一次的撲擊。

如此過了一柱香的工夫，小雷鷹良久無功，終於停下了鳴嘯，喘息不定。小弦喜道：「大功告成了嗎？」

容笑風一歎：「為時尚早。你試著給牠餵些水……」

小弦大著膽子用拿起裝清水的碗，給小雷鷹遞去，誰知身形才動，只聽小雷鷹又是一聲長嘯，毛髮皆張，氣勢洶洶地朝小弦撲來，幸好有鐵鍊綁縛，未及近身已然力竭。小弦手中的水碗失手落下，被烤得炙熱的地面上冒起一層水汽。

小弦嚇了一跳，連退幾步。看小雷鷹激躁猶勝剛才，才知牠根本未曾屈服，只是在積蓄力量留待下一次撲擊。又想自己本是一番好意，但這小傢伙狂性大發下，根本不辨好壞，不由有些委屈。

小雷鷹越掙越烈，鐵柱鬆了，容笑風便把碗兒拿得稍遠一些，絕不給小雷鷹任何吃到肉的機會。小雷鷹轉而攻擊鐵鍊，啄得嘴破血出，依然不肯放棄，尖喙與鐵鍊發出鏽石磨刀似的聲音，令人聞之心頭顫慄。小弦看著凶焰勃發的小雷鷹，再不覺得牠可憐可欺，心中懼意暗生，又十分佩服牠的硬朗，此刻方覺「鷹帝」之名有些名符其實。

小雷鷹時而攻擊時而停憩，只要牠稍有懈怠，容笑風便以食物挑逗，如此幾度反覆。小弦看著不忍，便替小雷鷹求情，卻聽容笑風道：「小弦你有所不知，訓練鷹帝絕不可草率從事。我故意將小屋遮光，又以火力烘烤，就是要令牠在如此惡劣的環境下與我共處，增進彼此感情，加之這裡在山野之外，可令牠既保持一份警覺與靈性，不至於心智失守，這其中的種種關鍵處，缺一不可。」

小弦聽得迷惑不已，心道容笑風如此做法，只會令小雷鷹對他忿恨，何來增進感情之效？又聽容笑風說出什麼「心智失守」之語，渾如把小雷鷹當做人一般，頗有惜護之情。想來他的做法大有深意，玩興大發，不時模仿鷹兒撲擊之勢，更是令小雷鷹激怒不已。

如此過了兩三個時辰，已近傍晚，小弦累得滿頭大汗，肚子也咕咕作響起來。容笑風道：「小弦可還記得路，你先回去吧，莫要讓林兄著急。」按理說在這京師危機四伏的時候，容笑風本應親自送小弦回白露院才是。但他實是太在意這小雷鷹，所以才出此言。

小弦意猶未盡：「容大叔何時回去？」

容笑風飲一口酒：「這幾日恐怕都得守著牠。」

小弦吐吐舌頭：「難道你飯也不吃了？」

容笑風一歎：「若非如此，又怎能讓牠認我做主人？」

小弦看那鷹兒毫無屈服之意，又輕聲問道：「還要多久牠才會認容大叔做主人呢？」

容笑風啞聲道：「我也不知道何時是盡頭。這隻雷鷹雖幼小，卻似乎比上一隻更是性烈，恐怕要數日後才見分曉。我這幾日也不回白露院了，你幫我照看一下小鶬，見到林兄與駱掌門時亦替我告聲罪。」言罷席地坐下，輕輕喘息，看來這一場人鷹對峙亦令他大感疲憊。

小弦雖知容笑風意在磨去小雷鷹的銳氣，對他的做法卻不無微詞，但此刻看容笑風神情倦怠，胡渣橫生，彷彿亦老了幾歲，又浮上一絲同情。

當下容笑風把小弦送出門外，稍稍囑咐幾句，便自回小屋中。小弦獨自入城，心思都沉浸在這一場慘烈的人鷹對峙上。

小弦記性極好，倒也不曾迷路，不多時便回到白露院中。

林青正與駱清幽和何其狂在屋中商議。三人自然早就知道容笑風帶小弦出去之事，只當去城中遊玩，倒並未放在心上。此刻瞧見小弦獨自歸來，不免大是錯愕。聽小弦口若懸河地說起容笑風在小木屋中訓鷹之事，方才得知原委。

小弦滔滔不絕地講了半天，卻見林青與何其狂僅是隨口應付一下，似乎並無多大興趣，唯有駱清幽心細，只恐壞了小弦的興致，嘖嘖稱奇。

明將軍昨夜暗訪林青，揭開了泰山絕頂之戰的種種內幕，林青等人需要研究一下對策，在這大敵當前、一觸即發的形勢下，容笑風訓鷹之事自然不會放在心上。

小弦懂事，注意到林青神情嚴肅，知道必有要事相商，他本來還想請林青帶自己再去小木屋中看鷹兒，此刻也不提了。強壓念頭，吃罷晚飯後便回房休息。又找出從容笑風屋中尋來的那些廢紙拼湊，偶爾拼出一個兩字，雖是依然毫無頭緒，卻已大受鼓勵，又把紙背面的花紋熟記於心。直到林青與何其狂入房來催他睡覺。

小弦好勝，未拼好字條前也不對林青說明紙屑的來歷。說了一會兒話，躺在床上回想今日所見，忽覺得心中十分掛牽那隻小雷鷹，不知牠是否已認容笑風做主人？便央林青第二天陪他去小屋中看鷹兒。

林青聽到小弦與容笑風相處融洽，倒是頗覺歡喜，尚不及答話，何其狂對小弦眨眨眼睛道：「你林叔叔與明將軍大戰在即，須得加緊練功。明早小弦自個兒去吧。」林青微微一怔，知道何其狂並不似自己那麼信任容笑風，恐怕是打算暗中跟隨小弦，以防容笑風有變。

林青這幾日確也顧不上小弦。不過按理說目前的京師正處於風雨欲來前的平靜中，京師四派皆會約束手下，不會借機生事，何況有容笑風與何其狂暗中照應，小弦的安全應該沒有問題。

小弦見林青與何其狂神情鄭重低聲說話，不再打擾兩人。閉目修習駱清幽教給自己的呼吸心法，聽著窗外的風聲，想像著小雷鷹的模樣，漸覺倦意襲來，迷迷糊糊猶夢見那嘴邊泣血的小雷鷹狂啄鐵鍊不休，那一聲聲的尖唳似乎仍在耳邊迴盪。

小弦第二日一早醒來，屋中卻已無一個人影，依然記得昨晚林青與何其狂都陪自己同房而睡，不知又去了什麼地方，問起僕人，連駱清幽亦不在白露院中。小弦先去容笑風屋內給那幾隻鷹鷂餵些食物，本還想趁機瞧瞧容笑風屋中有何秘密，卻忽然想到那不飲不食的小雷鷹，十分掛念，索性打定主意今日好好陪牠，便給林青留張字條放於房中，又替容笑風帶些點心，獨自出城去那小木屋中。一路上見到一些江湖漢子對自己指指點點，心知經過清秋院之宴後，自己也成了京師中的「小名人」，又覺得意又覺慚愧，心情複雜。

一路無事，來到小木屋中，卻見容笑風滿目血絲，面色憔悴，顯然一夜未曾合眼。相較之下，那隻小雷鷹雖是一日一夜不飲不食，反倒是精神不減，見到小弦入屋，又是躍起低嘯，羽翼皆豎，尖喙伸縮，似要擇人而噬。只是那嘯聲已帶嘶啞，動作亦不如昨日的敏捷。

而在小雷鷹的腳下，泥土染上了斑駁的血跡，呈現出一種觸目驚心的深褐色，從嘴角到羽毛上，亦有滴滴落落的血痕，殷紅點點，令人難以卒睹。

小弦驚道：「難道牠一晚上都這樣？」

容笑風點點頭，黯然不語。小雷鷹再度發狂，目標卻已不是鐵鍊，而是對著容笑風與小弦咆叫攻擊，良久方歇。然後就是人與鷹之間長久的、無聲的對視，鷹兒的目光中始終充滿了仇視與怨怒。

小弦在路上本還想朝容笑風求情，給小雷鷹餵些食物與清水，看到這幕景象也不知從何說起。那小雷鷹無疑把自己也當做了容笑風的「幫兇」，只要有機會掙脫束縛，恐怕會毫不猶豫地啄瞎自己的眼睛。

忽然間，小弦的心底湧上一種難以言說的悲哀：為什麼一定要用這樣的方式令牠屈服？就只是因為人的力量比牠大，使用的手段比牠巧妙嗎？弱肉強食果真是塵世間的定理嗎？如果自己就是那一隻小小的鷹兒，面對強大數倍的「敵人」，在經過無謂的反抗，最後的結果是不是只有屈服？

這一刻，小弦望著頑強不屈、依然高昂的鷹首，忽生出對容笑風的一絲恨意，又想到昨日自己還不時挑逗小雷鷹，心中大是歉疚。他的心理是如此矛盾。既希望小雷鷹能堅持得久一些，絕不屈服，又希望牠早早認主人，不至於多受罪。

或許，人生也是一樣，縱然明知結果，亦必須做一次命運的抗爭！

到了午後，小雷鷹經過這兩日不飲不食，又在火浪的熏烤下，已然無力撲擊，態度卻絲毫不見軟化，口中依然長嘯不停，目光不減恨意。

再等到傍晚，鷹兒已然站立不穩，橫臥於地，萎頓鐵柱鐵鍊間，嘯聲亦是斷斷續續，飽含忿怒與淒怨，在山谷間遠遠傳了出去，彷彿要撕開那濃密而堅固的夜幕……

小弦呆呆陪了小雷鷹一日，雖是疲倦不已，容笑風幾次催促，他卻不肯離去，恍惚間似覺得小雷鷹像是一個固執而倔強的孩子，明知抗爭無益，卻偏偏不肯低頭認輸。

小弦試著輕輕走近，小雷鷹只是翻翻眼睛，再無攻擊之意，目光中的敵意似乎也不如起初濃烈。

小弦喜道：「牠是不是要認主人了？」

「這番爭鬥遠未到結束的時候……」容笑風神情似顛似狂：「不過這隻小雷鷹

畢竟才出生不久，體力不足。你聽牠叫聲明顯弱了許多，等到牠連叫聲都發不出來時，便自知無力相抗，那才是最關鍵的時刻了。」

小弦怔然發問：「如何關鍵？」

容笑風一歎不語。小弦驀然醒悟：等到小雷鷹體力耗盡，牠只有兩個選擇，要麼認容笑風做主人；不然，就只有以死相拚！

想必昔日那隻雷鷹便是不肯屈服，所以才絕食而亡。

小弦聽小雷鷹叫聲越來越低，卻仍是纏綿不斷：「牠這樣還要叫多久？」

容笑風漠然道：「估計在明日凌晨前，便可見分曉了。」

小弦心情忽又沉重起來，也不知小雷鷹能否熬過這漫長的一夜。可萬一牠真的屈服了，似乎又有些不情願，可是眼看著牠氣息奄奄的模樣，總是於心不忍，歎了口氣，上前對小雷鷹柔聲道：「你乖乖地躺著保存體力吧，明早就有肉吃了。」

容笑風默然不語，他可不像小弦那麼樂觀，直到此刻，他亦沒有絲毫把握讓小雷鷹認主。事實上訓練鷹帝之法無人得知，容笑風這種逼迫鷹兒屈服的方法以往用來訓練普通鷹兒屢試不爽，但是否能用於雷鷹身上卻是不得而知，有了當年的教訓，此刻看著小雷鷹似乎正一步步地重蹈覆轍，又是耽心又存著一絲僥倖，心頭當真是百味難辨。

眼見又至晚上，小弦說什麼也不願意回去，執意要留下來陪小雷鷹。容笑風見小弦態度堅決，亦不多勸，只是悶聲一歎。

小弦躺在火堆邊靜聽鷹嘯，一直苦等到半夜，小雷鷹鳴嘯聲如泣如訴，令人聞之惻然。但嘯聲雖弱，每次間隔亦越來越長，卻絲毫沒有停下的跡象。火光烤得小弦睡眼朦朧，漸漸支撐不住睡去。

小弦迷朦中感到身上越來越冷，忽覺得再也聽不到鷹嘯之聲，剎時驚醒，一躍而起。

卻見火堆已漸滅，僅有一絲殘留的餘燼。而容笑風蹲在鐵柱前，正與小雷鷹相對。

小弦悄悄走上前去，不敢開口打擾。眼中所見的一幕已令他怔愣當場。

容笑風手中端著清水與鮮肉，與小雷鷹的距離不過半尺，而小雷鷹既不鳴嘯撲擊，亦不閃避，只是閉眼垂頭，宛如沉睡。

容笑風輕輕伸手撫摸著小雷鷹的羽毛、頸項、脊背，小雷鷹掙扎著一動，喉中咕咕響了一聲，仍無反應。容笑風手上拂弄不停，看此神情，彷佛是一個極疼愛孩子的慈父，哪還有日間的半分凶惡模樣？

容笑風撫弄小雷鷹良久，眼見牠不再掙扎，終於把手中的一塊肉遞到小雷鷹的嘴邊，鮮肉輕輕觸碰著尖喙，小鷹兒感應到血腥味，輕輕一震，緊閤的雙眼驀然張開。

小弦的心一緊，知道是最關鍵的時刻到來了。

容笑風不斷用那塊肉輕輕磨擦著鷹嘴，對於幾日不飲不食的小雷鷹來說，這無疑是天底下最大的誘惑。鷹眼直直盯在那塊鮮肉上，目光裡似乎充滿了一份猶豫。

此刻，四周一片寧靜，只有火堆隱隱發出餘燼燃燒的聲響，一縷縷輕煙嫋嫋上升，在小屋中瀰漫著。時光彷彿亦靜止了。

終於，小雷鷹動了。牠並沒有伸嘴去啄食鮮肉，而是拚盡全力，努力把頭轉向別處。容笑風一震，抬手把鷹頸轉過來，把鷹喙徑直插入肉中。

小雷鷹沒有吃下含在嘴裡的美味。那一刻，牠一雙黑白分明的眼瞳盯在容笑風臉上，無憂無喜，無怨無怒，只有一種無法言說的寧靜。

小弦心中似被什麼東西狠狠撞了一下，再也控制不住自己，猛然推門跨步而出，發力狂奔。

小弦一路上跌跌撞撞，連摔了好幾跤，衣衫被樹枝劃破，手掌與膝蓋亦蹭出了血跡，他卻渾然不覺。這一刻，小弦只覺心中鬱悶至極，卻不知道用什麼樣的方式才能發洩，只有奮力奔跑，直跑到精疲力竭，方才停下腳步，怔怔地看著天空中一輪淡黃色的月亮，拚命喘息起來。心頭一片無從訴說的茫然，真有天地之大、卻不知應何去何從的感覺。

寒涼的山風襲來，滿身是汗的小弦不由打個寒戰。他不願回到小木屋中，若再看到那瀕死不屈的小雷鷹，只恐就會惹出不知是同情還是歎息的淚花。當即也不辨方向，只在月夜下信步遊走，腦海中全是那淒淒堪憐卻又寧死不屈的小雷鷹的影子。小弦精修《天命寶典》，對這等情景感應猶深，以之對照世事萬物，大生感歎，鼻尖發酸，淚眼婆娑，熱淚幾乎忍不住要奪眶而出，只得咬緊牙關，強壓心中湧上的萬千雜念。

這一路懵懵懂懂，從京師的東郊直走到北郊外，不知不覺來到初遇宮滌塵的小山邊。小弦想到宮滌塵，縱然惹起一分掛念，心頭亦稍感溫暖。他自小膽子甚大，此時雖已夜深，在清朗月色下也不覺得害怕，依然記得那溫泉的方位，往山上行去。

來到那溫泉邊，掬一捧水敷在火燙的面孔上，神智略清。一時也不想回頭，便在溫泉邊尋一棵大樹，盤膝閉目坐於其下，默運駱清幽教他的「華音遝遝」心法，聽著那夜風低吟，泉鳴水濺，漸漸平靜下來。

不知過了多久，忽有腳步聲從山道上輕輕傳來。小弦本就敏感，再加上「華音遝遝」之功，耳力較平時靈了數倍，腳步雖輕，卻聽得十分清楚。心中大感奇怪：算來此刻恐怕已近五更，怎會有人來此荒山中？莫非是鬼？

請續看《明將軍傳奇之絕頂》下卷

明將軍傳奇之 **絕頂**〈中卷〉

作者：時未寒
發行人：陳曉林
出版所：風雲時代出版股份有限公司
地址：10576台北市民生東路五段178號7樓之3
電話：(02) 2756-0949
傳真：(02) 2765-3799
執行主編：劉宇青
美術設計：吳宗潔
行銷企劃：林安莉
業務總監：張瑋鳳

初版日期：2020年8月
版權授權：王帆
ISBN：978-986-352-858-6

風雲書網：http://www.eastbooks.com.tw
官方部落格：http://eastbooks.pixnet.net/blog
Facebook：http://www.facebook.com/h7560949
E-mail：h7560949@ms15.hinet.net
劃撥帳號：12043291
戶名：風雲時代出版股份有限公司

風雲發行所：33373桃園市龜山區公西村2鄰復興街304巷96號
電話：(03) 318-1378
傳真：(03) 318-1378
法律顧問：永然法律事務所 李永然律師
北辰著作權事務所 蕭雄淋律師

行政院新聞局局版台業字第3595號 營利事業統一編號22759935

定價：299元　　**版權所有　翻印必究**

國家圖書館出版品預行編目資料

明將軍傳奇之絕頂 / 時未寒著. -- 臺北市：風雲時代, 2020.07　冊；　公分

ISBN 978-986-352-858-6 (中卷：平裝) --

857.7　　109007702